Bul

Ingrid Winterbach

Buller se plan

HUMAN & ROUSSEAU
Kaapstad Pretoria Johannesburg

Kopiereg © 1999 deur Ingrid Gouws
Eerste uitgawe in 1999 deur Human & Rousseau (Edms) Bpk
Design-sentrum, Loopstraat 179, Kaapstad
Voorplat: bewerking van 'n detail (skedel) uit *Die ambassadeurs* van
Hans Holbein die Jongere
Agterplatillustrasie na Jack Kirby, foto en bandontwerp
deur Hougaard Winterbach
Tipografie deur Chérie Collins
Teks geset in 11 op 13 pt Berkeley
deur ALINEA STUDIO, Kaapstad
Gedruk en gebind deur NBD
Drukkerystraat, Goodwood, Wes-Kaap

ISBN 0 7981 3995 1

Geen gedeelte van hierdie boek mag sonder skriftelike verlof van die uitgewer
gereproduseer of in enige vorm of deur enige elektroniese of meganiese
middel weergegee word nie, hetsy deur fotokopiëring, plaat- of bandopname,
vermikrofilming of enige ander stelsel vir inligtingsbewaring

The Catterpiller on the Leaf
Reminds thee of thy Mother's Grief

WILLIAM BLAKE

Vir Hougaard Winterbach

een

Op 'n Donderdagoggend in die laatsomer ry Ester Zorgenfliess oor die Tugelarivier. Sy is op pad na die begrafnis van 'n vrou wat sy nie geken het nie. Haar neef, Boeta Zorgenfliess, het haar die aand vantevore gebel en gevra of sy hom nie in die dorp wil ontmoet nie. Boeta het die vrou, Selene Abrahamson, vroeër liefgehad, maar die verhouding het tot niet gegaan.

Ester Zorgenfliess ry vroegoggend uit die stad. Sy ry deur die dorpe Ongesien en Roukrans. Weenen is verlate, behalwe die Sondwela Trading Store op een stowwerige hoek. Op Bitterheid drink sy tee in die Wimpy. In die omgewing van Colenso is die grond modderpienk, daar is droë rivierlope, lang gras en doringbome. Sy ry deur die dorp Colenso. Die hotel is koud en vervalle. Naweke kyk die boere hier rugby en drink bier in die lounge – met koeëlgate in die glasdeure – terwyl die swartes uitbundig op die sypaadjies rondhang.

By die Tugela hou Ester voor die historiese brug stil en kyk uit oor die modderbruin rivier. Sy is nie vertroud met hierdie geskiedenis nie. Die vorige aand het sy oor die Slag van Colenso opgelees.

Op grond van die kaarte tot sy beskikking is generaal Sir Redvers Buller, opperbevelhebber van die Britse weermag, bekend met die basiese feite van die topografie van Colenso. Dit is 'n plat wêreld, met kort gras, dynserige heuwelreekse op die horison en 'n reeks lae koppies wat 'n groot deel van die vlakte oorheers. Buller moet net besluit waar om die Tugela oor te steek. Dit is 'n onvoorspelbare rivier, wat selfs in droë tye te diep kan wees vir soldate om te voet deur te gaan. Buller weet dat Louis Botha sy sterkste verdedigingslinie oorkant die drie driwwe opstel – maar hy weet nie dat die Boere hulle soos jakkalse daar ingegrawe het nie. Hulle loopgrawe is in die lang gras langs die rivierwal gegraaf en met klippe gekamoefleer. Foploopgrawe is op die horison gegraaf en die driwwe is verwoes. (Versterkings uit Ladysmith en 'n tweede leër van opgekommandeerde swart arbeiders het veertien dae lank daaraan gewerk.)

Vrydagnag 15 Desember is 'n koel, windlose nag. Halfvyf die oggend begin dit lig word – 'n wolklose hemel met enkele strepe karmosyn en goud (vóórspel tot 'n bloedige warm dag) – en die uitgebreide infanteriekolonne is reeds aan die beweeg. Dit is die grootste Britse leër sedert die slag van Alma, 'n halfeeu vroeër, wat tot die slag toetree. Buller ry na Naval Gun Hill – 'n reeks lae heuwels. Sy groot bedenkinge het hy nog teenoor geneen uitgespreek nie. Om halfses die oggend is die lug wolkloos en helder en die vlootkanonne begin hulle voorlopige bombardement. Hiermee wil hulle die Boere uitlok sodat hulle posisies sigbaar word.

Aanvanklik reageer die Boere nie. Generaal Louis Botha het sy manne beveel om nie te skiet voor die vyand binne gemaklike trefafstand is nie. Hy weet nie veel van konvensionele oorlogvoering nie en hy sien tot sy onthutsing die Engelse opmars in drie kolonne verdeel. Die twaalf veldkanonne kom sowat duisend tree van die Tugela tot stilstand.

Louis Botha is sewe en dertig jaar oud; hy is 'n beskeie man – sy tent staan vir elkeen oop; hy dra 'n Transvaalse roset en 'n veer in sy hoed. Hy oorweeg die situasie. Hy kan nie veel langer uitstel om die sein te gee nie (sy manne smeek hom al). Die oomblik toe die Britse kanonniers losbars, aarsel hy nie meer nie – hy gee die seinskoot met die Krupp-houwitser en om halfsewe die oggend begin die geluid van die Mauser-gewere. (Die begin van die einde vir die gedoemde Charles Long en sy kanonniers.)

Twee dae vantevore het die Soutpansbergse en 'n deel van die Boksburgse kommando Boskop ontruim. (Die kop is meer as 'n honderd myl in Britse gebied.) As Buller dit die dag vantevore geweet het, sou dit hom 'n enorme voordeel gegee het. Maar intussen het die kommandante lootjies getrek en agthonderd man van die Wakkerstroom- en Standerton-kommando is reeds gestuur om die kop weer te beset.

Generaal-majoor Fitzroy Hart (bevelhebber van die Irish Brigade; swierige Ier; oormaat aan selfvertroue) hou hom nie by die amptelike inligtingsdiens se bloudrukkaart nie. Hy laat hom deur 'n swart man verkeerdelik inlig oor die ligging van die drif. Op dié manier lei hy sy manne die verderf in – anderkant die mieliland aan die einde van die lus in die Tugela. ('n Brigade van vierduisend man.) Sy laaste fout is om die Inniskillings-bataljon te beveel om na die lus terug te keer. Intussen het die dwase kolonel Charles Long (uitmuntende kanonnier; Kitchener se hoofartilleris by Omdurman) nie Buller se opdrag uitgevoer nie. Hy het nie buite skietafstand van die Colenso-koppies stelling ingeneem nie, maar die kanonne – heeltemal uit posisie – 'n duisend tree van die rivierwal laat halt roep. Heeltemal te na aan die Boere.

Buller slaan dit alles gade van sy posisie op Naval Gun Hill en klim op sy vosperd, Biffin, om die eiesinnige Long uit die gevolge van sy dwaasheid te gaan verlos. Maar voor hy by hom uitkom, sneuwel Long. (Kritiek in die lewer gewond.) 'n Mauser kan nie verder as 'n myl akkuraat skiet nie, en die Boere is nie besonder goeie skuts nie, maar die omvang van die geweervuur gee die indruk van 'n baie groter Boeremag. Twee van die kanonniers kom Buller op sy vosperd tegemoet – hulle berig (verward en onsamehangend) dat hulle kanonne buite aksie is.

Buller is woedend oor die onbetroubare Long se kanonne en die kortsigtige Hart se vergissing. Generaal-majoor Hildyard wag intussen vergeefs om die hoofaanval te lanseer. Maar nie Long óf Hart óf Dundonald kan hom meer hierin steun nie. Al drie het self hulp nodig. Buller las gevolglik Hildyard se aanval op Colenso af. Generaal-majoor Lyttelton kry opdrag om die misleide Hart uit die gemors te help, maar die vier kompanies van sy Rifle Brigade raak self aan die einde van die lus vasgekeer. Ondertussen skuil die voortvarende luitenant-kolonel Thackeray en sy manne agter die klipmure van hutte in 'n swart kraal. Hildyard kry opdrag om (die gesneuwelde) Long se kanonne terug te haal. Hulle ly min ongevalle. Die Queens grawe hulle agter Colenso se klipmure en krale in.

Buller en sy staf ry persoonlik na die vuurlinie om die situasie te takseer. Buller se ribbes raak ernstig deur 'n bomskerf gekneus, maar hy is so moorddadig kwaad vir Long dat hy eers later besef hóé ernstig. Tot oormaat van ramp word sy lyfarts en gunsteling, kaptein Hughes, noodlottig langs hom in die longe gewond.

Redvers Buller is 'n donkerbloedige man (sigbaar aan sy dieprooi gelaatskleur). As hy kwaad word, stoot die dik bloed in sy hoof op en voel dit vir hom asof daar in sy hele liggaam te veel bloed is. Ten spyte van die verlies van die onvolprese kaptein Hughes, en sy groot ergernis met Long en Hart omdat hulle hul opdragte verbrou het, ervaar Buller tog iets soos intense plesier aan die geveg. (Hy het veertien jaar laas self aan 'n slag deelgeneem.)

Vir die tweede keer ry Buller terug na die groot donga waar Long se oorblywende manne skuil. In 'n bulderende stem roep hy na vrywilligers om die kanonne te red. In die poging word twaalf perde geskiet, een manskap gedood en vyf verwond. Een van die vrywilligers is luitenant Freddy Roberts, wat in die los gemaal verdwyn, later in die veld swaar verwond aangetref word en oplaas sterf. Hy is die enigste seun van veldmaarskalk Lord Roberts – 'n teenstander van Buller.

Oplaas gee Buller (tot sy spyt) die onvermydelike bevel: Val terug. Steeds op sy vosperd ry hy tussen die manskappe rond en vind hulle aan die einde van hulle kragte – nie meer in staat om enigiets uit te rig nie.

Een vir een marsjeer Buller se infanterie-kompanies terug. Kaptein Walter Congreve skryf later dat hy selfs in Indië nooit so warm gekry het nie. Ongeveer halfvyf steek 'n paar Boere die rivier oor en bereik die donga. Hulle vra die Engelse om oor te gee. Kolonel Bullock weier (oormaat aan selfvertroue). 'n Skermutseling en verdere onderhandelings volg en kort daarna word 'n paar van sy voortande met 'n geweerkolf uitgeslaan deur een van die Boere. Hy word saam met die res van die Devons as gevangene weggeneem.

In 'n kabel meld Buller dat hy tot sy spyt 'n ernstige terugslag moet rapporteer, dat dit 'n ontsettende warm dag was, dat hoë eise aan die troepe gestel is, en dat hulle gedrag uitmuntend was. Die Boere het geen veld gewen nie. Die Engelse het 'n klein deel van hulle troepe verloor. Hy laat dit egter nie hierby nie. Later, teen middernag (moeg, bitter en gefrustreer, en in die geval van Lansdowne – as gevolg van 'n misverstand), stuur Buller aan Lansdowne in Engeland en White in Ladysmith elk 'n kabel wat nog bitter teen hom sou tel. Hy ontvang 'n paar dae later 'n syfer-telegram uit London waarin hy ingelig word dat Lord Roberts hom as opperbevelhebber van die weermag vervang.

Van Colenso ry Ester Zorgenfliess na Ladysmith. Van Ladysmith ry sy verder in 'n noordelike rigting na Steynshoop, verby die dorpe Berou en Vooruitgang. Die landskap waardeur sy ry, lyk nog bekend, maar is dit nie meer nie, sy was te lank gelede hier. Daar is nuwe grense. Sy weet nouliks in watter provinsie sy haar bevind. Sy hou stil vir brandstof en koop 'n nuwe toeratlas met uitgebreide kaarte van die land.

Sy vind die veranderende landskap besonder mooi. Die sagte voue van die heuwels. Die klowe met aalwyne. Die erosieslote. In 'n groot, swartgebrande veld is daar onlangs stapels hout verbrand. Oral smeul die vure nog. Mans staan met vurke by hopies smeulende takke. Die lug is troebel van die rook. Dit is koud, plek-plek mistig. Ongewone laatsomerweer.

Sy het afgespreek met Boeta Zorgenfliess om hom op Steynshoop by die Dorpskafee langs die historiese kerk te ontmoet. Sy onthou die kafee en die kerk. Sy onthou die groot okerkleurige klipblokke waaruit dit gebou is. Ester het Boeta lank laas gesien. Hy het nie goed geklink oor die telefoon nie. Hulle het nie baie gepraat nie. Hy is die enigste lid van haar familie aan vaderskant met wie sy nog kontak het; 'n hele paar jaar jonger as sy.

Boeta staan op toe sy die kafee binnekom. Hulle omhels mekaar. Sy is altyd bly om hom te sien. Hy glimlag verwelkomend, maar sy sien dit gaan nie met hom goed nie. Hy het pas uit die stad aangekom. Hy was nog nie by die gestorwe vrou se ouerhuis nie.

Hulle ry saam soontoe in Ester se motor.

Boeta se skouers is vooroorgeboë en die vel span styf oor sy voorkop. Soos 'n dier waarvan die ore gespits is.

Hulle hou voor die groot, ou huis onder in die dorp stil.

Hulle klim uit.

Hulle stap met die tuinpaadjie op. Die tuin is mooi en goed versorg. Rose in oorvloedige beddings en stokrose voor die venster. Boeta sit sy kop vorentoe, in 'n gebaar van onderwerping.

Hulle klop.

'n Vrou maak die deur oop. Toe sy Boeta sien, omhels sy hom en begin sag huil.

"Waar is sy, Antie Rose?!" roep Boeta, met 'n verskriklike klank in sy stem, terwyl hy uit haar omhelsing by haar probeer verbykom.

Antie Rose sê eers niks. Sy vee haar trane met 'n voorskoot af. Sy kyk pleitend na Boeta.

"Hulle het haar vanoggend kom haal," sê sy, "die undertakers."

Boeta sê: "Ek wil haar gaan sien." (Soos iemand wat hy wil gaan besoek.)

Hulle draai weer om. Klim weer in die motor.

Bo in die dorp, links, net voor die historiese kerk, vind hulle die begrafnisondernemer.

Boeta klim uit.

Ester bly in die motor sit.

Sy beduie: nie vandag nie.

Voor hy ingaan, kyk hy 'n laaste keer om na Ester.

Na 'n ruk kom Boeta uit. Hy kyk nie links of regs nie. Hy klim in die motor.

Boeta leun vorentoe op sy arms teen die paneelbord en hy huil so, dat hy nie orent kan kom nie.

Hy en Ester sit 'n ruk so in die motor.

Een maal draai hy sy kop na Ester, met die slierte slym en water wat uit sy neus en mond kom, en hy sê hy is jammer dat hy so huil.

Toe hy effens bedaar het, vra Ester of hy wil teruggaan na Antie Rose-hulle.

Hulle hou weer voor die huis stil. Daar is 'n kombi en 'n duur sportmotor voor die deur.

"Jonah Voorsanger," sê Boeta, "'n nice ou, maar sy vriende is laer as slangkak."

Antie Rose maak weer die deur oop. Sy laat hulle woordeloos binne.

Boeta trek sy asem diep in, stap die donker gang af.

Daar is drie vroue in die kombuis. Ester omhels vir Fonny. Hulle oë ontmoet vlugtig. Dit is die eerste keer dat sy haar sien sedert die ongelukkige voorval waarin sy betrokke was. Fonny se hare is vasgebind, strakker teen haar kop as gewoonlik. (Heeltemal strak kan dit nooit, daarvoor is haar hare te swaar.)

Daar is Selene se twee susters, Annie en Dafnie. Annie is getroud, weet Ester, maar Dafnie – haar vel die tekstuur van room; sy lag almal deurentyd met kuiltjies in die wange toe – Dafnie is eenvoudig van gees. Haar miniatuurvoetjies en -handjies (soos lotusknoppies) is onnatuurlik klein in vergelyking met haar sagte, uitgeswelde jongvroulyf. Hierdie voetjies is te klein om haar volle gewig te dra; sy kan nie sonder ondersteuning beweeg nie.

Hulle gaan by die kombuistafel sit. Antie Rose kom by hulle sit.

Sy praat sag. Sy sê: "Selene het mos die miscarriage gehad, nè? Die kind was stillborn. Toe word sy siek van die complications. Dit was 'n week gelede. Teen Sondag kon hulle niks meer vir haar doen nie." Antie Rose huil weer geluidloos in haar voorskoot.

"Bad luck," sê Boeta, oor en oor.

"Jonah sit in die tuin," sê Fonny.

Sy en Boeta kry groot koppies lou, sterk tee. Die kombuis is warm. Die vroue maak kos; hulle praat nie. Annie is Selene se oudste suster, Dafnie is haar jongste suster; Fonny is haar niggie. Die plafonne is hoog. Dit is 'n ou huis.

Fonny vee haar hande aan haar voorskoot af. "Het jy Jonah al gegroet?" vra sy.

"Nee," sê Ester.

Boeta sit met sy kop in sy hande.

Dis twee-uur, sien Ester, op die horlosie teen die muur. Sy staan op, draai na die lig, en gaan buitentoe.

Boeta bly sit by die kombuistafel.

Fonny staan agter haar in die deur.

Jonah Voorsanger sit buite in die tuin op 'n tuinstoel. Bene oorkruis. Donkerbril op. Hare los. Hy rook. Voor hom staan 'n vol glas. Ester het hom lank laas gesien. Haar hartklop, voel sy, is effens versnel. Bennie Potgieter (die Wonderkind – so noem Ester hom) is daar. Braams du Buisson is daar. Sy het hulle álmal lank laas gesien – nie sedert sy terug is nie. Sy voel die eerste tekens – soos stekies – van ambivalente gevoelens. Nog twee mans en twee vroue wat Ester nie ken nie. (Jonah is altyd omring deur mense: bewonderaars, aanhangers, dissipels.) Dafnie met die yl hofie, kan Ester haar voorstel, spreek meer tot Jonah se verbeelding as wat s'y kan. Maar dit is nie waar dit vandag om gaan nie.

Jonah groet Ester met die hand sydelings na haar uitgesteek. Hy gaan voort met sy gesprek. Hy duld geen aarseling nie – enige afwyking, enige afdwaling, enige verwording duld hy, maar nie aarseling nie. Aarseling maak hom angstig. Ester groet die Wonderkind en Braams. Sy gaan op een van die tuinstoele sit.

Fonny speel met die hond. Ester hou haar tersluiks dop. Hulle sal later geleentheid kry om te praat – dit is een van die redes waarom sy na die dorp gekom het. Fonny dra 'n swart rok wat net bokant haar enkels kom en haar arms bedek. Sy is 'n mooi vrou, met swaar, weelderige hare.

twee

Om drie-uur gaan Ester verblyfplek in die dorp soek. Sy kom weer later terug, sê sy vir Boeta, wat in die verdonkerde sitkamer op een van die rusbanke lê. Sy hand oor sy oë. Hy probeer orent kom, hoflik wees; Ester sien swarigheid vir hom voorlê.

Op pad na die bodorp stap sy verby 'n vierkantige huisie met twee netjiese, simmetriese grasperkies voor en 'n bordjie langs die hekkie waarop gedruk staan: Mevrou Kriek. Heldersiende en lewensraad. Kom binne vir 'n afspraak. 'n Vrou gee in die tuin haar blomme met 'n tuinslang water – dit moet mevrou Kriek self wees. Sy is klein en oud, sien Ester in die verbygaan, maar sy is regop soos 'n kers. Haar ogies is klein en bruin – soos dié van 'n óú ystervark – in haar beplooide gesig. Agter haar staan die huisie roerloos op sy fondamente – ewe simmetries as die tuin: twee vensters aan weerskant van die stoep.

Bo in die dorp stap Ester verby die historiese dorpskerk – waarvan die oppervlak nooit afkoel nie omdat die sandsteenblokke waarmee dit gebou is, hulle hitte ewigdurend behou. Langs hierdie kerk staan die versteende bome wat snags hulle klein vonkies soos vuursteen skiet. Die kerkplein is omring van groot plataanbome, en 'n paar blokke verder op, verby die Dorpskafee, steeds in die ouer deel van die dorp, maar aan die teenoorgestelde kant as Antie Rose se huis, langs die grootpad uit die dorp op pad wes, vind Ester die Gemoedsrus Kamers. Sy onthou die plek omdat sy eenkeer op pad Kaap toe hier oornag het.

Op die ontvangstoonbank is 'n foto van die eienares se seun in volle polisie-uniform waar hy een of ander polisietoekenning ontvang – waarskynlik 'n medalje vir uitsonderlike dapperheid in die aangesig van dreigende gevaar. As dinge verkeerd gaan, sê die eienares (die trotse moeder), bel sy hom net, en hy is onmiddellik hier. Hier slaap ons rustig snags, sê sy, al gebeur daar wat ook al in die dorp. En daar gebeur deesdae, sê die mevrou – en sy swyg betekenisvol, en hou haar hande 'n paar oomblikke lank met dokumente en papiere besig, en haar oë dramaties neergeslaan – verskriklikhede in die dorp en die omgewing. Sy slaan haar oë op (ysblou): Verskrikkinge, barbaarshede, sê sy, soos in die res van die land. Sy en Ester kyk albei af. Albei het hulle eie voorstelling van hierdie verskrikkinge en barbaarshede.

Die kamers is in 'n L-vorm gebou op 'n groot vierkantige perseel. By die ingang is 'n hek met 'n wawiel. Daar is 'n enkele aalwyn in die een hoek van die groot vierkant met gruisklippies. Verder nie 'n blom of struik nie. 'n Smal, oop sementstoep voor die kamers. 'n Eetkamer grens aan die ontvangskamer, en 'n televisiekamer met gemakstoele en 'n tafeltennistafel in die een hoek lei uit die eetkamer. Die eienares bied ontbyt en aandete aan, en die gaste is te alle tye welkom om in die TV-kamer te ontspan of 'n potjie tafeltennis te speel.

In Ester se kamer is twee enkelbeddens, 'n bedkassie tussen die twee beddens, 'n tafeltjie en stoel, en 'n Bybel, geskenk deur die Gideoniete, op die bedkassie. Die venster kyk uit op die oop vierkant. Die gordyne is oranje en geel puntige, abstrakte vorms wat sy met 'n 1950-styl assosieer. Teen die een muur hang 'n foto van 'n seilboot op 'n meer. Die badkamer is ruim met 'n sementvloer en 'n groot bad.

Sy drink 'n koppie tee in die Dorpskafee, langs die vooringang van die kerk, waar sy en Boeta die oggend ontmoet het. Sy sit langs 'n nagemaakte plant in die hoek met groot groen blare sonder huidmondjies.

Op pad terug na Antie Rose se huis kom 'n man by haar verby met 'n vel van 'n donker ebbehoutbruin skakering en gelooide klere van dieselfde kleur. Hy stoot 'n supermarkwaentjie wat hy klaarblyklik vir sy eie gebruik toegeëien het. Daarin het hy 'n onidentifiseerbare versameling rommel: meesal karton en draad en iets wat lyk soos 'n enorme opgerolde skilderdoek. ('n Verloopte skilder – 'n verbete meneer Van Gogh – met sy waentjie op pad na Tarascon.)

Vriende en familie wat van ver gekom het, oornag vannag in Antie Rose se huis want die begrafnis is môre. Die vorige nag is daar vir Selene Abrahamson 'n lykwaak gehou, maar daarvoor was Ester en Boeta nie betyds nie.

Sy weet nie hoe lank Boeta wakker wil bly nie; hy slaap waarskynlik vanaand hier. Ester twyfel of sy vanaand die geleentheid sal kry om met Fonny te praat. Daar sit mense in die sitkamer (Boeta lê nie meer op die een rusbank nie). In die kombuis is die vroue besig met die kos – stomende potte kerrie en rys en varsgebakte brode, tamatie- en ui- en gevormde beetslaai.

Boeta sit by die kombuistafel in die hoek. Hy sit met sy kop in sy hande, afgesluit van die doenigheid om hom. 'n Koppie koffie, 'n glas wyn en 'n bord kos staan onaangeraak voor hom.

Ester gaan buitentoe waar mense op tuinstoele sit; op die twee groot tuintafels is wit tafeldoeke en kerse wat effens in die wind fladder. Jonah Voorsanger sit nog steeds waar hy gesit het; twee uur lank solied gedrink, daarvan is sy seker. Aan die een kant van Jonah, sien Ester, sit Bennie Potgieter, die Wonderkind, en hy eet soos 'n larwe, hy eet met neergeslane oë, hy keer hom wég van die geselskap. Hy is op hierdie oomblik met swygende oorgawe ingestem op sy orale bevrediging, sy sku mond beweeg soos die wurm se blinde monddele. Hy werk stelselmatig die geurige kerrie na binne, hy skeur en verorber die sagte vlees van die warm brode. Sy groot, sagte lyf swel tot steeds omvangryker proporsies. Hy hoor net die stem van Jonah Voorsanger – dit is die enigste stem wat hy op hierdie oomblik toelaat om tot hom deur te dring. (Ten spyte van hierdie vermoë om stemme na willekeur uit te doof, het die Wonderkind 'n bewonderenswaardige oor vir dialoog.) Jonah Voorsanger is besig om die dorpe op die Oosrand in terme van Dante se *Divina Commedia* te ontleed – Brakpan en Boksburg beskryf hy as sirkels van die hel.

Bennie Potgieter se vader het 'n garage op die dorp. Sy moeder het 'n haarkappersalon. Sy oupagrootjie is nie die veldkornet Potgieter nie wat die beledigende boodskap aan Sikobobo gestuur het waarin hy hom en sy mense as hoenderluise bestempel en hulle uitgedaag het om na Holkrans te kom en hulle vee te vat voor almal opgeëet is. (Sikobobo het die uitdaging op tradisionele Zoeloemanier aanvaar. Hy het Potgieter op 6 Mei 1899 aangeval. Die Zoeloes was gewapen met gewere en assegaaie. Altesaam 56 Boere is gedood en 3 gewond, en 380 beeste is teruggeneem; 52 Zoeloes is gedood en 48 gewond.)

Bennie se oupagrootjie was een van die manskappe in generaal Christiaan de Wet se geselskap wat met hom in die Roodeberge geskuil het en weer daarvandaan ontsnap het. Hy is een van dié wat gesien het hoe die agtergelate waens in vlamme opgaan. Hy was toe sewentien jaar oud (hy is gebore in 1884). Hy het gebrand van patriotisme en vurige bewondering vir De Wet. Maar teen die tyd dat die waens in ligte laaie op die swartgebrande veld gestaan het, was selfs sý jeugdige geesdrif geblus. Hy wou huis toe gaan en behoorlik eet en behoorlik rus en 'n vrou vat. Sy geslag was rou (van ruwe behandeling) en daar was luise in sy klere. Twee van sy broers was ook daar (een het later vir Eugène Marais in die Waterberge ontmoet). Bennie se oupagrootjie was een en dertig jaar oud toe Bennie se oupa gebore is in 1915. Bennie se oupa was drie en twintig toe Bennie se pa in 1938 gebore is. Bennie se pa was agt en twintig toe Bennie in 1966 gebore is. Bennie is sy enigste oorlewende seun. Bennie het 'n ensiklopediese geheue; op driejarige leeftyd kon hy vlot uit die Bybel voorlees; hy het geen probleem om enige feite, hoe kompleks ook al, blitsvinnig te absorbeer en met ander feite in verband te bring nie. Sy algemene kennis is indrukwekkend.

Jonah Voorsanger (meester van die hiperbool) sê dat die dorpe aan die Oosrand al meer mense tot selfmoord gedryf het as Stalin se suiwerings. Hy sê dit is dorpe waar niémand met hulle sanity ontsnap nie. Boksburg, Benoni, Brakpan en Springs vlak naasmekaar, sê hy, vorm die eerste sirkel van die hel en die dorpe Westonaria, Germiston, Nigel en Randfontein vorm die tweede sirkel. In die derde sirkel val Blokhuis, Edenvale en Carletonville. Al hierdie plekke, dink Ester, is in haar kop 'n vermenging van geskiedenis en herinnering. Wat sy nie meer onthou nie, is verlore. Dit weet sy vanaand vir seker.

Jonah Voorsanger en geselskap sit regs teenoor Ester; die mense links van haar ken sy nie. Feitlik regoor haar sit 'n man alleen by 'n draadtafeltjie. Boeta het haar vertel dat hy 'n gewese minnaar van die dooie vrou was – sy weet nie tot hoe onlangs nie. Hy het 'n Engelse gelaatskleur en grys stoppels in sy kort hare en Ester onthou dat sy van Woodgate is. Hy drink heelwat. Een van die vroue aan haar linkerhand herken Ester as die populêre historikus Maria Mulder – 'n vrou met 'n hoë profiel, uitgesproke oor menige openbare aangeleentheid. Sy het bloedrooi hare tot by haar boude en sover Ester kan vasstel, drink sy ook stewig. Haar stem is diep en welluidend soos 'n klok en sy aarsel nie om dit te laat lui nie.

Aan die ander kant langs Jonah Voorsanger sit Braams du Buisson. Sy oupagrootjie het met generaal Piet Joubert teen die Engelse by Spioenkop geveg. Sy oupa was sekretaris van die Gereformeerde Sinode. Sy een oom het hom beywer vir die FAK en die Afrikanersaak. Sy oupa aan moederskant was 'n Gereformeerde predikant wat op sy eerste reis na Nederland per boot langs die kus van Afrika siek geword het en in 'n Rooms-Katolieke sendinghospitaal in sy vrou se arms dood is. Hy is in 'n tropiese gebied onder 'n tropiese bos begrawe (so het dit vir sy vrou gevoel) en sy het nooit van die skok herstel nie. Sy het haar mond nooit weer aan tropiese vrugte gesit nie, óf haar voet weer op 'n boot nie. In haar besit het sy altyd 'n foto gehad van haarself in 'n verkreukelde wit rok saam met twee Pigmee-vroue, hoewel sy nie kon onthou dat dit ooit geneem is nie. Braams se pa is prinsipaal van die hoërskool op die dorp. Braams versamel materiaal vir 'n boek oor wellusmoorde, waarvan die motief gewoonlik seksueel is en die slagoffers dikwels gemartel en vermink word.

Ester staan op en gaan weer die huis binne. Boeta sit nog soos hy gesit het, sien sy. Hy roer en roer die koffie voor hom. Hy moet self aandui wanneer hy gereed is om met haar te praat. Sy het Boeta Zorgenfliess lief, sy het hom lief soos 'n broer, maar voorlopig is hy ontoeganklik in sy bedroefdheid. Sy droefheid moet eers bedaar voor hulle behoorlik kan gesels. Om sy onthalwe het sy hierheen gekom, en met die vooruitsig om Fonny weer te sien, aangesien sy – tot nou – nie soveel belang by die dooie vrou gehad het nie. Oorkant Boeta sit Dafnie, die swaksinnige jongste suster van Selene. Sy lag Ester met diep kuiltjies in die wange toe.

"Drol," sê die vrou met die bloedrooi haardos toe Ester weer by die agterdeur uitkom. Die vrou sê dit nadruklik en oor haar skouer en Ester weet dadelik dat dit op Jonah Voorsanger gemik is.

"Sy is dood aan 'n gebroke hart," sê Maria Mulder, "heel eenvoudig. She died of a broken heart."

'n Skielike windvlagie laat die kersvlamme wapper. 'n Sagte golwing gaan deur die spierwit tafeldoeke. 'n Paar oomblikke is daar stilte, voor mense weer begin gesels. Meneer Woodgate se oë lyk geswel en rooi. (Te veel gehuil?)

"Dit was haar singular bad luck," gaan Maria Mulder voort, "dat al die mans met wie sy deurmekaar was, deur die bank drolle was."

Meneer Woodgate gee 'n gepynigde, honende glimlaggie – sy mondhoeke is te stram om beweegliker te wees. Sy gesig slaan in steeds opvallender onreëlmatige rooi kolle uit. Jonah Voorsanger skud sy lang hare terug. Kruis sy bene. Steek 'n sigaret aan. Hervat sy gesprek.

"Elke enkele man met wie daardie vrou deurmekaar was, was 'n wimp en 'n drol!" sê Maria Mulder met groter nadruklikheid. Sy rig haar woorde tot niemand in die besonder nie. In elk geval nie tot iemand buite haar onmiddellike kring nie.

"Moordenaars!" sê sy. "Hulle het haar en die kind vermoor!"

Die hele geselskap is 'n paar oomblikke stil; Ester kyk nie in Jonah se rigting nie.

"En nie een van hulle sal die guts hê om dit te erken nie!"

In die kort stilte wat hierop volg, steek Jonah Voorsanger nog 'n sigaret aan, gooi sy lang hare terug oor sy skouers, herkruis sy bene, leun vorentoe, neem 'n lang teug uit sy glas en praat verder.

"No wonder she came to a bad end!" sê Maria Mulder. "Dit was haar singular bad luck om in terrible en morally corrupt company te verval!"

Ester vang Fonny se oog wat skuins oorkant haar sit, nader aan Jonah en sy groep. Maria Mulder skink vir haarself nog wyn.

"Drólle," sê sy weer. Nadruklik.

"Draai die ander wang," sê iemand aan Jonah se kant van die tafels.

Daar is 'n onderlangse, verbouereerde gelag.

"Unexamined paranoia," sê die Wonderkind, Bennie Potgieter.

Maria Mulder neem 'n sluk wyn. "May they rot in hell, may their bones blister!" sê sy. Dié keer effens laer.

"Unexamined paranoia," sê die Wonderkind weer.

Jonah rook. Hy neem telkens groot teue uit sy glas. Hy praat onverpoos, soos dit sy manier is, want hy is verslaaf aan woorde. Ester spits haar ore, maar hoor nie alles wat hy sê nie, want sy probeer die gesprek op haar linkerhand ook volg. 'n Ligte windjie lig die hoeke van die wit tafeldoeke effens. Hierdie wind is sag, maar die koelte daarin is bytend na die dag se ongewone hitte. Die gaste vou hulle truie of baadjies stywer om hulle skouers. Jonah Voorsanger gooi reëlmatig sy lang hare agteroor. Hy vra vrae maar wag nie op antwoorde nie – hy beantwoord hulle self. Hy is ongeduldig; hy luister oënskynlik met moeite na wat mense sê, maar reageer sonder aarseling op alle opmerkings.

Die Wonderkind mompel af en toe onderlangs in sy baard; sê iets in sy enorme, sagte bors; lag; of skud sy kop. Hy eet sonder ophou. Sal nie skroom om die hoenderbeentjies oor sy skouer te gooi nie, dink Ester (Gargantua en Pantagruel). Meneer Woodgate drink flink en lyk toenemend erger – sy stywe spotlag het verander in 'n bitter grynslag en die rooi kolle vlam hewig oor sy gesig. Maria Mulder is reeds weer druk in gesprek oor 'n ander onderwerp.

In die kombuis sit Boeta sonder om 'n woord te sê, sien Ester toe sy weer na binne gaan. Hy roer sy koffie. (Hy roer dit aanhoudend.) Hulle sal nie vanaand gesels nie – Boeta se gemoedstoestand laat dit nie toe nie – miskien die volgende dag. Vanaand is ook nie die gepaste aand om met Fonny te praat nie. En voorts het Ester nie veel plesier aan die geselskap buite nie (ontstem deur Boeta se hewige ontsteltenis; uit haar ewewig deur die teenwoordigheid van Fonny en Jonah-hulle in hierdie onvoorsiene konteks). Voor sy gaan, stap Ester tussen vrugte- en ander bome tot by die sementdam aan die onderpunt van die groot tuin. Daar is 'n ry populiere teen die agterste draad. Een of twee vlermuise fladder tussen die bome; 'n koue reuk styg op uit die grond – spore van grond, van verrotting en blare, met die herinnering van swaar, soet blomreuke daarin vermeng.

Sy sit 'n rukkie op 'n tuinbank hier heel onder in die tuin. (Die verligte huis net-net sigbaar deur die blare van die bome.) Vir die tweede keer die aand sien sy 'n reusemot. Hierdie een kan nouliks onderskei word van die boomstam waarop dit sit – groot, bewend, met donkerbruin en wit motiewe op die vlerke. 'n Paar uur nadat haar pa dood is, het daar 'n reusestokinsek by die voorkamer ingevlieg en 'n tyd lank roerloos op die gordyn gesit voor dit verdwyn het. Daar was niks soortgelyks toe haar ma dood is nie. Dit het meer as sewe jaar geneem vir die beeld van haar vader om vir haar tot 'n essensie te kristalliseer.

Toe sy terugstap, hoor Ester 'n geritsel in die donker en sien op 'n verskuilde bankie twee mense in driftige, verstrengelde omhelsing wat mekaar onophoudelik en innig soen. Die vrou herken sy as Maria Mulder, maar talm nie lank genoeg om agter te kom wie die man is nie. (Miskien een van die drolle of wimps wat Selene se ondergang bewerkstellig het.)

Jonah Voorsanger en geselskap sit nog waar hulle gesit het. Jonah praat steeds onafgebroke. Die Wonderkind en Braams du Buisson sit soos twee skildwagte aan sy sy. (Die Wonderkind met mond blink van die sousryke vettigheid van die maal en Braams onberispelik skoon, soos altyd.) In die verbygaan en vir laas hoor sy Jonah nog sê dat Selene 'n heilige was. Sy dink, op Jonah kan jy reken om so 'n bewering te maak. Sy laat hulle daar. Sy het nie 'n saak met Jonah nie. Vroeër was dit belangrik wat hy van haar dink, nou nie meer nie. Fonny en Boeta sit in die kombuis by die tafel. Boeta roer nog steeds aan 'n koppie koffie voor hom. Hy lyk uitgewas, gelouter, maar die eerste fase van oorweldigende verdriet, sien Ester, is afgeloop.

"Sy was so ongelukkig teen die end," sê hy. (Mymerend.) Hy slaap vannag in die huis oor. Môre, sê hy, môre gesels hulle, hy is jammer dat hy vandag in so 'n ellendige toestand was. (Lig sy kop vir die eerste keer, sy oë skóón van die trane, maar die hewige, vormlose, oorrompelende droefheid, sien Ester, het verskuif. Dit het reeds vir 'n ánder stemming plek begin maak.) Sy en Fonny kyk mekaar 'n oomblik aan – aarselend. (Wat lees hulle in mekaar se gesigte?) Ester sê sy hoop dat hulle binnekort kan gesels. Fonny knik. Ester groet hulle. Die gang is donker. Die swaar voordeur klik sag agter haar toe. Ook die voortuin is lokkend, geurig in die nag met die reuk van die donker rose en varsgesnyde gras. Sy kruip moeg tussen die koel lakens van die vreemde bed in die Gemoedsrus Kamers in. In die nag droom sy en probeer roep. Haar stem bly vasgevang in haar keel – sy kan dit nie uitkry nie.

drie

Die volgende dag, Vrydag, is die dag waarop Selene Abrahamson begrawe word. Ester Zorgenfliess word die oggend in haar bed in die Gemoedsrus Kamers wakker en weet aanvanklik nie waar sy is nie, nadat haar ma kortliks in 'n droom verskyn het, maar sonder om Ester se teenwoordigheid te erken.

Op hierdie dag kom Ester vir die eerste keer die vrou met die kind teë. Terwyl sy die oggend op een van die bankies onder die plataanbome langs die historiese kerk wag vir die begrafnisdiens om te begin, kom die ma en die kind op 'n bankie langs haar sit.

Die ma is oorgewig, sy dra 'n lang, helder, geblomde rok. Die kind is klein, haar liggaam duidelik onderontwikkel; moeilik om te sê hoe oud sy is. Sy het 'n effense boggel; haar kop is diep in die nek ingetrek.

Die kind staan by haar ma se knie. Haar wange is vuurrooi, hoewel dit nie warm is hierdie tyd van die oggend nie. Sy huil geluidloos. Sy bal haar vuiste. Sy byt aan haar klere. Sy probeer haar mou van haar aftrek met haar tande. Die ma probeer haar paai, praat sussend met haar. Sy waai haarself en die kind met 'n sakdoekie koel; kyk verontskuldigend in Ester se rigting. Die kind uiter geen verstaanbare woorde nie. Sy maak steungeluide, van magteloosheid, tussen die geluidlose trane deur. Die ma paai, probeer haar 'n koeldrankie te laat drink. Die kind stoot dit ergerlik van haar weg, haar gesig hoogrooi, vertrek van frustrasie.

Dan, skielik, sonder enige aanduiding, net vir 'n paar oomblikke, word die kind skielik rustig. Haar liggaam ontspan, daar kom oor haar gesig 'n vervlietende uitdrukking van algehele rus, sy rol haar oë boontoe sodat net die witte sigbaar is, sluit hulle 'n paar oomblikke, en iets soos 'n effense siddering gaan deur haar kinderliggaam.

Pas toe Ester 'n rukkie later in die kerk sit, besef sy dat sy in die verkeerde kerk is. Sy het sonder meer aangeneem dat Selene Abrahamson vanuit hierdie kerk begrawe sal word. Sy was afgelei; sy het nie daaraan gedink om te vra nie. Op dié manier loop Ester sowel die roudiens as die begrafnis van Selene Abrahamson mis.

vier

Die aand – Vrydagaand – eet Ester en Boeta saam in die Dorpskafee. (Daar was 'n boodskap van hom vir haar by die Gemoedsrus Kamers die middag.) Selene Abrahamson is die oggend vanuit die Sendingkerk begrawe in die nuwe uitbreiding van die begraafplaas wat uitloop op die klipperige, plat veld, van waar jy kilometers in die omgewing kan sien.

Boeta sit met sy kop in sy hande. Sy verdriet is nie meer so ooglopend nie. Hy is meer in homself gekeer. Hy sit met geboë skouers; hy lyk verslae. Gisteraand se óóp blik, die helderheid van sy gesig toe hulle gegroet het aan die einde van die aand – is weg. Dit het plek gemaak vir 'n stemming waarin Boeta hom miskien al geruime tyd bevind. Hulle bestel iets om te eet. Boeta bestel sonder geesdrif. Ester vra hom wat Selene se dood vir hom beteken. Hy skud sy kop woordeloos. Hy kyk pleitend na Ester. Hy sê dit is vir hom erg dat sy so alleen moet gewees het voor haar dood, en dat sy so kléin gelyk het die vorige dag by die begrafnisondernemers. Hy kan dit nie vergeet nie.

Hy kan van daardie beeld van haar nie ontslae raak nie – dit is amper asof dit al sy ánder herinneringe van haar uitwis. Hy kan amper nie meer onthou hoe sy wás nie, sê hy met paniek in sy stem. Hy kyk weg. Ester kan sien dat hy groot psigiese pyn het. Sy kan hom nie troos nie.

Hulle kos kom. (Geen *haute cuisine* nie, maar hulle het nie vir die kos hierheen gekom nie.) Boeta eet sonder veel eetlus. Hy sê hy voel dat hy Selene in die steek gelaat het. Hy het nooit geweet haar dood sal hom so tref nie. Hy weet nie wat hy gaan doen om met hierdie gevoelens om te gaan nie.

Hy vind dit erg dat daar 'n kind ook was. Doodgebore, sê Boeta. Ester vra of Selene 'n kind wou gehad het. Boeta sê hy weet nie. Hy het gehoor sy is swanger. Hy weet sy het 'n verhouding met die Engelse ou gehad, die Woodgate-ou wat die vorige aand by Antie Rose was, maar hy het gedink dis lankal uit. So hy weet nie eers of die man wel die pa was nie. Hy moes Selene gebel het, sê Boeta. Hy moes kontak gehou het. Hy moes haar bygestaan het. Hy was so wrapped-up in sy eie lewe. Hy het die afgelope tyd geleef soos 'n mol, hy was blind soos 'n mól – sê Boeta met hartstog. Hy het soos 'n fokken mol in 'n tonnel geleef; ondergronds gebúrrow, sê hy (met groot heftigheid) – hy sê dit selfveroordelend, selfkastydend.

Sy was so 'n wonderlike mens, sê Boeta, en wat het daar van haar lewe gekom? Hoeveel geluk het sy ooit gehad? vra hy. Ester swyg. Hoe sal sy weet? Hoe kan 'n mens met stelligheid sê wat daar van enigiemand se lewe gekom het? Haar ma en haar pa se lewe is voltooi, afgeloop, afgerond, en die stilte wat daarop volg, is ondeurgrondelik.

Boeta het donkerblou oë, soos sy pa en haar pa. As jy goed kyk, sien jy dat die blou irisse rooi vlekkies in het. Uitsonderlik, die kleur van hierdie oë. Mooi oë. Haar eie oë is gryser – 'n slapende, onvoorspelbare geen. Boeta sê hy gaan die volgende dag terug stad toe. Hy het baie om te doen. Hy weet nie of hy iets sal kán doen nie. Hy wil eintlik nie meer so voortgaan nie. Hy het die vreemdste drome. Hy wil voortaan meer gereeld hierheen kom. Hy wil Antie Rose ondersteun. Sy was altyd baie goed vir hom.

Ester vra hom hoe die begrafnis was. "Dit was seker okay," sê Boeta. "Wat kan jy verwag, met Jonah Voorsanger wat amper in die graf val – pissed out of his mind. Bennie Potgieter het hom just about aan sy lokke daar moes uittrek." Ester moet half lag. Sy moet lag vir Boeta se beskrywing en vir wat sy haar by sy beskrywing voorstel – 'n begrafnis in die beste vaudeville-tradisie. Miskien nie heeltemal waarop Antie Rose gereken het nie – maar waarde vir haar geld het sy onteenseglik gekry. Daarvoor het Jonah gesorg; daarvoor kan jy op Jonah Voorsanger reken. Hy moet 'n spektakulêre gesig gewees het met sy opvallende voorkoms (sy skoonheid), sy lang hare, sy buitensporige verdriet wat hy skaamteloos opsigtelik ten toon sal stel – sy hart op sy mou (waar hy dit altyd dra). 'n Groot, bloeiende, briljante hart. Spyt dat sy deur haar nalatigheid dié skouspel misgeloop het. (Maar wel die kind met die vurige wange gesien.)

En was die Engelse lover daar? vra Ester. Boeta knik sy kop bevestigend. Hy verstaan tog nie hoe so iemand nog sy gesig daar kon wys nie, sê hy. Woodgate het Selene nooit besonder goed behandel nie, of hy nou die pa van die kind was of nie, sê Boeta. Ester bedink haar om te vra op watter manier. Dit kom wel uit, mettertyd.

En hoeveel kontak het hy die afgelope tyd met Fonny gehad? vra sy hom. Sy het onmiddellik spyt dat sy gevra het, want sy wil Boeta nie verder met vrae belas nie. Nie soveel as wat hy behoort te gehad het nie, antwoord Boeta. Hy moes háár ook meer ondersteun het. Maar hy het nie meer vir mense oopgestaan die afgelope maande nie. Hy wóú eintlik nie weet hoe dit met haar gaan nie, veral nie na die ding met Petrus nie.

Boeta raak geleidelik meer gepantser. Sy enorme verdriet van gister is verby, toe hy so verskriklik in die motor gehuil het. Hierdie groot droefheid is hokgeslaan. Sy weerlose oopheid van die vorige aand is verby. In die plek daarvan is nou iets stroewers, meer wanhopigs, 'n strak gelatenheid. Hy kan nie meer leef soos hy leef nie, sê Boeta (sag), dit besef hy nou – dis nie natuurlik nie. Ester knik. Sy sien dat hy swaarkry. Hulle sit nog 'n rukkie.

Boeta stap saam met haar terug na die Gemoedsrus Kamers. Hulle groet by die wawielhek. Hy sê hy is jammer dat sy al die pad moes kom om hom in so 'n toestand aan te tref. Sy sê dit maak nie saak nie, sy is bly sy het gekom, sy is bly sy het hom gesien. Sy moet in elk geval een of ander tyd met Fonny praat – sy het ook gekom om haar te sien. En hulle sal mekaar weer sien, binnekort, onder beter omstandighede, sê sy, sy is seker daarvan. Boeta moet homself nie te veel vir dinge verkwalik nie. Die dinge wat gebeur het, was nie binne sy beheer nie.

Sy gaan na haar kamer. 'n Verlammende gevoel van magteloosheid het geleidelik in die kafee oor haar begin kruip by die aanskoue van Boeta se beswaardheid. Voor sy gaan slaap, lees sy in die Bybel wat deur die Gideoniete beskikbaar gestel is die geskiedenis van Ester. Sy lees dat toe Mórdegai verneem het wat alles gebeur het, hy uitgegaan en dwarsdeur die stad hardop en bitter geskreeu het.

Selene Abrahamson is begrawe. Boeta gaan die volgende oggend vroeg terug stad toe. Ester lê in die vreemde bed in die kamer met die puntige motiewe op die gordyne. Haar hart klop pynlik onreëlmatig in haar borskas, want sy weet nie vorentoe of agtertoe nie. Herwaarts of derwaarts nie.

vyf

Saterdagoggend sit vier mans in 'n rooi motor in die onderdorp naby die Steynhuis. Hulle rook 'n sigaretjie. Hulle het reeds die vorige dag in die dorp aangekom. Die ander vra vir Daan Theron waar hy daaraan gekom het en Daan sê hy is nie seker nie. Stefan Mendelsohn sê wat de hel nou en hulle kyk elkeen by 'n ander venster uit. Jakes Jones sien die skrootwerf op sy linkerhand. Salmon Senekal (wat die motor bestuur) sien die oop stuk erf op sy regterhand. Daan sien die parkeerterrein langs die Steynhuis en Stefan kyk na die lae heuwels agter die woonhuise. Hulle is elkeen besluiteloos op 'n ander manier. Daan sê weer hy is nie seker waar hy dit gehoor het nie. (Hy sê dit dromerig; nie onbehaaglik nie.) Hy het dit miskien by iemand gehoor wat dit by Bennie Potgieter gehoor het. Hy is nie seker nie. Dis tipies iets vir Bennie Potgieter om te versin, sê Stefan Mendelsohn. (Hy sê dit sonder medelye.) Jakes Jones lag. Salmon Senekal sê niks. Nou het hy nie 'n fokken clue nie, sê Daan, steeds dromerig. In daai geval, sê Salmon, gaan drink ons iets; hy kyk in die truspieëltjie, trek weg, maak 'n U-draai en ry stadig terug middedorp toe.

Hulle het almal gekom om na Jan de Dood te luister. Jakes het gekom met 'n halwe voorneme om dié keer na die oorlogsgrafte buite die dorp te gaan kyk, want een van sy voorouers lê moontlik in die omgewing begrawe. Salmon het 'n band met die dorp omdat hy 'n deel van sy vroeë kinderdae hier deurgebring het. Stefan Mendelsohn kom saam om rond te snuif, die scene uit te check, om te vat wat hy kan kry: 'n karakter, 'n cue, 'n deurslaggewende beeld. Daan kan die idee van die talking head (soos hy dit noem) nie uit sy kop kry nie. Hy wil die ander ompraat om met hom saam te gaan. Maar hy het nie 'n idee waar dit is nie, hy het net gehoor dis hier in die dorp of in die onmiddellike omgewing.

Saterdagoggend drink Ester Zorgenfliess tee in die Dorpskafee. Boeta is reeds terug stad toe. Hulle pa's was broers – Boeta se pa was die jongste van die nege kinders. Hulle oupa en sy drie broers het voor die Anglo-Boereoorlog saam uit die Kaap in die eertydse Transvaal aangekom en hulle op die dorp Lydsaamheid gevestig. Sy en Boeta deel 'n geskiedenis wat ver teruggaan. Dit gaan terug tot by die jong kinders wat warm na hulle grafte op toulere gedra is, terwyl die lemoene en nartjies swamagtig onder die bome verpoeier op die agtergelate plase. Dit gaan terug tot by hulle Oompie Karel aan die einde van die vertroude wêreld. Iewers in daardie oneindige ruimte wat hulle eers die Bosveld noem.

Vanaf die Dorpskafee stap Ester na die begraafplaas in die ou deel van die dorp aan die voet van die klipperige reeks koppies. Mooi is dit vanoggend hier. Stil, behalwe die gekoer van duiwe. Nadat sy 'n ent gestap het, gaan sy op een van die bankies sit, langs 'n groot sipres wat loodreg soos 'n suil na die hemel groei.

ses

Saterdagoggend bring ook Bennie Potgieter besoek aan die begraafplaas. Hy beweeg van die een grafsteen na die volgende en die trane stroom so oor sy wange dat hy byna nie voor hom kan sien nie. Hy vee sy neus aan sy baadjiemou af en vertoef hier en daar 'n paar oomblikke by 'n graf, lank genoeg om die inskripsie te lees.

Hy en Ester Zorgenfliess loop mekaar toevallig hier raak – nadat hy reeds bedaar het. Hulle het mekaar lank nie gesien nie en die aand by Antie Rose nie met mekaar gepraat nie.

Ester vra hom uit na sy roman. Hy het daaraan begin skryf toe sy hom leer ken het. Bennie haal 'n dik swart A-4-boek uit sy rugsak en slaan dit tussen hulle oop. Hy teken vir Ester 'n skematiese voorstelling ('n byna argitektoniese konstruksie) van die interaksie tussen ruimte en karakter soos hy dit in 'n volgende fase wil aanpak. Ester dink dat hy by al sy wonderlike vermoëns die gawe het om ongebreideld voort te borduur – soos Jonah Voorsanger – sy mentor in alle dinge. Dan word dit 'n boek van ontsagwekkende omvang, dink sy.

Waarmee is hy nog besig? Hy haal 'n ander boek uit sy sak en wys haar die strookprent waaraan hy teken. Die puntige, energieke en ekspressiewe lyne van die tekeninge laat haar dink aan Matthias Grünewald in postmoderne idioom. Die tema lyk wel op 'n kombinasie van sadomasochistiese verlangens en gewelddadige seksualiteit. Sy mag verkeerd wees.

As Bennie Potgieter hom by één ding sou bepaal, óf as hy dertig jaar vroeër geleef het, het iemand eenkeer gesê, het hy lank reeds 'n groot, Dostojewskiaanse roman oor die konflik tussen vader en seun, broer en broer, geskryf, omdat hy nie net die gekwelde visie het wat so 'n boek vereis nie, maar ook die vermoë om 'n storie te vertel, en die obsessiewe gedrewenheid. Maar in hierdie tyd, met sy elektroniese afleidings, laat die Wonderkind sy energieë voortdurend versnipper deur die talle ander opsies en kanale en eksperimenteringsmoontlikhede wat hom interesseer en waarin hy homself stort. Maar miskien, het die persoon toegegee, sou Bennie hom in 'n ander tydperk ook laat aflei het.

Kom hy dikwels in die begraafplaas? Bennie lag (sag), haal sy skouers op, kyk anderpad en sê, ja, hy kom gereeld met sy pa om blomme op volkshelde en familielede se grafte te sit.

Ester Zorgenfliess sit op die koue klipbankie langs die Wonderkind. Haar liggaam voel solied. Die nek groei stewig uit die skouers. Die skouers is twee hoekpilare. Die borskas daal sag op en neer. Die sagte geslag rus teen die bankie. Die oogballe agter die ooglede (wanneer sy dit een of twee keer liggies aanraak) behou nog hulle jellieagtige vastigheid.

Sy vra hom uit na die begrafnis wat sy die vorige dag misgeloop het. Bennie Potgieter lag weer, kyk weer weg, skud sy kop en Ester wonder wat hier verswyg, of gesuggereer word. 'n Diep, geurige koelte styg uit die grond op. 'n Reuk van gedistilleerde verrotting waarvan die komplekse assosiasies wat dit inhou Ester duiselig maak. Voel hy dit ook, wil sy vir die Wonderkind vra, hoe die koelte hulle liggame ongemerk binnedring?

Ester is opnuut verbaas oor die jeugdige ongevormdheid van Bennie Potgieter se liggaam (en die byna infantiele rondinge van sy skoene) in teenstelling met die donker, welige mansbaard. Die veters van sy hardloopskoene is nie heeltemal tot bo ingeryg nie. Hy lyk of hy in sy groot, geruite baadjie geslaap het. Sy blik is soos altyd ontwykend agter die bril met die swaar, onvleiende raam. Hy is onbeweegliker as wat sy hom onthou, miskien ook stroewer. Sy dink dat sy nie veel van hom weet nie. Hulle was nooit só goed bevriend nie.

Jonah vind Selene se dood baie erg, sê hy ineens. Sy wag vir hom om hierop uit te brei, maar hy doen dit nie. Sy het altyd aangeneem dat Bennie se bewondering, en miskien ook sy onuitgesproke erotiese begeertes en angste, uitsluitlik op Jonah Voorsanger gerig is.

Kort hierna groet hulle, en slaan elk 'n eie koers in. Laatmiddag bel Ester vir Fonny Alexander by Antie Rose se huis en vra of sy saam met haar die aand na die Steynhuis wil gaan, want in haar wandeling deur die dorp het sy op plakkate gesien dat die musiekgroep, Jan de Dood en sy Bende, vanaand die gaskunstenaars daar is. Van Jan de Dood weet Ester, maar sy het hom nog nie sien optree nie, en sy vind dit 'n onverwagse bate dat sy optrede in die dorp met haar besoek saamval.

sewe

Tussen Ester Zorgenfliess se besoek aan die begraafplaas die oggend en haar besoek aan die Steynhuis die aand, beweeg sy die hele dag deur die dorp. Van die begraafplaas (waar sy Bennie Potgieter agterlaat), stap sy verby die poskantoor; verby die stadhuis met kloktoring, en kanonne uit die tyd van die Anglo-Boereoorlog; links in Steynstraat af tot onder in die dorp, waar die Saterdagoggend-drukte die merkbaarste is; en weer terug met Reitzstraat, verby die begrafnisondernemers op die hoek (waar Selene Abrahamson opgebaar gelê het), tot in Kerkstraat, waar die mense nog steeds by die openbare telefone in rye wag om te bel, of in groepies rondsit en -staan, en uitgelate lag en gesels. Sy drink 'n tweede keer tee in die Dorpskafee; sy drink later koffie op die stoep van die Grand Hotel; sy eet 'n toebroodjie in 'n kafee met geruite tafeldoekies.

Sy hou haar oë oop vir nog mans met waentjies, soos die verbete meneer Van Gogh wat die vorige dag met opgerolde doeke by haar verby is. Op pad iewers heen. Maar in die omgewing van die historiese kerk is sy veral op die uitkyk, aandagtig, vir die ma en die kind, met die vuurrooi wange, wat sy gister hier teëgekom het.

Om eenuur is die drukte ineens verby. Die dorp loop leeg. Die lang strate word stil. Noudat daar minder menslike afleiding is, hou Ester die wisselende lig en lug met groter aandag dop. Sy kyk hoe die wolke voortdurend verander. Aanvanklik is hulle laag op die horison, sag, met geen harde rande, geen skerp skaduwees of skielike oorgange nie. Die wolke is eers so delikaat dat hulle nouliks van die blou van die lug onderskeibaar is. Later pak hulle saam, vorm dikker stapels, met 'n bruinerigheid in die soliede binneste dele – 'n beduidenis van rooi en geel, 'n warm grys. Gaan dit reën?

Sy loop deur die lang, stil dorpstrate. Sy dink: Op Bennie Potgieter kan jy reken om 'n ontsaglike boek te skryf; op Jonah Voorsanger kan jy reken om herhaaldelik en hiperbolies te oordryf. Die Piet-my-vrou roep: Weet-weet-weeoo. Die tuinduif roep: Koe-roe-koe. Die tortels roep: Koe-koer-doek. Die hemel raak wyer en oper. Die wolkstapels beweeg weg, in 'n oostelike rigting.

Sy dink: Lig bepaal die vastigheid of onvastigheid van vorms. Dit bepaal die intensiteit van kleur en die diepte van skaduwees. Die een lig is hemels – dit lig vreugde en genieting uit; 'n ander lig is vlak, geel, héls.

Sy kyk op na die wolke, na die ganse hemel van einder tot einder; sy kyk af na die grond voor haar voete. Die grond het hier 'n ander kleur; die gras groei pollerig. Die insekte is skigtiger. Die oorheersende kleure is okers, sandgele en blonde pienke. In die omgewing buite die dorp is daar oorlogsgrafte; sy ken nie die geskiedenis van die omliggende gevegsterreine nie.

Laatmiddag word dit skielik koel. Die hemel verbleek, raak goudkleurig nader aan die horison. Die lig en donker kontraste in die bome word groter. 'n Rukkie later gaan die son met gepaste glans en glorie onder – sy het niks minders verwag nie: klein, intense, skerp, dramatiese kwashaaltjies van purper, goud, karmosyn en vermiljoen.

Die aand bad sy, trek die enigste mooi rok aan wat sy saamgebring het, sit lipstiffie aan, en maak haar gereed om met Fonny Alexander na die Steynhuis te gaan, om daar na Jan de Dood en sy Bende te gaan luister.

agt

Saterdagmiddag ry die vier mans, Salmon Senekal, Jakes Jones, Daan Theron en Stefan Mendelsohn, tot buite die dorp waar hulle 'n afdraai neem na die oorlogsgrafte. Hulle ry op 'n gruispad tussen rotsblokke en doringbome deur. Hulle hou bo-op die plato stil. Hier is dit baie stil, die enigste geluid is dié van die wind, wat altyd hier waai. Van hier kan 'n mens kilometers aaneen oor 'n enorme, uitgestrekte stuk landskap kyk, met blou berge in die verte.

Hulle sit eers 'n rukkie in die motor voor hulle uitklim en na die eerste omheinde kampie met grafte stap. Daan tel 'n stokkie op wat lyk soos 'n figuurtjie – met 'n perfekte ronde mondjie. Jakes Jones het in sy kop 'n verspotte, aanhoudende frase uit 'n science fiction-rolprent wat hy onlangs gesien het. Salmon skop teen 'n groot klip met koeëlgate – of wat lyk na koeëlgate – want al die klippe in die omgewing lyk dieselfde, en Stefan Mendelsohn wonder hoe ver hulle van die naaste kremetartboom is.

Jakes besluit dadelik dat sy oupagrootjie nie hier lê nie en dié wete gee hom die vryheid om ontspanne rond te kyk. Daan hop rusteloos van klip tot klip. Elkeen slaan 'n tydjie lank sy eie koers in en bekyk die omgewing en die grafte. Soos die skaduwees begin rek, raak elkeen toenemend besig met sy eie gedagtes.

Voordat hulle in die motor klim om terug te gaan dorp toe, rook hulle nog eers weer 'n sigaretjie saam waar hulle op die rotsblokke 'n entjie van die oorlogsgrafte sit en intussen begin die son ondergaan en word hulle bykans tot stilswye gedwing deur die skouspel van kleure oor die manjifieke vallei voor hulle. Hier lyk die landskap ontsagwekkend groots – skielik omvangryker as toe hulle hier aangekom het. Hulle praat min, hulle praat los en vas, hieroor en daaroor.

Jakes vra: Wat sou deur die loop van 'n enkele dag deur die gemoed van 'n ongeletterde Kakie gaan, van skouspelagtige sonsopkoms tot skouspelagtige sonsondergang? Heroïese gedagtes, sê Salmon, die een heroïese gedagte na die ander: Wat sal ek eet? Waar sal ek kak? Sal ek die dag oorleef? Jakes lag. Maar Daan raak rusteloos, want soos die skadu's langer word en die omgewing stiller en die windjie droewiger en 'n raps venyniger waai, word die dringendheid groter om sy versoek onder die ander se aandag te bring. Hulle ís nou hier, sê hy, en hulle moet werk maak van die geleentheid. Terwyl hulle hier is, moet hulle ondersoek instel – volgens wat hy gehoor het, is dit iets wat jy nie aldag teëkom nie. Jakes Jones lag en sê: You can stay as you are for the rest of your life or you can change to Mainstay, en Salmon sê: Nie 'n slegte idee nie. Sal hulle afgaan dorp toe, sê hy, en 'n kap maak?

Jakes wil weer by Daan weet waar hy nou eintlik van die hele ding gehoor het, en Daan sê: Wat maak dit nou saak waar hy daarvan gehoor het, dit kon in die stad wees, dit kon verlede keer in die Steynhuis wees, dit was heel moontlik by iemand wat dit by Bennie Potgieter gehoor het, hy het mos al so gesê, wat maak dit nou saak wie hom vertel het? Maar het hy 'n adres? vra Stefan. Hy het so half en half 'n adres, sê Daan. En Stefan sê: Hoe het 'n mens half en half 'n adres, jy het dit of jy het dit nie. Hy het 'n kontakadres, sê Daan, en hy stel voor hulle gaan nou dadelik soontoe, voor hulle na die Steynhuis gaan. Salmon kyk anderpad, en hy bly anderpad kyk, omdat hy niks te doen wil hê met enigiets waarby Bennie Potgieter moontlik naby of verlangs betrokke is nie, en bowenal wil hy nie in 'n posisie wees waar hy van enige inligting van Braams du Buisson óf Bennie Potgieter afhanklik is nie. Niemand hoef te weet wat sy redes is nie, laat hulle dink dat daar 'n onopgeloste wedywer tussen die twee van hulle bestaan. Dit is ook so. Op een vlak is dit so en op een vlak is dit nie so nie.

Hulle moet sy woord daarvoor neem, sê Daan, hulle moet hom net vertrou, hy sal al die inligting kry, hulle moet net saam met hom gaan; hulle sal nie spyt wees nie – hierdie is 'n way-out ding soos hulle nog nooit teëgekom het nie. Jakes lag en vra Daan wat hy wil hê die man moet vir hom sê. Wat wil hy in die toekoms sien wat die man vir hom moet uitwys? Dis nie net dat hy in die toekoms wil sien nie, sê Daan, dis die hele verskynsel van die talking head (soos hy dit noem) wat hy wil sien. Hy wil sien hoe die man roerloos daar lê, en dan kom hierdie goed uit sy mond – nie doodgewone voorspellings nie, maar soliede stukke – ja, wat moet hy dit noem? Soliede stukke kak, sê Salmon, wat dan in goud verander en dan word jy dienooreenkomstig gecharge. Soliede stukke geskiedenis, sê Jakes, soliede blokke geskiedenis soos dit nog gaan gebeur. Ja! sê Daan, ja! So iets! Jakes lag. Op sy malste het hy 'n soortgelyke gawe gehad, sê hy (sag).

Siener van Rensburg redivivus, sê Salmon. Die swart Siener, sê Stefan, wat teruggekom het om hom op die Boere te wreek. Waarom sou hy hom op die Boere wou wreek? vra Jakes. Omdat hulle hom nooit goed genoeg betaal het nie, sê Salmon. Tydens die mees bedroewende tydperk van sy lewe, sê Jakes, en voltooi nie sy sin nie maar kyk anderpad – oor die enorme geboë ruimte van die plato, waar 'n voorouer iewers lê, of nie lê nie, dit kan hom ook nie soveel skeel waar die man hier sy lewe kom aflê het nie. En desnieteenstaande, dink Jakes, ten spyte van daardie trippie, daardie trip na die hel en terug, by wyse van spreke, beskou hy homself steeds as 'n gelukkige man. So sit hulle geruime tydjie in die motor en praat, en dwaal te veel na Daan se sin af, wat nou dringend met hulle tot 'n vergelyk en 'n vaste plan van aksie wil kom.

nege
Die eerste aand in die Steynhuis val 'n groepie van vier mans en 'n geselskappie van vyf vroue Ester op. Ross Bekker, 'n skilder uit die stad,

praat mettertyd uitgebreid oor sy werk en Fonny maak Ester daarop attent dat hy stoned to the eyeballs is. (Uit haar eie sou Ester dit miskien nie gemerk het nie. Haar skerpte van visie aan die afneem?)

Die Steynhuis is 'n historiese dorpshuis, vernoem na president Steyn, wat tydens die Anglo-Boereoorlog 'n paar weke hier tuisgegaan het voordat hy by generaal Christiaan de Wet aangesluit het op hulle uitmergelende tog – wat later as die dryfjag op De Wet bekend sou staan. Die huis is in die onderdorp, in 'n buurt van ou huise, oop erwe, naby 'n skrootwerf, en dit is omskep in 'n alternatiewe eet- en drinkplek waar uitgenooide kunstenaars soms optree.

Ester het saam met Fonny Alexander gekom om na Jan de Dood te luister, en van al die gaste is dit veral 'n lang, seningrige man met kort, stekelrige hare wat haar opval (hy dra 'n swart T-hemp en werkersboots en 'n fancy groen broek met blinkdraad in). Sy naam is Jakes Jones, sê Fonny toe Ester haar vra, en die man met die kortgeskeerde hare en bril se naam is Salmon Senekal. Sy ken nie die ander twee mans in hulle geselskap nie.

Fonny is soos die vorige dag in swart geklee en heeltemal in haarself gekeer. Dit merk Ester heel gou. Jonah Voorsanger, Bennie Potgieter, Braams du Buisson en 'n vrou met hewig gekartelde hare (Dorothea van Dorp, sê Fonny) maak mettertyd hulle verskyning. Ester is dankbaar dat hulle by 'n tafel aan die teenoorgestelde kant van die groot sentrale vertrek gaan sit – met Jonah Voorsanger verkeer 'n mens nie gesellig saam nie. Met Jonah swaai 'n mens aan bobbejaantoue en kroonkandelare. Jy dans op warm kole tot jy morsdood neerslaan. Wat is Jonah Voorsanger as hy nie groter as lewensgroot is nie? Ken Ester nog iemand wat so onverdraagsaam en normatief is? Sy en Jonah het nooit goeie vriende geword nie. Die Wonderkind sit gedwee langs hom en eet; sy groot, sagte lyf skud af en toe soos hy lag. Hy dra vanaand 'n kanovaartpet asof hy deesdae by al sy talle ondernemings ook nog met vernuf riviere bevaar. (Alles waarskynlik droë lope. Die eertydse snelstromende riviere.)

Uit die sentrale vertrek – mure diep karmosynrooi geverf en houtafwerkings smaltblou – lei 'n agterste vertrek waar die gaste reeds uitbundig aan die dans is en as dit van hulle afhang, dit steeds meer uitgelate sal doen.

Ester sien dat sy nie vanaand met Fonny 'n betekenisvolle gesprek gaan voer nie. Eers hou sy Fonny stip onderlangs dop vir sigbare tekens van beletseling. Maar behalwe dat Fonny nie spraaksaam is nie, onversteurbaar met haar eie gedagtes besig is en in haar swart sjaal soos in 'n kokon gewikkel is, is daar uiterlik aan haar niks te merk nie. Niks val Ester op nie, behalwe die romerige glans van Fonny se vel (teebruin), haar wenkbroue soos stadspoorte, die aangrypende weerloosheid van haar nek (haar hare is opgesteek) en die koel, mineralogiese glans van haar swaar hare.

(Fonny en Selene Abrahamson was niggies – haar ma was Selene se pa se suster. Fonny se pa is óf jonk dood, óf hy het verdwyn – daar is een of ander storie aan sy dood verbonde waaroor Ester nie seker is nie.)

Die geselskappie vroue (ook deur Ester noukeurig in die oog gehou) lyk of hulle veel plesier aan die aand en aan mekaar se geselskap het. 'n Vrou met kort, donkerrooi hare en lang ledemate (Truth Pascha – historikus, sê Fonny); 'n vrou met swaar, skouerlengte blonde hare wat soos Kathleen Turner lyk (Johanna Jakobsen, iets in 'n mediese veld); 'n vrou met 'n breë gesig en kunstig gekartelde hare (Maria Wildenboer, Freudiaanse terapeut); 'n vrou met 'n bob en 'n bril ('n skrywer, maar Fonny kan haar naam nie onthou nie), en 'n vrou met 'n spits, gespanne gesig en rooibruin hare (sy woon op die dorp, maar Fonny ken haar nie).

Later die aand kom die skilder Ross Bekker en sy metgesel by 'n tafel naby hulle sit. Die jong metgesel lyk soos 'n 1950-Coca Cola-advertensie. 'n Groep mense skaar hulle spoedig om die skilder. Hulle vra hom na sy werk uit. Hy beantwoord alle vrae met 'n mengsel van onverskillige sjarme en klaarblyklike ongeduld. Fonny merk teenoor Ester op dat die skilder stoned to the eyeballs is. Die skilder verduidelik dat hy met die tema van herdenking werk. Ester luister onbeskaamd na die man met die geblaaste kop. Hy wil die intensiteit van die beeld ontbind deur die ruimte wat hy skep tussen die toeskouer en die kunswerk, sê hy. Hy wil idees opstel en hulle dan onteien. Sy beelde moet fenomenologies sowel as metafories werk, hy wil homself besig hou met die aard van beeldgebruik, met wat 'n beeld is. Hy wil beelde gebruik en demistifiseer. Die reeks gestreepte skilderye wat hy onlangs ten toon gestel het, het miskien té selfverwysend geword, sê hy. Hy wil sy abstrakte werk op 'n manier nieabstrak maak om sy eie intensies te ondermyn. Hy wil aan sy werk 'n hallusinatoriese polsslag gee. Die reeks grys skilderye het hy grys gemaak tot op 'n punt waar hulle heeltemal onsigbaar word, uitgedoof raak – uitsterf. Terwyl Ross Bekker praat, wieg sy metgesel – waarskynlik minnaar – liggies heen en weer op die stoel.

Mense in die groep hou aan vrae stel. Die skilder antwoord deurgaans met dieselfde nonchalance, asof hy nie by 'n gesprek oor sy werk betrek wil word nie. Hy praat weer oor die herdenkingsmotief in sy werk – sommige werk is minder en sommige meer direk kommemoratief – opgedra aan sy gestorwe vader, aan gestorwe vriende. Hy werk binne 'n bepaalde troop, sê die skilder (sy minnaar wieg swygend op die stoel). Die vergaderde groep om die tafel luister aandagtig, verruk. Hy probeer 'n korpus werk saamstel wat sy spirituele neigings – of begeertes – akkommodeer. 'n Lastige woord, sê hy – spirituele begeertes. (Hy lag 'n oomblik sag, kyk af. Lag in sy mou, dink Ester.) Hy wil die herdenkingsbeelde gebruik en vóréntoe beweeg; hy wil die idee van sentiment, van rou, die geestelike dimensie gebruik en ágterlaat. In een van sy mees onlangse werke, sê hy, het hy 'n mausoleum probeer skep waarin hy werk met idees en beelde van skeuring en mutasie. Hy sou nooit die moontlikheid van volkome vernietiging wou onderskat nie. Wat nie gesê word nie, sê hy, is net so belangrik as wat gesê word. Maar in sy werk wil hy ook die visualiteit, die optikaliteit, die plesiér aanspreek. Op dié manier wei Ross Bekker uit oor sy werk, terwyl hy oor al die gretige aanhoorders se koppe heen op 'n onbepaalde punt in die verskiet staar.

Die jong metgesel se wange is blosend, 'n diep blos asof hy koors het. Sy mond is vol en rooi. Hy het 'n sfeer van vroulike misterie om hom. Hy dra 'n geruite hemp. Hy is sexy en in sy eie gedagtewêreld versink. Hy kyk nooit direk na die skilder of enigiemand anders nie. Sy blik bly, soos dié van Ross Bekker, iewers op 'n onbepaalde afstand gefokus. Hy sit woordeloos en passief op sy stoel, ten spyte daarvan dat die skilder soms na hom draai. Hy is tevrede en selfgenoegsaam – vol van 'n geheime wete van oorvloed. Hy is passief en voldaan – asof tyd vir hom geen hindernis is nie; asof hy nie soos ander mense aan die weë van tyd en verval, onrus en verveling onderwerp is nie.

Dis alles dieselfde, sê die skilder, die blomme en die klippe en die vliegtuie wat hy skilder.

Nee, dit is nie, daag een van sy aanhoorders hom uit.

Dis alles verf, sê die skilder.

Later beweeg Ross Bekker en sy metgesel na 'n ander tafel. Jan de Dood het nog nie sy opwagting gemaak nie. Ester gaan buite asem skep. Sy ruik 'n naderende klamte in die lug wat nie voorheen daar was nie. Om die maan het die newel verdiep tot 'n stralekrans van pers en rooi. Onder haar voete is sy bewus van die aarde se ligte welwing.

Na twaalf het Jan de Dood nog nie sy verskyning gemaak nie. Die gaste is daardeur geensins gedemp nie. Kort daarna besluit Ester en Fonny om te gaan. 'n Digte, koue mis het ondertussen – onverwags – oor die dorp opgekom. Die sigbaarheid is vinnig besig om minder te word. Ester en Fonny stap in die rigting van die bodorp. Die mis sluit hulle van die buitewêreld en van mekaar af. Dit verdof die klank van hulle voetstappe op die gruis. Dit word spoedig so dig dat voorwerpe langs die pad nog net in die beperkte lig van die straatlamp sigbaar is.

Ester vra Fonny vir die eerste keer uit na haar werk. Fonny sê sy skilder nie meer nie. Ester wonder eers of sy reg gehoor het. Sy wil weet waarom nie. Fonny sê dit is nie meer vir haar belangrik nie. Ester laat dit voorlopig daar. Sy wil nie verder daaroor praat voor sy Fonny nie na die voorval uitgevra het nie. Bo in die dorp neem hulle van mekaar afskeid. Ester gaan na die Gemoedsrus Kamers links van die historiese kerk, Fonny na Antie Rose se huis regs van die kerk, verby die ou begraafplaas. Vanaf hierdie punt begin Ester se voorneme vorm aanneem. Van hier af word sy bestendig en doelgerig.

tien

Sondagoggend drink Ester tee in die Dorpskafee. Daarna stap sy deur die verlate strate van die dorp. Om elfuur vermy sy die kerkgangers, maar draal tog effens in die omgewing van die historiese kerk in die hoop om weer die ma en die kind te sien wat die oggend van Selene Abrahamson se begrafnis hier op een van die bankies kom sit het. Laatoggend ry sy 'n entjie die dorp uit in die rigting van die oorlogsgrafte. Die middag slaap sy. Waarom sal sy nie van die geleentheid gebruik maak om uit te rus terwyl sy hier is nie? In die loop van die dag dink sy dikwels aan haar man en kind. Sy en die kind kan mekaar op die oomblik nie bereik nie, want die kind is op besoek by haar vader in 'n ander stad. Voor haar vertrek het Ester na die klere in die kind se kas gekyk – haar teenwoordigheid nog merkbaar daarin. Haar kamer ruik na vanielje. Sy is nouliks meer 'n kind. Sy is 'n meisie van agtien – 'n volwassene. Haar verhouding met Ester het vir die kind ander konsekwensies gehad as dié met haar (verlore) vader. Die vader was verlore en is weer teruggevind. Iets Bybels daaraan. Behalwe dat dit die kind se voorreg is om verlore te raak en weer teruggevind te word – nie die ouer s'n nie. Die kind het maande lank herhaaldelik snags van die vader gedroom. Eindelose variasies op die tema van die vader se dood, verminking, verlies, verraad. Die vader grynslag soos 'n dooie. In haar slaap roep die kind uit.

Die aand voor Ester se vertrek hierheen het die kind haar gebel. Sy het vertel van haar vader. Sy is by hom op besoek omdat hy weer terug is in die land van die lewendes. Hy was lank nie bereikbaar nie. Die kind het vertel dat sy steeds nagmerries het, selfs nou, by hom, by die vader. Die vader luister snags na haar asemhaling. Hy slaap lig. (Maande lank waaksaam leer slaap.) Sodra hy hoor haar asemhaling word swaarder (vertel die kind), troos hy haar al. Maar die nagmerrie volg nietemin. (Dit is onstuitbaar. Die onbewuste angste beur steeds na bowe.) Die kind roep uit. Sy het gedroom haar surrogaatvader is dood. (Die angstigheid om die vader se welsyn, om sy lewe, nog nie afgelê nie.) In die droom sê die kind herhaaldelik: Dit breek my hart! Oor en oor sê die kind in die droom: Dit breek my hart. 'n Volgende nag word haar asemhaling weer swaarder. Die vader troos haar al! Sy roep! Nou vervul hy ná al die verlore maande sy rol as vader – die vader wat waak oor die kind se asemhaling as sy slaap. Die vertroostende vader. Die kind droom daar is siek kinders wie se laaste wens dit is dat daar lyke aan hulle gegee word om met swart verf te bedek. Dit is nie duidelik in die droom of dit vir hulle plesier is nie. Die dooies word ritueel beskilder deur die terminale siek kinders. Al die maande, al die jare selfs, moes die kind haar kwel oor die vader se oorlewing. In die maande wat hy verlore was vir die wêreld en vir homself, wat sy nie geweet het of hy dood is of lewe nie, moes die kind deur die hel gaan. Om sy onthalwe moes sy die hel van vertwyfeling trotseer.

elf

Die mans, Salmon Senekal, Jakes Jones, Stefan Mendelsohn en Daan Theron gaan Sondagmiddag in die veld buite die dorp piekniek hou. Daan bring 'n vriend van hom uit die dorp, Krisjan Steenkamp, saam. Hulle draai af in die rigting van die oorlogsgrafte, maar hou stil net voor hulle bo op die plato kom, net voor mens by die grafte kom, want Jakes sê hy sien nie kans om tussen die grafte te drink en sy hare te laat hang nie. Hulle het bier saamgebring en sprei Salmon se reisdeken uit in 'n oop area tussen doringbome en groot rotsblokke. Daan begin dadelik met die saak wat hom nou al dae lank interesseer. Hy wil die ander oorreed om saam met hom te gaan; hy het 'n kontakadres. Sodra hy die adres van die man by dié mense gekry het, moet hulle almal saam met hom na die talking head gaan. Die ander bly halfpad geïnteresseerd, halfpad oorgewen. Bowendien het elkeen iets anders op die gemoed; elkeen het sy eie gedagtegang en agenda. Salmon is rusteloos soos 'n hond wat senuweeagtig agter 'n spoor aan is, snuf in die neus gekry het en kort-kort fyn tjankgeluidjies maak (dink Jakes).

Hulle sit op die reisdeken, hulle leun teen die rotsblokke aan; hulle rook hulle sigarette en drink die bier. Daan se vriend, Krisjan, is rustig, effens aarselend in sy manier. Hy is óf 'n vlermuiskenner, óf 'n geoloog – nie Salmon of Jakes is seker nie. Hy vertel tydsaam en afgemete dat hy die vorige nag geteister is deur slegte drome en dat hy die oggend 'n gedig geskryf het. Waaroor gaan die gedig? vra Jakes en Krisjan sê dit noem 'n paar dinge op wat hy die oggend waargeneem het: 'n hond wat blaf, 'n voël wat sing, 'n wolk in die lug.

Daan vind die onbeskadigde, heeltemal intakte vel van 'n slang aan 'n tak van 'n doringboom. Selfs die geskubde vel oor die oog het behoue gebly. Hulle neem beurte om deur die oog te kyk. Nou is julle kans om die wêreld te sien soos 'n slang dit sien, sê Daan. Hulle kyk elkeen deur die dun, skubbige oog. Deur die oog van die slang, sê Jakes. Moeiliker deur die oog van die slang, sê Daan, en steek vas. Hoe gaan dit verder? vra hy. Moeiliker vir 'n slang deur die oog van 'n naald, sê Salmon, as vir 'n ryk man om die koninkryk van die hemele te betree. Dis vir 'n arm man ook moeilik, sê Jakes. Hoe lyk die wêreld vir julle, vra Daan, deur die slang se oog? Dis half-blurred, nè?! sê Stefan. Dis sag, sê Krisjan, met effense afgeskuinste kante.

Behalwe die slangvel maak hulle nog 'n paar ander klein ontdekkings in die omgewing: 'n ongewone klip, 'n landskulp, 'n koeëldoppie. Hulle praat oor Jan de Dood (ter wille van wie hulle eintlik hier is – almal, behalwe Daan). Hulle wonder of hy vanaand sy opwagting sal maak. Salmon sê hy twyfel, hy het 'n gevoel die man wys nie weer sy gesig hier nie. Hulle praat oor die Oorlog – na aanleiding van die koeëldoppie, maar ook na aanleiding van die stand van die wolke (dromerige stapels) en die stemming van die veld. Krisjan vertel dat 'n klein groepie Boere onder aanvoering van 'n generaal Schutte die Engelse hier net buite die dorp in 'n hinderlaag gelei het. Krisjan vertel een en ander omtrent hierdie generaal Schutte. Dit is nie een van jou hoëprofiel-generaals nie, sê hy, maar 'n interessante man. Hy het onlangs sy dagboek ter insae gehad, sê Krisjan. Dit lyk asof dit 'n man was met 'n ruim algemene kennis en 'n poëtiese geaardheid, al klink dit nie versoenbaar met 'n Boeregeneraal nie. Waarom sou dit nie wees nie? vra Jakes. Omdat die bloudruk vir Boeregeneraals 'n kragdadige man soos generaal De Wet is, en dié man was nogal melancholies, sê Krisjan, iemand wat emosioneel swaargekry het in die oorlog en dit nie weggesteek het in sy dagboek nie. (Jakes dink, Krisjan het self 'n melancholiese sfeer om sy hoof.) Waar het Krisjan die dagboek ter insae gekry? vra Salmon. Sy ma het dit onlangs vir hom gewys, sê Krisjan, generaal Schutte was 'n oom van haar – haar pa se oudste broer. Die bestaan van die dagboek is waarskynlik doodgeswyg al die jare – hy glo nie sy pa het dit ooit gelees nie – omdat dit nie 'n ondubbelsinnige verslag van oorwinningsdrif en krygstaktiek is nie. Wanneer het hy tyd gekry om te skryf? vra Daan. Die generaal kan jou nie nou sien nie, sê Jakes, hy skryf nog eers in sy dagboek. Die aanval moet afgelas word, sê Stefan, die generaal skryf 'n gedig. En wat het met hom gebeur ná die oorlog? vra Salmon. Hy het dit nie oorleef nie, sê Krisjan. Hy is hier iewers in die omgewing begrawe.

Jakes se gedagtes dwaal af. Hy vind dat hy deesdae soms moeite het om te konsentreer. Hy dink die afgelope tyd weer dikwels aan sy trippie na die hel, sy hellevaart; sy waterskeidingservaring. Dit is nou al meer as sewe jaar gelede. In sommige opsigte by tye (onverwags) so helder as indertyd. 'n Volslae psigotiese episode. 'n Tydperk van volslae, uitgebreide, uitbundige, obsene, losbandige waansin. And he lived to tell the tale. Behalwe dat hy die verhaal nie dikwels vertel nie, want mense hoor dit nie graag nie. Hulle skrik as hulle dit hoor, hulle deins terug vir die detail. Mense wil nie hoor van die verlies van beheer nie. Veral nie in dié land nie. En miskien tereg ook. Wat wil die man op straat weet van hellevaarte, van jou kop wat een oggend onverwags en sonder sigbare aanleiding uithaak? Krisjan Steenkamp praat intussen stadig. Hy vertel van die soort vlermuise wat in die omgewing aangetref word. Hy beskryf die geologiese formasies. (Nou weet Jakes en Salmon nog steeds nie of Krisjan 'n vlermuiskenner of geoloog is nie.) Maar kort voor lank begin Daan weer met sy betoog soos 'n terriër wat 'n haas aan die nek skud – hy kan sy obsessie met die vooruitsiende man nie laat gaan nie.

Later praat hulle oor Bennie Potgieter en Braams du Buisson. Hulle is soos die Goncourt-broers, sê Stefan. Op watter manier? vra Jakes. Vergeet van die Goncourt-broers, sê Salmon (onderlangs) – Bennie Potgieter dink hy is Flaubert. Miskien is hy dit, sê Jakes, is hy nie veronderstel om 'n merkwaardige literêre talent te hê nie?! Salmon word rooi; hy sê niks. Talent, sê Stefan, talent is nog nie the real thing nie. Ons het almal talent, maar wat van ons talent gaan word, dit moet ons nog sien.

Die wolke wat vroeër dromerig opgestapel het, begin geleidelik uitmekaar dryf en weswaarts beweeg. Hulle praat oor Sid. Daan sê hy het laas nog 'n spesiale sigaretjie by Sid gekoop. Stefan sê Sid was nie baie versigtig nie. Salmon sê hoe moes Sid versigtiger wees? Stefan sê hy kan aan baie maniere dink. Te laat nou, sê Salmon. Los wolkies hang ylerig op die horison, die hemel het leeggeraak en daar kom 'n koelte oor die veld. Daan kry hulle oplaas so ver om in te stem om die adres van die sienerman by die kontakadres te probeer kry voor hulle vanaand weer na die Steynhuis gaan.

twaalf

Fonny Alexander kom Sondagaand met haar bakkie na Ester en van daar stap hulle op Ester se versoek na die Steynhuis omdat dit 'n allermooiste aand is, met die klimmende (groeiende, uitdyende) maan, aanvanklik skugter en later flagrant, en die kriekgesang wat geleidelik in drif en oorgawe toeneem, en die onmeetlike (ongekende) wye hemel (ongeken vir Ester wat vergeet het hoe groot die hemel hier kan oopmaak – in teenstelling met die stad). Fonny is weer in swart geklee met haar hare in bande en beperkings vas ('n weduwee) en vreemde skaduwees oor haar gesig – afgelei, nie spraaksamig nie – soos die vorige aand. (Ester verbaas dat Fonny ingestem het om weer met haar saam te gaan.) Geen newel vanaand om die swellende maan nie en geen klamheid in die lug te bespeur nie, en nie meer as 'n hand vol brokkelrige, onvlieserige wolkies in die lug nie, en nie die geringste teken vanaand meer van die digte mis wat die dorp gisteraand bedek het nie. Ester het weer die vorige nag van haar ma gedroom en sy wonder: word hier 'n motief ingelui? Haar oë is branderig en haar hart skommel vreemd onbestendig in haar borskas.

Sy en Fonnie stap vinnig. Fonny se profiel is afgewend, die swart sjaal weer styf (beskermend) om haar skouers gedraai, haar kop effens vorentoe gebuig. Eers sit hulle binne, by 'n tafeltjie in die hoek onder 'n skildery van minnaars ('n hewig ekspressiewe werk). Later sal hulle op die stoep gaan sit wanneer dit te druk raak binne. Dit is die laaste keer dat Fonny Ester na die Steynhuis vergesel.

Die man met blosende vel wat oor Kwaadwilligheid skryf, is weer vanaand hier. Maria Mulder en geselskap (lang vrou met leerbaadjie en nors vrou met groot ken) is weer hier. Die kunshandelaar (handelsprins) Simon Vouet en sy uitgebreide geselskap is weer hier. (Simon Vouet met fletsblou oë en 'n Buck Rogers-kakebeen; lank, blond, energiek en elegant; sy good looks nét besig om te begin verweer.) Die rap poet wat nooit eet nie, is hier. Die exiled dramaturg is weer hier, asook Melvin April, skrywer van magistrale historiese romans. Almal waarskynlik om Jan de Dood te sien optree; almal die vorige keer deur Fonny vir Ester geïdentifiseer. Jakes Jones, met blinkdraadbroek en werkersboots, stekelrige hare en klein mondjie, is weer hier, soos die vorige aand in die geselskap van die jonger man met die krullerige, donker hare, die man met die bloubaard, en die man met kortgeskeerde hare en 'n bril, wat kortaf in Fonny se rigting knik toe hy haar sien.

Later die aand (Jan de Dood het nog nie sy verskyning gemaak nie) gaan Fonny en Ester op die stoep sit waar dit koeler en minder rumoerig is. (Die kriekgesang net nog nie heeltemal deur die musiek verdring nie.) Teen tienuur daag Jonah Voorsanger en geselskap op – Bennie Potgieter, Braams du Buisson en die vrou met kuite en welig golwende hare, Dorothea van Dorp. Hulle sit by die tafel langs Ester en Fonny. Op dié manier kan Ester hoor wat hulle sê, sonder om direk deel van hulle geselskap te wees, en sy kan Jonah Voorsanger ongesiens dophou.

Sy dink: Jonah Voorsanger het geen geheime nie en ook geen droomlewe nie (al sou hy voorgee dat hy het) omdat hy obsessief alles uitspreek wat hy dink. Jonah Voorsanger leef homself volledig verbaal uit omdat hy dwangmatig alle psigiese gewaarwordinge in taal omsit, omdat hy onstuitbaar op alle idees uitbrei, en omdat hy 'n vrees het vir oop ruimtes – waaronder ook stiltes val. Op dié manier spreek hy sy innerlike lewe voortdurend uit teenoor die wêreld en of hy derhalwe behoefte aan vertrouelinge het, is nie duidelik nie. In die mate wat enigiemand wel sy vertroueling is, is Bennie Potgieter dit. Hy en Braams is in elk geval van Jonah se menige aanhangers dié met die meeste stamina. So het sy Jonah altyd gelees, en sy het geen rede om te dink dat dit nou anders is nie.

Jonah het dit vanaand oor Ross Bekker (wat Ester nie vanaand hier opgemerk het nie – nie Ross óf die sexy jongeling nie). Ross Bekker is 'n fool – hy is 'n abysmal fool wat die ignorant Sid waarskynlik die ewige lewe belowe het, sê Jonah, en Sid het al die inferior beloftes saam met die inferior mixes gesnort. Jonah steek 'n sigaret aan en neem 'n sluk wyn. Ester hoor die krieke in die oop veld langs hulle.

Herdenkingskuns, sê Jonah, spaar hom die term! Grootheidswaan – dit is Ross Bekker se fout. Gebrek aan oordeel. Ross Bekker het kontak met die werklikheid verloor! Wat baat al Ross Bekker se fancy footwork en openbare verkondigings van obskure intensies hom? Wat baat sy kuns daarby en wat het die arme Sid daarby gebaat? Waar dink Ross Bekker hang hy uit?! In 'n ideale Platoniese universum waar mense nie agter sy bloed en sy guts en sy geld is nie?! Abysmal bugger! Damn fool! Ignoramus! (Jonah maak sy sigaret energiek dood in die asbak.)

Nie die Wonderkind of Braams sê iets nie. (Sê hulle ooit iets in Jonah se geselskap – of verkeer hulle altyd net in 'n toestand van sikofantiese vervoering, wonder Ester.) In die naghemel is die maan geleidelik besig om die ganse ruim as domein te eis. Maar Jonah Voorsanger is nog nie uitgepraat oor Ross Bekker nie. Ross Bekker snort elke dag inferior mixes, sê hy, en dan het hy fantasieë van onsterflikheid. Dan maak hy 'n skildery wat hy vir 'n fortuin verkoop. Maar Ross Bekker is eintlik 'n verlore siel, sê Jonah, 'n siel in limbo, 'n siel in wit windsels, 'n nietige wurm. Hy moet William Blake lees! Hy is vir ewig gedoem sonder dat hy dit besef. Hy begryp nie sy eie erbarmlike staat nie. Hy begryp ook nie waaroor sy werk gaan nie. Herdenkingskuns! Hy dink sy werk is goed vir al die verkeerde redes. Hy praat meesal vergesogte stront. En hy praat dit skaamteloos in die openbaar, van openbare platforms af. (Die Wonderkind lag geluidloos, mompel iets in sy baard, in sy ken, in sy bors. Hy dra vanaand 'n groot, swart T-hemp met 'n klein logo in die middel: less is more. In die nag het hy variasies op 'n tema van Baudrillard gedroom, terwyl dit eintlik Bataille moet wees wat die sleutel tot sy preokkupasies vorm. Hy skud sy kop, lag sag.)

Jonah sit sy betoog voort. Gooi sy lang hare oor sy skouers. Skink nog wyn. Die maan klim steeds meer hooghartig in die naghemel. Ross Bekker is 'n opportunis, sê hy. Hy is eintlik wesenlik ongeletterd. Grondig ongeletterd. Daar is geen salf aan hom te smeer nie. Hy het meer sukses as waarvoor hy bedraad is – vroeg of laat kom daar 'n kortsluiting by hom. Hy is nie bedoel om van openbare platforms te proklameer nie. Hy is besig om sy eie jargon te begin glo. Hy dra dit voor soos 'n litanie. Hy moet besef wat hy sê is kak. Hy moet besef hy is basies 'n good time boy en 'n fool, en dit van dáár neem.

"Wie is Sid?" vra Ester onderlangs vir Fonny.

"Sid was sy lover," sê Fonny. "Hy is gisteraand hier doodgeskiet."

Ester begryp nie onmiddellik nie. "Die jong man wat gisteraand saam met hom hier was?! Geskiet?! Wie het dit gedoen?!"

"Hier agter die Steynhuis," sê Fonny. "Drie mans skynbaar, wat in 'n motor weggejaag het."

"Wanneer het jy gehoor?" vra Ester.

"Bennie het my vanoggend kom sê," sê Fonny. "Almal weet al."

Ester kyk om haar rond. Hier klink dit vanaand ewe gesellig en rumoerig as gisteraand. Geen gedempte atmosfeer en vlae wat halfmas hang nie.

"Wat het Ross Bekker gedoen?" vra Ester.

"Hy het geskree," sê Fonny. "Maar nie soos 'n mens nie."

"Was Jonah-hulle nog hier?" vra Ester.

Fonny knik. "Hy is in die rug geskiet," sê Fonny. "Hy het op sy maag gelê. Hulle het Ross met moeite van hom afgekry."

"O, my Here," sê Ester. "Hoekom het hulle hom geskiet?" vra sy.

"Drugs," sê Fonny. "Kan enigiets wees. Ross Bekker maak baie geld. Sy werk verkoop deesdae goed. Hulle was albei heavy in die drugs. Seker maar wheeling en dealing wat verkeerd geloop het. Afpersing. Jonah dink hulle was nie versigtig genoeg nie – Ross en Sid."

Dit skok Ester. Sy vind dit moeilik om te glo.

Maar Ross Bekker is reeds daargelaat. Nou het Jonah Voorsanger dit oor meneer Woodgate, die gewese minnaar van Selene.

Woodgate! roep Jonah. Selene moes die kind geaborteer het en die damned fool geskiet het! Sy het hom geháát! Sy het hom verág! Sy moes dit gedóén het! Sy wóú dit doen! Sy het nie die guts gehad om dit deur te voer nie! Here! Nou is sy dood en die infernal bugger leef nog! Dit pynig hom, sê Jonah, die gedagte pynig hom – dit maak hom dood. Hy neem 'n reusesluk uit sy glas.

Selene Abrahamson dood, sê hy. Die gedagte pynig hom onbeskryflik, sê hy en steek 'n sigaret aan. Hy gooi sy lang hare agtertoe oor sy rug. Dit sal hom vir die res van sy lewe pynig, sê hy. Hy neem weer 'n sluk uit sy glas.

Woodgate, sê hy weer, en gooi sy hare minagtend oor sy skouer. Hy is so Éngels. Hy is so beláglik. Hy is so hoogdráwend. Hy is so gewígtig. Hy het so min verbéélding. Hy is so vervélig. Selene het hom geháát. Sy het hom verág. Hy is so sáái. Hy is so passé. Hy is so onbeskryflik onnósel.

So oníngelig. So pséúdo. So 'n phoney. So gevéíns. Sy moes hom doodgemaak het. Sy wóú. Sy het te veel scruples gehad. Sy was te squeamish. Sy het te lank geaarsel. Dis net iets wat jy dóén. Sy kon dit nie doen nie. Dit sou beter vir hom gewees het as sy hom doodgemaak het. Hy behoort homself dood te maak. Hy behoort die sense te hê om dit te besef. Dit het niks met eer te doen nie. Dit het met goeie oordeel te doen. Hy het nie daardie oordeel nie. God! Sy moes geleef het. Een van die mooiste vroue van die afgelope dekades. Sy het 'n talent soos Emily Dickinson gehad. En wat het daarvan geword? Dit pynig hom sonder ophou om daaraan te dink, sê Jonah, en gooi sy hare oor sy skouer. Kruis sy bene. Steek nog 'n sigaret aan. Drink.

Nie lank daarna nie besluit Jonah en geselskap om binne te gaan sit. (Nie genoeg opwinding of afleiding buite nie, dink Ester.) Jonah staan op, te rusteloos om lank op een plek te bly. Ester sien hoe hy net effens hinkepink, die een voet sleep, só dat dit nouliks opvallend is. Jonah Voorsanger en Dorothea van Dorp dans binne op die maat van een of ander groep se ekstatiese gesang – die groep moet intussen van iewers hulle verskyning gemaak het, want Jan de Dood en sy Bende het bepaald nog nie opgedaag nie. Ester begin dink sy gaan nie die geluk hê om hulle tydens hierdie besoek mee te maak nie.

Nog later dus, ná Jonah se uitgebreide betoë, toe sy en Fonny weer alleen by hulle tafel sit, vra Ester Fonny versigtig uit na Selene. (Iewers moet sy haar gesprek met Fonny begin.) Fonny sê dat sy Selene se ongelukkigheid gesien het, maar in die laaste maande voor haar dood het hulle nie meer kontak gehad nie. Sy kon sien Selene is in 'n doodloopstraat. Dit het haar groot leed verskaf, maar sy kon Selene nie bereik nie. Hulle lewe, sê Fonny, het verskillende rigtings ingeslaan. Hulle het mekaar altyd liefgehad, soos susters, maar hulle was nie meer vir mekaar 'n steun nie. Sy sê dit onbewoë.

Ken sy die geskiedenis van Artemisia Gentileschi? vra Fonny Ester ineens. (Uit die bloute.) Nie die besonderhede nie, sê Ester. Artemisia het in die hof getuig, sê Fonny, dat sy na haar verkragting gemerk het dat haar bloed rooier was as vantevore. By háár was dit ook so, sê Fonny – na die aanval was daar bloed op haar hande en op haar gesig, en dit was rooier as wat sy haar bloed vantevore onthou het. So 'n helder vermiljoen. Dit was rooi soos die bloed van martelare. (Ester skrik van Fonny se woorde.)

Sy dink, nou gaan Fonny begin praat. Maar dit is al wat Fonny sê. Toe Ester haar vra wat presies met die aanval gebeur het, is Fonny ontwykend, onwillig om verder te praat. Later, sê sy, sy sal later vertel. Ester dink, daar is iets wat anders is aan Fonny. Iets wat sy nie kan plaas nie. 'n Gevoel om Fonny wat sy haar nie van vroeër herinner nie. Haar uitstraling is anders as wat Ester dit onthou.

Nie lank daarna nie – toe Jan de Dood na elf nog nie sy verskyning gemaak het nie – besluit Ester en Fonny om huis toe te gaan. (Ester dink, Fonny is eintlik teen haar sin hier. Sy moes haar nie gevra het om saam te kom nie.)

Op pad huis toe, in die helder lig van die maan wat nou sonder twyfel en triomfantelik oor die hemelruim heers, vra Ester vir Fonny wat presies met die skilder Artemisia Gentileschi gebeur het.

"Artemisia se pa het hierdie man gehad wat hom in sy studio gehelp het, wat haar op 'n dag verkrag het," sê Fonny. "Hy het gesê hy gaan met haar trou, en daarna het sy aangehou om met hom sexual relations te hê. Hy het 'n vrou gehad, maar Artemisia het dit nie geweet nie. Toe is daar later 'n hofsaak. Toe het sy haar vrywillig onderwerp aan marteling deur die duimskroef – om te bewys dat sy onskuldig is. Sy was vyftien jaar oud toe dit gebeur het. Haar lewe en reputasie was min of meer geruïneer van daardie punt af, al het sy later in haar lewe baie erkenning as kunstenaar gekry – besonder baie vir 'n vroulike skilder van daardie tyd," sê Fonny.

Die rumoer uit die rigting van die Steynhuis is steeds hoorbaar. In die bodorp, waarheen hulle op pad is, slaan die historiese kerk se klok een slag.

"Sy was haar lewe lank bitter oor wat met haar gebeur het," sê Fonny.

Sy trek die swart sjaal stywer om haar skouers. Ester wonder in watter mate Fonny met die sewentiende-eeuse skilder identifiseer.

"Wat beteken hierdie vrou se geskiedenis vir jou?" vra Ester.

Fonny draai in die loop haar gesig na Ester. Ester weet nie of Fonny haar al sedert haar aankoms so direk aangekyk het nie.

"Waarom sou dit vir my iets beteken?" vra sy (met verwondering). Ester dink, dit is die eerste keer dat Fonny haar antwoord sonder dat haar aandag elders is. "Sy was altyd een van my gunstelingskilders," sê Fonny.

Hulle stap weer 'n rukkie in stilte voor Fonny skielik sê: "Ek wil jou graag die plek wys waar ek gaan bly."

"Wanneer wil jy hê ons moet gaan?" vra Ester.

"Môre," sê Fonny.

"Het jy van jou werk daar?" vra Ester, "ek wil dit graag sien."

"Ek het niks meer om te wys nie," sê Fonny. "Ek het al my werk verbrand."

dertien

Maandagoggend het Ester reeds 'n duidelike idee watter plekke sy in die dorp nog weer wil opsoek. Na die Steynhuis wil sy gaan om Jan de Dood te sien optree. In die Dorpskafee wil sy tee drink in die hoek langs die plant sonder huidmondjies omdat dit 'n rusgewende plek is. Langs die historiese kerk wil sy op die bankies in die koelte onder die plataanbome sit totdat die moeder met die kind weer hulle opwagting daar maak. Sy het nog tyd – sy hoef nie onmiddellik na haar huis in die ander stad terug te keer nie. Haar ervaring hier op die dorp is nog nie afgerond nie.

Sy drink tee in die Dorpskafee. Sy mis vir Boeta. Sy het nie weer met hom gepraat vandat hy Saterdagoggend terug is stad toe nie. Sy het te min van hom gesien. Hy was ontoeganklik in sy groot bedroefdheid. Hy het duidelik genoeg gewys dat dit nie goed met hom gaan nie. Die verlies van Selene Abrahamson is vir hom ewe erg as sy berou dat hy haar voor haar dood te min ondersteun het. Maar daar moet vir hom ook ander dinge op die spel wees – die vrou se dood moet 'n klomp dinge in hom losgemaak het, anders sou sy verdriet nie so hewig gewees het nie. Ester vermoed 'n konstellasie emosionele inhoude het hier vir hom saamgeval – die vrou se dood het 'n ryk aar van óú, onverwerkte verdriet raak geboor.

Vir die tweede keer vandat sy Donderdag hier aangekom het, loop sy en die Wonderkind, Bennie Potgieter, mekaar toevallig raak. Tydens hierdie kort ontmoeting val dit Ester opnuut op hoe onvolks bleek sy vel is (Joods, Midde-Oosters, Slawies dalk), en wonder sy weer eens of hy sy groot boek sal voltooi, en of hy sy buitengewone gedrewenheid en verteldrif gaan verspil in ondergrondse tydskrifte en multimedia-ekskursies – onbenullighede wat oor twintig jaar geen substansie meer gaan hê nie. (Hy neem deurgaans delikate slukkies van sy tee en vermy oogkontak.)

Wat sy éintlik vanoggend by hom wil weet, is waarom Fonny al haar werk verbrand het. Maar verniet! Tevergeefs! Die Wonderkind is onvermurfbaar. Onbeweeglik. Uitsluitlik op orale bevrediging vanoggend ingestel. Werk stelselmatig 'n aantal items op die spyskaart deur. Eet deurentyd met die oë neergeslaan. Ingetoë. (Sy onthou skielik hoe onuitstaanbaar sy hom soms kon vind.) Fonny moet versigtig wees, is al wat hy bereid is om te sê. Sy moet goed begryp dat sekere handelinge konsekwensies het. Hy sê dit waarskuwend. As daar iets met Fonny verkeerd loop, is dit nie omdat hy haar nie gewaarsku het nie, is die implikasie van sy toon.

Sy vra hom wat dit beteken en die Wonderkind antwoord dat as Fonny verkies om haar ervaring binne 'n bepaalde raamwerk aan te bied, sy moet weet wat die beperkings van daardie raamwerk is.

Na watter raamwerk verwys hy? vra sy. (Sou dit die parallel met die geval van die skilder Artemisia Gentileschi wees, na wie Fonny die vorige aand verwys het?) Maar die Wonderkind laat hom nie verder uitlok nie. Vra haar self, is al wat hy bereid is om verder oor die onderwerp te sê, en hy verdiep hom in die enorme roomys voor hom. (Hy eet vinnig en sonder aanduiding van plesier.) Toe hy klaar is (hulle sit in stilte terwyl hy eet), roer hy sy tee stadig en doelbewus, sy oë neergeslaan, sy uitdrukking onleesbaar. Sy hande, net soos sy voete – raai Ester, is sag en vlesig soos 'n jong kind s'n. Die naels is kort gebyt; klein naeltjies – ontroerend. Die onderste lid van die vingers buig effens boontoe – die punte van die vingers reik sku uit na iets ongeoorloofs, iets wat hy homself miskien nie veroorloof nie. Uit sy hande is dit moeilik om af te lei dat hy sy pa gereeld in die garage help, tensy hy net die boeke doen.

Sy lyf is groot en sag; Ester wonder hoe dit in sy omhelsing sou voel. Sy wonder steeds tot watter erotiese handeling Bennie in staat of geneig is: of daar 'n ongelykheid tussen sy erotiese fantasieë en sy objektiewe uitlewing hiervan is. Sy wonder of hy tot meer as net masturbasie in staat is; selfs dít miskien nie, dink sy. By hom is alle bevrediging oraal; ook sy aansienlike gedrewenheid het 'n orale oorsprong. In sy omhelsing ervaar albei partye 'n androgene ekstase – soos slakke wat paar.

Omdat die gesprek min of meer doodgeloop het, staan Ester op, groet die Wonderkind en stap oor die straat. Sy gaan op 'n bankie onder 'n plataanboom langs die kerk sit. Op een van die ander bankies sit 'n groot vrou met 'n swart rok en lang donker hare. Sy brei. Sy kyk nie op terwyl sy brei nie.

Om elfuur begin die kerkklokke lui. 'n Bruid en bruidegom kom uit die kerk. Ester en die vrou draai albei hulle koppe om te kyk. Die vrou sê: "Ek het eintlik gekom om my ou antie te begrawe, nou kry ek sommer 'n troue ook." Hulle kyk albei 'n rukkie in stilte na die tafereel van konfetti en gelukwensinge.

"Wat brei jy?" vra Ester.

"My suster se dogter gaan nou die baby hê, verstaan, by die verskriklike man. Nou brei ek maar vir die baby die kombersie," sê die vrou.

Hulle sit. Ester hou die ritueel om die bruidspaar steeds dop. Die mense se stemme klink helder en uitbundig.

"Woon jy op die dorp?" vra die vrou.

"Nee," sê Ester, "ek is op besoek. Ek het vir 'n begrafnis gekom wat ek misgeloop het, en sommer aangebly." Die vrou kyk haar vir 'n oomblik aan; sy het 'n skerp waarnemende blik.

"My ou antie se begrafnis was baie mooi," sê sy. "Die mense het so móói gesing." Sy brei onafgebroke. Opgewonde mensestemme klink nog steeds uit die kerk se rigting. Dit is skynbaar 'n probleem om die bruid in die motor te kry.

"Dis mooi, die ou begraafplaas," sê Ester.

Die vrou kyk haar weer 'n oomblik aan. "Dis mooi, ja," sê sy, en brei ongestoord verder.

"Het jy al gehoor van Jan de Dood en sy Bende?" vra Ester.

"Ja-ha," sê die vrou, "het hy nie die naweek in die Steynhuis gespeel nie?"

"Hy het nooit opgedaag nie," sê Ester.

"Daai man is eintlik iets héél besonders," sê die vrou. "Hy is eintlik meer as 'n gewone man."

Ester vra: "Het jy hom al hoor speel?"

"Ja-ha," sê die vrou, "maar daai man is eintlik te slim vir almal. Hy werk al meer op sy eie, of saam met groot orkeste."

By die kerk begin die stemme nou bedaar. Hulle sit 'n rukkie in stilte, Ester en die onbekende vrou. "Ek is nóú so moeg," sê die vrou, "ek wil sommer die res van die dag hier lekker onder die boom bly sit. Ek het al my ou antie se goed geërf," sê sy, "móói goed, maar so baie! Wat wil ek met al die goed maak?!" Sy brei onverstoord. "Ek wil tog niks meer hê nie," sê sy. "Ek hou eintlik van 'n lewe sonder enigiets." .

'n Paar oomblikke later hou 'n swart huurmotor voor hulle in die straat stil. Die vrou kyk op haar horlosie. "Hier is die kar nou om my te kom haal!" sê sy, "en ek sit nou so lekker."

Sy sit haastig haar breiwerk in 'n swart sak, sy groet Ester, klim in die motor, en hulle trek weg. Ester bly op die bankie agter. Sy kyk die motor agterna. Nou weet sy nie eers wie die vrou is nie.

Op haar omweg deur die dorp op pad terug na die Gemoedsrus Kamers kom Ester vir die tweede keer 'n man met 'n waentjie teë. In sy waentjie het hierdie man 'n verskeidenheid onidentifiseerbare voorwerpe en heel bo-op het hy 'n leer met tou vasgemaak. Soos Hercamone, die moordenaar. Maar Hercamone het sy leer op sy skouers oor die tronkvierkant gedra, en op sý skouers, sê Genet, was die leer 'n leer van ontsnapping, van ontvoering, van serenades, van 'n sirkus, 'n boot, van toonlere en arpeggio's, terwyl hierdie somber man vanoggend sy waentjie met die leer daarop moeisaam voortstoot. Die leer het hóm gedra (vir Hercamone, die moordenaar) en hy was ewe merkwaardig, ewe glansend, ewe bewonderenswaardig as wat hierdie man onmerkwaardig, glansloos en erbarmlik is. Die leer was die moordenaar se vlerke, sê Genet. Soms het hy skielik gestop, hierdie Hercamone, met sy borskas uitgestoot en sy een been na agter uitgestrek; sy kop eers skerp na regs, en dan na links gedraai; en dan het hy eers die een oor en dan die ander oor gespits. Soos Joan of Arc het hy geluister asof hy stemme hoor. Die man met die waentjie vanoggend kyk nie links of regs nie, hy lig nie sy kop om te luister nie, hy spits nie sy ore nie; hy word nie dopgehou deur honderde pare begerige oë nie, hy stoot net die waentjie met inspanning voor hom uit en niks eis sy aandag behalwe sy onmiddellike taak nie.

Dit word 'n warm dag met 'n trae en somber tempo. Sy wag vir Fonny om haar op te laai en haar haar nuwe verblyfplek te laat sien.

veertien

Halfses die middag kom laai Fonny vir Ester in haar bakkie op. Hulle ry 'n ent die dorp uit, verby die steengroef op linkerhand waaruit die groot verbleekte oker klipblokke gesny is waarmee die historiese kerk gebou is. Fonny draai op 'n grondpad af wat hulle na 'n paar kilometer by 'n soliede, maar vervalle, klipvesting bring. Fonny sê dit is in die Anglo-Boereoorlog as blokhuis gebruik.

Die houtdeur is krakerig. Onkruid groei deur die klipvloer, maar die gebou is solied. Hulle gaan met die kliptrap na bo. Deur een van die klein venstertjies kyk Ester na die sonsondergang. Voor hulle lê die prag van die veld in kleure van rooiviolet tot bloedpers, goud tot oker, van rookswart tot goud en uitgestrek van oneindige einder tot oneindige einder. Aangrypend mooi, die landskap. Dit skep die illusie van vreedsaamheid en ongereptheid. Die landskap verraai so min van die aard en omvang van die geskiedenis wat hom hier afgespeel het.

Fonny kondig met stelligheid aan dat dit is waar sy gaan bly. Ester sê niks. Sy wys Fonny nie summier daarop dat sy van haar kop af is nie. Sy noem dat dit nouliks veilig is om hier alleen te bly, gegewe die situasie in die land. (Oral – nie net in die stede nie.) Fonny antwoord dat sy beskerm is en Ester dink, deur wie, wie se genade strek in godsnaam so wyd?! Sy dink: Is Fonny van haar verstand af?! Het sy nie pas met haar lewe van 'n aanval op haar afgekom nie?! Behoort dit haar nie dubbel waaksaam te maak nie?!

Daarna wil Ester by Fonny weet waar sy haar werk verbrand het en Fonny neem haar na die plek waar die oorblyfsels van 'n vuur en 'n klomp as, takke en die verkoolde, onidentifiseerbare oorblyfsels van Fonny se skilderye en tekeninge sigbaar is. Ester vra haar hoeveel doeke sy verbrand het en Fonny sê omtrent vyftien of twintig, sy is nie seker nie, en massas tekeninge. Ester vra haar of sy nie spyt het nie en Fonny sê nee, sy kyk nie terug nie.

Maar wat gaan sy hier dóén, wil Ester weet, as sy die plek nie as 'n ateljee wil gebruik nie?! Hulle staan buite. Hulle kyk albei op na die massiewe klipwerk en klein venstertjies – skietgate – van die eertydse blokhuis. Fonny sê eers niks. Ester dink: Sy dink sy is veilig hier omdat die plek soos 'n vesting lyk. Sy is haar gesonde verstand kwyt na die aanval.

Fonny staan met haar rug op Ester gekeer. Daar is 'n rede hoekom sy hier moet bly, sê sy, sy wil nêrens anders wees nie.

Kort nadat Fonny die verhouding met Petrus verbreek het, is sy deur twee mans aangeval en het ternouernood van haar aanvallers weggekom. Ester het gehoor dat Fonny later vermoed het dat die aanval met méér as net die medewete van Petrus gebeur het. Meer weet Ester nie omdat sy Fonny nog nie daarná gesien het nie. Sy het na die dorp gekom ook met die bedoeling om met Fonny daaroor te praat en Fonny weer haar telkens af. Sy bly onwillig om oor die insident te praat en Ester wil nie druk op haar plaas nie.

Kort daarna klim hulle in Fonny se bakkie, en ry in volkome stilte terug, soos hulle gekom het.

vyftien

Fonny laai Ester by die Gemoedsrus Kamers af. Daar is 'n boodskap op haar deur dat Boeta Zorgenfliess gebel het. Ester bel hom die aand van een van die openbare telefoonhokkies voor die poskantoor; daar is geen antwoord by sy huis nie. Sy bel hom weer vroeg die volgende oggend (Dinsdag) en weer is daar geen antwoord nie.

Sy slaap die middag omdat sy heelwat agterstallige rus het om in te haal. Sy droom van haar ma. Haar pa is reeds dood in die droom; haar ma nog nie, maar sy woon op 'n ander plek.

Sesuur die aand bel Ester Boeta weer van 'n openbare telefoonhokkie voor die poskantoor. Boeta sê sy lewe en sy verhoudings werk nie uit nie; elke keer loop hy hom weer teen dieselfde muur vas. Hy dink nog die hele tyd aan Selene Abrahamson. Hy kan haar nie uit sy gedagtes kry nie. Hy voel hy het haar in die steek gelaat. Op 'n tyd toe sy hom nodig gehad het, was hy nie beskikbaar vir haar nie. Maar miskien was daar ander mense vir haar beskikbaar, sê Ester, sy het tog heelwat vriende gehad. Ja, sê Boeta, maar vriende soos Jonah Voorsanger – almal sulke eendimensionele karakters!

Soms dink hy, sê Boeta, dat alles waardeur hy in sy lewe gegaan het net te veel was – net te veel pyn. Hy is moeg vir pyn. Hy is moeg vir sukkel. Hy wil 'n normale lewe hê. Hy wil iemand hê wat hy sonder komplikasies kan liefhê en wat hom liefhet. Soms dink hy daar rus 'n vloek op hom – hy gaan nooit iemand kry wat hy liefhet nie. Hy gaan altyd die verkeerde persoon kies. Hy gaan altyd die helse option kies. Altyd die pad deur die hel kies – tot anderkant uit! Hy gaan altyd suffer, en suffer, en suffer. Soms dink hy, sê Boeta: Waar begin dit en waar eindig dit?! Hy wil net weer op sy voete kom! Hy wil net weer 'n gevoel van vrede hê! En dan kom Selene se gesig weer by hom op, soos sy daar by die undertakers gelê het. En hy dink: Sy is dood en die kind is dood! Niemand was daar om hulle te red nie! Waar was hy?! Besig met sy eie blinde burrowings soos 'n fokken mol! Soms is hy so moeg, sê Boeta, dat hy nie sy hand kan oplig nie.

Ester luister na hom, bewus van die vreemdheid van haar situasie. Sy staan in 'n bedompige openbare telefoonhokkie voor die poskantoor in 'n vreemde dorp. Sy is ook bewus van haar intense jammerte vir Boeta. Haar medelye met hom verswaar haar hart. Sy is ewe magteloos hier waar sy na hom luister – in die belaglike telefoonhok vol graffiti en boodskappe in swart en wit landstale – as wat sy dit is in die groter gerief van haar huis. Sy kan net na hom luister – sy kan dit nooit vir hom makliker maak nie. Net so min as wat sy dit vir haar kind makliker kan maak, of vir haarself.

Sy besluit om die aand na die Steynhuis te gaan, al interesseer die gaskunstenaar haar nie. Sy besluit om op haar eie te gaan, want dit is eenvoudiger.

sestien

Dalk het die maan 'n halwe sentimeter sedert Sondagnag gegroei; die lug is vlieserig bewolk, niks dreigends nie – geen wolke wat 'n aanloop tot iets is nie; 'n bykans neutrale hemel, behalwe die sonderlinge omvang daarvan. Ester sit lipstiffie aan, stap na die Steynhuis, sonder dat sy weet wat sy verwag om vanaand daar aan te tref. Nie Jan de Dood nie – sekerlik nie op 'n weeksaand nie. Sy stap vinnig en doelgerig omdat sy vanaand alleen stap.

Sy gaan by die tafeltjie in die hoek sit, onder die skildery van die minnaars op die bed, waar sy en Fonny Saterdag- en Sondagaand gesit het. Jonah Voorsanger en geselskap is nie vanaand hier nie (sy het nie gedink hulle sou wees nie), en die groepie van vier mans is nie hier nie. Ook nie die man wat oor Kwaadwilligheid skryf, óf Maria Mulder wat so stellig beweer het dat al Selene Abrahamson se mansvriende wimps en drolle is, óf die vrou met die kaak, óf die vrou met die lang hare, óf Simon Vouet en glinsterende geselskap nie. (Oor geeneen se afwesigheid is Ester vanaand verras nie.) Die Steynhuis is nie vanaand druk soos dit oor die naweek was nie, maar dit is ook nie leeg nie. Sy verwag uiteraard nie om Ross Bekker vanaand hier aan te tref nie. Dié moet iewers aan die herstel wees. Hy skilder bes moontlik vanaand 'n reusewerk met 'n herdenkingstema (van 'n verdere motief deur die minnaar voorsien) – hoog op een van die inferior mixes wat hy volgens Jonah Voorsanger snuif?

Tot haar verrassing kom die vyf vroue wat sy die eerste aand hier gesien het by die tafel langs haar sit – die Freudiaanse terapeut, die historikus, die skrywer, die vrou in die mediese veld en die vrou met die bekommerde gesig wat op die dorp woon. Ester kan hulle name nie onthou sedert Fonny hulle haar Saterdagaand aan haar uitgewys het nie (wel hulle nerings). Die vroue is spoedig so uitbundig; hulle drink, rook en praat met soveel oorgawe dat Ester dit jammer vind dat sy nie deel van die groep is nie. Dit lyk vir haar nutteloos om vanaand hier op haar eie te sit. Sy hoor flardes van die vroue se gesprekke, los frases en woorde waartussen sy na hartelus verbande kan lê. Sy hoor frases soos: Buitensporigheid. Verglydende begeerte. Plofbare potensiaal. Sy hou die vroue onderlangs dop. Almal ongeveer haar ouderdom: middel- en laat veertigs.

Die Freudiaanse terapeut, met die kunstig gekartelde hare, se naels is lank en onberispelik versorg ('n diep roospienk geverf). Haar gesig bly uitdrukkingloos terwyl sy luister na al die verhale – 'n noodsaaklike vaardigheid by die aanhoor van alle afwyking en oedipale ontboeseming. Die historikus, met kort, donkerrooi hare en lang ledemate, het 'n nouliks verbloemde rusteloosheid, 'n ongeduldige vrou (dink Ester), intolerant, iemand wat nie veel geduld met tekortkoming het nie. (Sy drink van almal die flinkste.) Die skrywer met die bob en die bril van wie Fonny nie die naam kon onthou nie, straal die selfvertroue en tevredenheid uit van 'n vrou wat haar nis gevind het en weet dat sy 'n bydrae het om te lewer. (Sy skryf intellektuele, feministiese romans, raai Ester.) Die vrou in die mediese veld met die swaar, blonde hare (die Kathleen Turner-vrou) se voorkoms herinner ook aan die koel elegansie van ondergrondse versetsheldinne in Franse rolprente oor die Tweede Wêreldoorlog. Ester skat die vrou met die gespanne, bekommerde gesig en rooibruin (vosserige) hare, wat op die dorp woon, jonger as die ander vier vroue. Die terapeut leun terug in haar stoel en vertel 'n storie. Sy word gereeld met uitroepe, vrae en tussenwerpsels deur die ander onderbreek. Ester hoor die frases: Oordadigheid. Perverse aptyt. Die vroulike in groteske vorm.

Later die aand kom twee mans by Ester se tafel sit omdat daar skynbaar nie meer ander leë tafels is nie. Hulle het Bybelse name: Samuel Levitan en Hosea Herr, en hulle praat Engels. Samuel verduidelik dat hulle op die dorp is omdat hy 'n dokumentêre rolprent maak oor Jodegemeenskappe op die Suid-Afrikaanse platteland, voor die Tweede Wêreldoorlog. Sy vriend ken die dorp, want sy grootouers het hier 'n winkel gehad. Samuel is die regisseur en Hosea help hom met die skryf van die draaiboek. Die mans vra of sy in die dorp woon of ook net op besoek is. Ester sê, net op besoek, en hulle laat dit taktvol daar.

Hosea Herr, die draaiboekskrywer, het 'n imposante, ronde kop. Samuel Levitan tuur bysiende. Ester draai só in haar stoel dat sy – effens weggedraai van hulle – aanduiding gee dat sy haar afstand wil behou. Maar sy volg uiteraard die meeste van hulle gesprek. Ester vind Hosea Herr simpatiek en Samuel Levitan te sardonies na haar smaak.

By die tafel langs hulle is die vroue steeds druk en uitgelate aan die gang. Ester verdeel moeilik haar aandag tussen die twee mans se gesprekke en die tergende flardes van die vroue se gesprek. Sy hoor die frases: Feilbaarheid. Bisarre verwagting. Spektakel. Die mans vra haar of sy ook hier is om Jan de Dood te hoor – hulle het gehoop om hom vanaand, miskien teen alle verwagting in, hier aan te tref. Sy dink, dit moet wees waarom die vroue ook vanaand uit die stad hier is. Die twee mans verskuif tydelik na die kroegtoonbank. (Ester wys hulle uitnodiging van die hand.) Dit gee haar die geleentheid om haar stoel ongemerk nader aan die vroue te skuif. Die terapeut vra, wie het hy nou éintlik geskiet, sy landlady of haar dogter? Die Kathleen Turner-vrou vra, hóékom het hy haar geskiet, en die skrywer (met die bob en die bril) sê, hy het 'n verhouding met die dogter gehad en toe die ma geskiet. Hy het by hulle gebly, hy het die dogter aangerand, hy het die ma doodgeskiet en die dogter verwond. Miskien wou hy die dogter skiet, toe keer die ma, sê die terapeut. Hoe oud was die dogter? vra die Kathleen Turner-vrou. Sy was sestien, sê die skrywer.

Kort daarna kom die twee mans terug. Ester het ineens nie meer sin in die gesplete situasie waar sy by geeneen van die twee groepe inpas nie. Sy groet die twee Bybelse mans en beweeg deur die groepe geselsende, drinkende, etende, laggende mense na die voorste ingang. Buite op die stoep is dit onverwags koel, na die hitte binne. Sy stap vinnig terug na die Gemoedsrus Kamers bo in die dorp. Of dit nou veilig is of onveilig. Die hele land is onveilig. Die maan het intussen opgekom. Die paar klonterige wolkformasies het weswaarts beweeg. Die melkweg is helder bo haar kop. Die sterre skyn met groot intensiteit. In die skielike stilte na die groot rumoerigheid binne is daar 'n gesuis in haar ore soos die geruis van groot, swart vlerke. Asof sy reeds in die voorkamer van die dood sit. Sy kan nie slaap nie. Dit voel of sy nooit weer sal slaap nie. Sy word voortdurend deur onverwagse herinneringe oorval, omdat sy in hierdie onvertroude omgewing minder verweer het.

sewentien

Hosea Herr steek die straat die volgende oggend oor, 'n stapeltjie boeke onder sy arm, op pad na die Dorpskafee. Hy begin vroeg reeds allesverslindend lees. In die garage staan sy pa se luuksemotor langs sy ma se luuksemotor, onthou hy. Sy middelste broer lyk op 'n haar soos hulle vader – dieselfde ligte oë wat effens uitbult as gevolg van 'n skildklierversteuring. Sy pa dring aan op sekere rituele aan tafel saans wat die illusie van 'n verfynde lewenstyl skep: 'n swart man in wit bedien hulle geluidloos. Sy pa het nie veel skoling, óf finesse, óf intellektuele belangstelling nie. Sy ma sit op 'n sofa in die sitkamer en rook. Tydens Hosea se adolessensie gaan sy deur 'n fase waarin sy haar aktief vir die kunste beywer. Self probeer sy nooit skilder nie. Sy bak ook nie, of doen handwerk, of brei, of lees, of doen binnenshuise versiering, of borsvoed haar kinders self nie.

Sy grootouers aan moederskant het 'n winkel op die dorp gehad. (In die omgewing van die Steynhuis.) In sy jeug besoek Hosea hulle dikwels. Hier raak hy twee keer verlief. Die eerste keer op sewejarige leeftyd op 'n kind net so oud as hy. (Eerste seksuele ervaring; volle intromissie; die ongeoorloofde bly vir hom altyd 'n noodsaaklike komponent van erotiese opwinding.) Die tweede keer op 'n meisie met ferm borste en 'n ongevormde lewensdrang.

Hy voltooi sy regstudies met lof. Elke vrou is 'n seksuele moontlikheid. Hy lees elke digter waarop hy sy hande kan lê. Totdat God op 'n dag uit die bloute met hom praat. God (jaloers, morrig, wrewelrig) sonder hom uit om te kla oor die morele val van mense (die losbandigheid en hoereerdery), oor die bankrotskap van ideologieë, en oor die barbaarsheid van die tegnologie. Hy is bang om op straat uit te gaan, omdat hy homself nie opgewasse voel vir die taak om God se waarskuwende aanmanings aan die gevalle hordes buite oor te dra nie. Oplaas tref hy 'n ooreenkoms met God – vir elke meesterlike reël wat hy skryf, spaar God 'n duisend afvalliges. Hy gaan terug na sy ouerhuis. Dit word nooit vir hom duidelik hoeveel mense deur sy toedoen God se toorn gespaar is nie. Op 'n dag raak hy so koorsig van sy ooreisde verbeelding dat sy (onmoederlike) moeder 'n week lank by sy bed waak – swygsaam, met 'n sigaret en 'n tydskrif. Toe hy daar opstaan, voel hy sterk genoeg om sy onderhandelings met God te staak.

Ten spyte van intensiewe Jungiaanse terapie (waartydens daar nie soveel op moontlike vroeë Oedipale steurings gekonsentreer word nie), kan hy hom selfs ná haar vroeë dood nooit versoen met sy moeder se stugge onvermoë tot kommunikasie nie.

agtien

Woensdagoggend bel Ester vir Fonny, sy wil haar nooi om die aand saam met haar na die Steynhuis te gaan. (Sy hoef die hele aand niks te sê nie.) Antie Rose sê sy is bekommerd, want Fonny is gisteraand uit en sy is nog nie terug nie.

Ester gaan haar gebruiklike koppie oggendtee in die Dorpskafee drink. Toe sy inkom, gewaar sy die twee mans wat gisteraand by haar tafel gesit het. Langs die plant sonder huidmondjies. Altyd 'n baken vir haar. 'n Plek van rus. Hulle sien haar ook. Nooi haar uit om by hulle te kom sit. Waarom nie? Hulle het 'n groot kaart van die dorp voor hulle oopgesprei. Samuel wys vir haar waar op die kaart die aanvanklike Jodebuurt was. Hy dui aan waar die sinagoge was wat afgebrand het – ongeveer waar die skrootwerf nou is. Of wat dalk per ongeluk afgebrand is deur die Christene vir wie dit so 'n doring in die vlees was – want die saak is nooit behoorlik ondersoek nie. (Glimlag meesmuilend.) Ester hou nie van sy toon nie. Hier was 'n goed gesetelde, uitgebreide en vooruitstrewende Jodegemeenskap in die dorp, net voor en tydens die Tweede Wêreldoorlog, sê hy – ten spyte van die sterk anti-Semitiese gevoelens in dié tyd. Hoe hierdie gemeenskap ondermyn en gekortwiek, en uiteindelik so goed as uit die dorp verdryf is, dit is die tema van sy dokumentêre film, sê hy.

Ester wonder waar Antie Rose se pa – 'n Duitse Jood – in die dorpsopset van indertyd ingepas het. Sy ken nie die detail van hulle geskiedenis nie. Minstens het Antie Rose die mooi ou huis geërf. Ester is onrustig oor Fonny en sy vertoef nie veel langer met die twee mans in die kafee nie.

Om halftwaalf klop sy aan Antie Rose se voordeur. Fonny se bakkie staan in die oprit; Ester is verlig. Die welige voortuin met die donkerrooi rose. Sy was nog nie weer hier sedert die aand voor Selene se begrafnis – ses dae gelede – nie. Antie Rose (in haar swart rouklere) maak die deur oop. Sy dink Fonny slaap nog, maar Ester kan gerus gaan kyk.

Ester tref Fonny in die halfdonker slaapkamer aan met haar gesig na die muur gedraai. Die groot kamer het hoë plafonne en houtvloere. Die gordyne is toe. Die mure is kaal. Fonny lê met haar klere op die bed. Ester roep haar naam sag.

Fonny draai na Ester, maar dit lyk of sy haar nie meteens herken nie. Ester gee onmiddellik 'n tree nader aan die bed en vra of sy okay is. Fonny antwoord nie dadelik nie en Ester vra met groter dringendheid of daar iets gebeur het. Het Fonny in die veld geslaap? Sy bedoel die blokhuis.

Fonny knik. Antie Rose verskyn sag in die deur met 'n skinkbord tee. Sy sit dit op die tafeltjie langs die bed neer. Sy maak die deur versigtig agter haar toe. Ester skink die tee. Sy gee Fonny se koppie vir haar aan. Fonny gooi die suiker in. Sy roer haar tee, langsaam. Die kamer is halfdonker; die gordyne is toegetrek. Fonny drink haar tee stadig, sonder dat dit lyk of sy weet wat sy drink. Die kamer het die gevoel van 'n onbewoonde vertrek. Alles netjies op sy plek. Niks persoonliks van Fonny daarin nie. Niks wat haar teenwoordigheid of bewoning van die kamer die afgelope paar maande verraai nie.

"Vroeg vanoggend," sê Fonny, "net voor die voëls begin sing het. Dit was koud. Ek het geslaap. Toe word ek ineens helder wakker. Ek dink eers dit is 'n ligte wind wat buite opgesteek het. Toe dink ek iemand het my naam geroep. Toe voel ek dit binne-in my. Die mees intense verlange! Ek brand en beef daarvan! Ek kom hande-viervoet orent. Ek is rasend soos 'n dier! Ek dink ek gaan sterf. My binneste ruk en sidder. Ek dink, vandag sterf ek hier. As God my nie krag gee nie – dit was so toe ek 'n kind was ook – collapse ek nou hier. Ek word van binne verteer! Dit is God se teenwoordigheid wat my so aanraak! Dit kan my doodmaak! Nou span my lyf so styf soos 'n boog. Die spiere in my arms en bene bult van die inspanning. Ek staan daar soos 'n dier op my hande en voete."

In die halfdonker kamer vertel Fonny vir Ester van die ervaring wat sy gehad het – in 'n taal wat Ester nie ken nie.

Fonny gaan verder. Eers hoor sy God sê hy is geheel en al hare. Sy dink sy gaan ineenstort. Sy gaan dit nie kan verduur nie. Sy voel haar arms en bene onder haar invou. Dan loop sy geleidelik vol van wellbeing. Sy ervaar hoe God haar liefhet. En sy het Hom lief. Sy ken nooit groter vreugde nie. Dit oortref alles wat sy ooit ervaar het. Die grense van haar liggaam raak opgehef. Sy weet nie meer wat binne of wat buite is nie. Sy en God word één. Selfs as kind het sy dit so geken. Sy en God woon in mekaar. Hulle het dieselfde liggaam – dieselfde weefsel en organe, dieselfde mond en oë – hulle het dieselfde gewaarwordings. Hulle geniet van mekaar met hulle liggaam en met hulle verstand.

Fonny maak haar oë toe. (Sy orden die ervaring voor sy verder praat.) Tot nou het sy nog geweet wie sy is. Maar nou weet sy dit nie meer nie. Nou raak sy buite alle begrip. Nou begryp sy niks meer as dat sy met

Hom één is nie. Dit is die laaste en die grootste ervaring. Nou kén sy Hom. Nou word sy heeltemal versadig. Dit gaan alle ervaring te bowe. Dit is buite alle begrip. Dit is weelde. Dit is soetheid. Dit is saligheid.

Op hierdie punt swyg sy 'n rukkie voor sy verder gaan.

Maar daar is ook pyn, sê sy. Want op haar beurt wil sy voldoening gee. Haar begeerte vloei voort uit dit wat sy ontvang het. Maar nou weet sy sy skiet tekort. Sy kan God nooit gee wat Hy waardig is nie. Nou ervaar sy twee dinge gelyk. Sy voel die oorweldigende liefde, en sy voel hoe sy tekortskiet. Nou weet sy hoe nietig sy is. Nou weet sy hoe groot God is. Nou word God meedoënloos in sy oorgawe. God gee homself so mateloos, dat sy ontoereikend is. Nou ervaar sy 'n beklemmende droefheid. Nou is sy tot sterwens toe alleen. Dit is koud. Sy hoor die voëls buite sing. Die son skyn. Sy kom tot haar sinne. Haar lyf is seer en stram. God is nêrens meer te vinde nie. Nou mis sy dít wat sy bo alles begeer.

Toe Fonny klaar gepraat het, sit sy doodstil. Haar kop is na die muur gedraai. Sy het nie geweet nie, sê Ester na 'n tydjie, dat mense sulke ervarings het nie. Fonny antwoord haar nie.

Fonny lê terug op die bed. In die groot, ou kamer is geen teken van enige persoonlike besitting nie. Geen boek nie, geen foto nie, geen skildery nie, geen kwas nie, geen pen nie, geen potlood nie. Die mure is kaal. Het sy haar reg begryp, sê Ester, dat Fonny as kind al die ervaring gehad het?

As kind, sê Fonny, as jongmeisie, en nie meer as vyf keer as volwassene nie. Sy het gedink dit is 'n ervaring wat behoort het tot haar jeug.

Voor sy opstaan om te groet, vra Ester vir Fonny wat sy nou gaan doen. In gereedheid leef, sê Fonny. In die blokhuis woon. Ander help, as sy kan.

Toe Ester groet, sê Fonny dat daar in haar bakkie op die sitplek 'n boek is wat Ester moet neem. Sy wou dit al vroeër vir haar bring. Ester maak die kamerdeur versigtig agter haar toe. Antie Rose verskyn in die gang. Sy lyk besorg. Sy laat Ester by die voordeur uit. 'n Oomblik lank is sy byna verblind deur die intensiteit van die lig buite.

In die bakkie vind sy 'n boek oor Artemisia Gentileschi. Dit is 'n groot boek, ryklik geïllustreer. 'n Afbeelding van 'n skildery van Judith en Holofernes op die buiteblad. Die boek is warm, warmgebak in die bakkie (Ester oorweeg dit om 'n rukkie in die koestering van die warm voertuig te sit). Sonder om verder na die boek te kyk, sit sy dit in haar sak en stap met die tuinpaadjie langs deur die beddings geurige, donkerrooi rose – die ryk kleur van Holofernes se fluwelige bedbedekking.

negentien
Ester beweeg heeldag deur die dorp, van Antie Rose se huis stap sy met die brandende boek in haar sak, Holofernes met die bene effens uitmekaar en die knieë ontbloot soos 'n verkragte vrou s'n. Verby die stadhuis met kloktoring in twee kleure klip: blou en blonde graniet; verby die kanonne en die inheemse bome, kiepersol of kanferfoelie – wat sou dit tog wees in hierdie streek? Ooreenkomstig die streek, die boom. Verby die Dorpsmuseum ('n oorlogsmuseum; oorblyfsels uit die Anglo-Boereoorlog, stukkies en brokkies, koeëldoppies en verweerde stukke militêre uniform, stewels, geroeste waterbottels en geweerlope; alles opgepoets en uitgestal met onderskrif en uiteensetting; rekonstruksies van die gevegsterreine), verby die poskantoor met telefone van waar sy vir Boeta bel, of haar man in die ander stad. Terwyl sy voortsnel, dink sy sy sien uit die hoek van haar oog Hosea Herr met 'n paar boeke onder die arm stadig oor die straat stap in die rigting van die Dorpskafee waar hulle vanoggend nog saam tee gedrink het. Vanoggend met hom en Sam tee gedrink en vanaand met hulle wang aan wang in die Steynhuis dans. Dan swenk sy met die hoofstraat af, eers verby die juweliers- en klerewinkels (Foschini en Milady's) en die prokureurskantore van Celliers, Macomber & Hemingway in die bodorp, met historiese wit straatname, tot in die onderdorp waar die name van strate en besighede toenemend swart word – verby Sewpersad's Optometrist en die Chakra-Broers, verby die Bargain Shop, Thembisa Fish & Chips-winkel, 'n fietswinkel (Supa Cycle Centre), Zuma Zuma Wholesalers, ShoeLand, Asmal's Restaurant & Take Away, Doc Puma's Cash Store. Verby Rawlinson's Rollercoaster Rave – 'n pinball centre, waar sy 'n man oor 'n vullisblik sien buig om kos (vermoedelik) daaruit te aas. Nie te haal nie maar te aas. (Dit kan tog nie 'n bom wees wat hy daarin plant nie. Nie in vredestyd nie.) Haar oë hou sy oop, al brand haar wange, en die boek in haar sak, waarna sy later sal kyk, en op haar weg gaan drie mans by haar verby met hulle waentjies. Die een het voor op sy trollie 'n gekruiste stok binne-in sy baadjie gesit – soos 'n stokstywe, swartgelooide boegbeeld. Hierdie man bewandel die strate met sy blasoen, sy wapenskild, sy vlammende banier (swart en geslyt), met sy kruisvaardersvlag – 'n geroepene; iemand wat die stem gehoor het

en 'n opdrag gekry het om in die naam van 'n hoër gesag die ongelowiges te beveg. Die ander man het op sy trollie 'n 80-literdrom wat die grootste deel daarvan in beslag neem. En die laaste een het op sy waentjie 'n enorme nes van draad – rolle en stukke draad in alle groottes en diktes, diggestapel, verdraai en vervleg. Nooit kyk hierdie mans links of regs nie. Altyd bly hulle aandag uitsluitlik gevestig op die – meesal moeisame – gesleep of gestoot van die waentjie.

En weer terug uit die onderdorp, maar dié keer met 'n ander roete, en teen sonsondergang haas sy haar na die omgewing van die openbare telefone voor die poskantoor, waar sy die bome teen die ondergaande son afgeëets wil sien, want as sy gelukkig is en haar tydsberekening goed – het sy die afgelope paar dae agtergekom – vang sy die presiese paar minute waarop die ondergaande strale van die son die buitelyne van die bome soos reuse-oureole laat skitter. Stráál. Maar vandag is sy net te laat, en daarom drink sy 'n koppie tee in die Dorpskafee (haar tweede van die dag daar), waar sy langs die plant sonder huidmondjies sit met haar oog deurentyd stip op die bankies oorkant die straat, onder die plataanbome, langs die historiese kerk.

Terug by die Gemoedsrus Kamers aangekom, gaan sy 'n rukkie op haar rug lê, voor sy na die boek kyk wat Fonny haar vanoggend gegee het, die boek wat heeldag in haar sak gebrand het. Holofernes met die bene effens uitmekaar, oor sy lendene 'n laken en 'n donkerrooi fluweeldoek gedrapeer. Met sy regterhand probeer hy tevergeefs Judith se diensmeisie wegdruk. Met haar linkerhand het Judith hom aan sy hare vasgegryp. Met haar regterhand sny sy sy kop met 'n swaard af. Sy frons. Haar arms is reguit voor haar uitgestrek, haar kop hou sy effens opsy. Sy dra 'n ryk, mosterdgeel fluweelrok met 'n laaguitgesnyde hals. Die bloed spuit uit Holofernes se nek in dun strale soos harde pluime. Dit loop in dun straaltjies in die voue van die sylakens. Sy kop is agtertoe gedruk. Sy oë is effens omgedop; sy mond halfoop. Al drie die figure kom te voorskyn uit die agtergrond, wat heeltemal donker is, en waarin geen detail sigbaar is nie. Toe sy klaar na die boek gekyk het, bad sy, trek 'n rok aan, sit lipstiffie aan en teen haar beterwete stap sy om halfagt (alleen en onvergesel) na die Steynhuis onder in die dorp. En kom telkens terug na die een beeld: Fonny op hande-viervoet ontvang die genade.

twintig

Die eerste kontakadres het Sondagaand niks opgelewer nie en Woensdag kom hulle met 'n tweede kontakadres. Oftewel Daan het die adres en die res kom in die hoop om Jan de Dood te sien optree. (Ongewoon vir hulle om in die middel van die week deur te ry Steynshoop toe.) Hulle ry vieruur uit die stad en kom laatmiddag aan as die son se laaste strale die omgewing baai in diverse kleure – meesal goud, pers en vermiljoen. Die veld veelkleurig en mildegroen. Hulle eet in 'n steakhouse omdat dit nog te vroeg is vir die Steynhuis en hulle oorweeg hulle opsies. Maar die tweede kontakadres lewer tot Daan se groot spyt ook niks op nie. 'n Ou huis in die onderdorp skuins agter die skrootwerf, waar 'n bejaarde egpaar van geen sout of water weet nie; hulle hang balhorig oor die onderdeur en frons wantrouig in Daan se rigting. Nee, hier woon nie so 'n iemand wat hom kan help nie. Daan begin vermoed die persoon by wie hy die adres gekry het, is daarop uit om hom om die bos te lei of op 'n vals spoor te bring; die ander is geneig om sy vermoede te bevestig. Nou, sê Daan, bly daar nog net Bennie Potgieter oor wat dalk sal weet. Soos altyd wanneer Bennie se naam genoem word, sê Salmon Senekal min of niks, maar ten minste gaan hy Daan nie teë nie.

Nadat die son gesak het, is die lug 'n ryk indigo en wemel dit van die sterre. Die krieke sing en daar is selfs die veraf borreling van paddakore. Hierdie kore sein reën. Maar die opstapelende wolke ook – en tog is dit geen waarborg dat daar iets van sal kom nie. Daarom neem hulle die paddas nie te ernstig op nie. Die krieke, die paddas en die sterre is op 'n bepaalde punt nie van mekaar te onderskei nie.

Nadat die kontakadres niks opgelewer het nie, sit hulle 'n tydjie rustig in die motor in die parkeerterrein buite die Steynhuis en rook 'n sigaretjie. Daan voel aanvanklik van stryk gebring omdat hulle so goed as voor dooimansdeur te staan gekom het. Maar mettertyd begin hy weer plannetjies beraam. Hoe sal hy Bennie Potgieter benader? Waarom moet dit 'n probleem wees? dink hy. Jakes het die gevoel (voorgevoel) dat daar nie veel van die aand sal kom nie. In elk geval nie in die lyn van onbelemmerde plesier nie – Salmon is te afgelei (al dae lank) en Daan onteenseglik onrustig. In die motor (wagtend) swyg hulle, assosieer vry, luister met een oor na mekaar, maak 'n grap of twee.

Oplaas besluit hulle om in te gaan, kies 'n lekker tafel en sit agteroor. Salmon bly waaksaam, merk Jakes, sy ore bly gespits asof hy iemand te wagte is. Elke gas wat die vertrek binnekom, sien Jakes, bekyk Salmon op 'n manier asof hy hulle opweeg, afweeg, te lig bevind. Dit lyk asof hy 'n besondere iemand te wagte is en elke keer opnuut teleurgestel word. Hulle praat hieroor en daaroor soos hulle altyd doen. 'n Bietjie skerts en kak praat tot hulle op dreef kom. 'n Rukkie later sluit Krisjan Steenkamp by hulle aan. Jakes wonder of Krisjan weer die oggend 'n gedig geskryf het oor 'n hond of 'n boom in 'n veld. Dit lyk nie asof een van hulle vanaand behoorlik kan loslaat nie. Is dit Salmon wat die toon van die aand bepaal? Dra hy sy onrustigheid aan die ander oor? Of is dit Daan se rustelose gedrewenheid wat op hulle inwerk?

Soos die aand vorder, wil dit inderdaad voorkom asof Jan de Dood ook nie vanaand sy verskyning sal maak nie. Jakes kyk uit vir die blondine met die swaar hare wat hy vantevore hier opgemerk het. Daan is duidelik aan die plot en scheme as hy op dié manier rondkyk. So aan sy naels byt, so die kop laat sak en skuins uit die oog kyk, terwyl hy pluk aan die kant van die naelvelletjie. Dan moet jy weet, dink Jakes, hy beplan nou die volgende skuif. (Merkwaardig hoe dié plek altyd vol is, selfs in die middel van die week.) Braams du Buisson en Bennie Potgieter, in die geselskap van Jonah Voorsanger, maak mettertyd hulle opwagting, sien Daan. Salmon sien dit ook, uit die hoek van sy oog. Dit maak onmiddellik Daan se plotting en scheming meer gerig. Sy hartklop versnel en pupille verklein. Sal hy gewoon oorstap na die ander kant van die kamer en vra? Gewoon vir Bennie die inligting vra? Ja, maar hy en Bennie het nooit veel kontak gehad nie. Tussen hulle is daar nie 'n uitgesproke antagonisme soos tussen Salmon en Bennie nie. Bennie het Salmon by geleentheid lelik te na gekom en Salmon het hom dit nie vergewe nie. Salmon vergeef kritiek nie maklik nie, en openbare kritiek die minste van alles. Gewoon oorstap na hulle tafel en sê: Luister, ek het 'n adres nodig. Ignoreer Bennie se uitdrukkinglose blik. Waarom sou hy in elk geval die inligting vir homself wil hou – as hy dit het?

Jakes vra intussen of iemand nou al iets meer gehoor het oor Sid se dood. Niemand het nog iets in die koerant daaroor gelees nie. Nie nuuswaardig genoeg nie. Of anders was dit 'n klein beriggie wat almal mis gekyk het. Onwaarskynlik. Wat van Ross Bekker? vra Jakes. Ross Bekker slaan wel munt uit die hele affêre, sê Stefan, hy rig 'n senotaaf vir Sid op en verkoop dit onmiddellik aan 'n galery vir 'n moerse bedrag. En hy is so stoned by die inhuldiging dat hy op sy twee voete nie kan staan nie, sê Daan. Hulle lag. Ross Bekker kan altyd op sy twee voete staan, sê Salmon, hy het nie sy kop daarvoor nodig nie. Hulle lag. Ross is soos 'n kat, sê Jakes, hy land altyd weer op sy voete. En al skilder hy soms met sy gat, sê Jakes, maak hy dikwels damn mooi werk. Hoe so? vra Salmon (sonder om sy kop te draai). Omdat hy 'n onverklaarbare aanvoeling vir kleur en stemming het. Hy het nog laas by Sid amazing dope gekoop, sê Daan, hy het dit miskien selfs bý hom. 'n Nagkiewiet skree buite, maar hier binne hoor geen siel haar nie. Hier is dit te dig en gedronge. In 'n ander hoek van die vertrek sit Bennie en geselskap. Daan kry homself nie sover om op te staan en oor te stap nie. Buite lê die omliggende veld in sterlig en skade. Daar is ook die lieflike hemel, die kriekgeluide en die paddas silwerig in die vlei, vir wie gehoor wil gee. Hy het vandag 'n man in die dorp gesien, sê Krisjan, wat in volle kamoefleeruniform 'n supermarkwa vol boeke gestoot het. Moet 'n lewendige handel hier wees, sê Jakes, in sowel tweedehandse boeke as weggegooide guerilla-uniforms. Weggewerp. Hy is weer deesdae hewig onder die indruk van die sonderlinge koers wat sy lewe die afgelope jare ingeslaan het, ná sy trippie hel toe en terug, want die vrou wat hy soveel jare liefgehad het, en op wie se liefde hy begin reken het, het hom oplaas en onverwags van haar afgewerp soos 'n uitgediende of onmodieuse kledingstuk. Omdat hy haar belemmer, het sy gesê, en sy nie meer die las van sy belemmering wil dra nie. Twee maal belemmer.

Is die man nou vlermuiskenner of geoloog? wonder Jakes van Krisjan, omdat dit nog geen uitgemaakte saak is nie. Hulle gesein word in ieder geval nie opgevang nie, want die musiek is te hard hier binne, en wie sing of sein naamlik wat? Jakkalse moet daar ook wees, vermoedelik, in die omringende veld, en al die versweë nagdiertjies op hulle verborge roetes. Die ganse verborgenheid van die naglewe buite, óm hulle. Nee, hulle kom dié aand nooit behoorlik op dreef nie.

een en twintig

In die Steynhuis sit Ester weer by die tafel in die hoek waar sy die afgelope kere gesit het. (As dit ongewoon vir soveel mense is om in die middel van die week uit die stad hier te wees, is dit sekerlik aan Jan de Dood te danke.) Simon Vouet en geselskap is hier. Maria Mulder en geselskap is hier – die nors vrou met die ken en die groot vrou met die leerbaadjie en lang hare. Die vroue van die vorige aand is weer hier – die skrywer met bob en bril, die terapeut met gekartelde hare, die historikus met kort rooi hare, die Kathleen Turner-vrou in die mediese veld en die vrou uit die dorp met die bekommerde gesig (spits, meerkatagtig).

Die groep van vier mans kom by die tafel die naaste aan haar sit – die man met werkersboots en ongewone groen blinkdraadbroek (die oorgehaalde, laggerige man met die gulheid in sy blik), die jongman met krullerige, donker hare, die man met die donker baardstoppels (sigbaar onder die vel), en die blonde man met kortgeskeerde hare, bril en ligte oë. Wanneer dié man praat, leun hy ver agtertoe in sy stoel. Die vermoorde minnaar van Ross Bekker het dit ook gedoen. Maar die minnaar was ontspanne en sexy, afgesluit in sy eie wêreld. Hierdie man is gespanne en hy rig 'n kritiese aandag op sy tafelgenote.

Hosea Herr en Sam Levitan daag op en kom weer by Ester se tafel in die hoek sit. Sam is oorgehaal en Hosea terughoudend. Hy het 'n paar boeke by hom wat hy op die grond langs sy voete neersit. 'n Rukkie later daag Jonah Voorsanger en geselskap – Bennie Potgieter, Braams du Buisson en Dorothea van Dorp – ook op.

Die man met die ligte oë probeer met Ester oogkontak maak, kom sy mettertyd agter. Hy moet iets op die hart hê, dink sy. Een keer dink Ester sy hoor Fonny se naam. Maar sy dink sy verbeel haar. Samuel vra insinuerend aan Ester waarom hulle haar altyd onder die skildery met die liefdespaar op die bed aantref. 'n Vyfde persoon het hom intussen by die vier mans aangesluit. 'n Man met 'n wasige buitelyn, asof hy besig is om homself uit sy fisieke manifestasie te onttrek. Ester kan haar voorstel dat haar kind se vader 'n voorkeur vir dieselfde soort klere sou hê.

Teen halfelf het Jan de Dood nog nie opgedaag nie. Sam sê hy kan enige tyd tussen nou en middernag opdaag. Mense dans reeds in die groot agtervertrek. Die musiek is hard. In die sentrale vertrek word luidrugtig gelag en gepraat. Ester probeer vergeefs flardes optel van die gesprekke van die vier mans. Die man met die ligte oë bly in haar rigting kyk. Hy moet iets dringends op die hart hê. Samuel en Hosea betrek haar by hulle gesprek. Hulle praat oor wat hulle vandag in die eertydse Jodebuurt aangetref het. Hulle praat oor die draaiboek, oor tegniese probleme, oor ander rolprente.

Later dans Samuel Levitan en Ester. Simon Vouet en 'n jongman met sielvolle Maleise oë dans. Die Kathleen Turner-vrou dans met 'n man, en die historikus met die kort donkerrooi hare dans met 'n man, en die vrou met die ken en die nors gesig dans met die vrou met die leerbaadjie en lang hare tot op haar boude. Die man met die blinkdraadbroek dans met die Kathleen Turner-vrou. Jonah Voorsanger dans met Dorothea van Dorp. Die Freudiaanse terapeut dans met 'n man. Die vrou met die bekommerde gesig dans met die man met die vae buitelyn. Die skrywer met die bob en die bril dans op haar eie. Die historikus dans met die man wat oor Kwaadwilligheid skryf. Die Kathleen Turner-vrou dans met Sam Levitan. Die skrywer met die bob en die bril dans met die Kwaadwilligheid-man. Die lede van Simon Vouet se geselskap dans met mekaar. Simon Vouet dans met 'n aanvallige jongeling wat nogal op die dooie Sid trek. (Simon Vouet trek sy deurnat groen syhemp uit – 'n groot roofdier met 'n blonde pels). 'n Man met 'n swaar kakebeen dans met 'n jonger Indiese man met 'n ronde, welwillende gesig. 'n Korterige man met 'n geklemde kaak (grys om die kieue) dans met 'n vrou met 'n bleek, stroewe gesig. Die Kathleen Turner-vrou (hoog in aanvraag) dans met 'n man met 'n konvensioneel handsome gesig soos 'n held uit 'n Afrikaanse rolprent uit die sestigerjare. Simon Vouet dans met 'n man wat lyk soos 'n Slawiese pin-up. 'n Man met 'n soel vel en donker hare dans op sy eie. En benewens al hierdie dansers is die agterste vertrek gevul met talle ánder dansers wat Ester nie kan eien of al vantevore hier gesien het nie.

Hosea Herr dans nie. Die jongman met krullerige hare dans nie, ook nie die man met die bloubaard nie. Die man met die ligte oë dans nie. Bennie Potgieter en Braams du Buisson dans nie. Bennie Potgieter (die Wonderkind) eet in stilte. Braams drink. Af en toe leun hulle oor na mekaar en beraam 'n plan. Dui iets aan op 'n vel papier. Beplan waarskynlik die volgende uitgawe van hulle alternatiewe tydskrif.

Wanneer sy nie dans nie, gesels Ester met Hosea Herr. (Hoor mekaar soms met moeite weens die gedruis.) Sam dans die hele aand onverpoos. Ester vra Hosea uit na Jan de Dood. Hosea sê, Jan de Dood is 'n kunstenaar in die tradisie van Frank Zappa – soos Zappa goed geskool in 'n klassieke tradisie. Hy is eklekties. Hy is minder op sy gehoor gerig as die meeste kunstenaars. Hy het 'n merkwaardig intense selfingekeerdheid tydens optredes. Sy stemomvang en konsentrasie is groot. Ester wil weet waar hy vandaan kom. Hosea sê: Boksburg, Benoni, Germiston, Springs, Randfontein, wie weet? Hosea lag, vryf met sy hand deur sy hare. Hy bring dit alles bymekaar, sê hy, Zappa en die Oosrand. Hy maak sy eie buitengewone sintese van plekke en inhoude.

Ester dans later weer met Sam. Sy het moed opgegee dat Jan de Dood nog vanaand sy verskyning sal maak. Sy drink baie water. Watter boeke het Hosea Herr by hom? Die volledige kanto's van Ezra Pound, 'n paar digbundels en onderhoude met die kunstenaar Kitaj – Ester vra Hosea oor hom uit. Kitaj vertel, sê Hosea, dat na sy eerste seksuele ervaring, die jag op vroue in sy bloed gekom het – soos dobbel by sommige ander skilders. Dit het goed gekombineer met die verkenning van vreemde stede. Hy het homself vroeg verloor in die hel en in die paradys. Hy skaam hom soms, soos Flaubert, maar nooit vir lank nie. Ester vra of daar ooreenkomste tussen Hosea se lewe en dié van Kitaj s'n is. Hosea lag, dit lyk vir hom 'n goeie lewe vir 'n kunstenaar, sê hy. Hier op die dorp, sê Hosea later, uit die bloute, het hy as jongman 'n meisie liefgehad met 'n diepblosende vel soos ryp appelkose. Hier, op die dorp? vra Ester. Ja, hier, sê Hosea, op die dorp.

Later vra Hosea haar wat sy op die dorp doen. Sy sê sy wil Jan de Dood sien optree – sy bly hier tot sy hom gesien het. Hy kyk na haar maar sê niks. Sy hand beweeg na sy mond. Hy kyk na haar sonder dat sy weet wat hy dink. Breë voorkop, breë wangbene. Die soort man wat op twee en twintig uitgaan om die wêreld te verower; wat ongepantser daarvoor oopstaan; wat sy naels aanvanklik tot in die lewe byt. Hosea knik. Dit is die moeite werd om vir Jan de Dood hier aan te bly, sê hy.

Halftwee groet sy en vertrek. Die nag is helder. Koel. Die sterre is bros. Toe sy 'n entjie gestap het, hoor sy voetstappe agter haar in die pad. Sy skrik groot. Die voetstappe haal haar in. Dit is die man met die ligte oë. Hy is effens uitasem. Hy maak verskoning. Hy stel homself bekend. Sy naam is Salmon Senekal. Nou sal sy hoor wat hy op die hart het. Hy het haar en Fonny twee keer saam gesien hier, sê hy. Nou weet Ester. Die man het 'n oog op Fonny en hy wil hê sy moet vir hom voorspraak doen. Sal sy vir hom sê hy kan enige gevoelens vir Fonny by voorbaat afskryf? Hy kan vergeet van Fonny. Fonny is nie meer beskikbaar vir 'n liefdesverhouding nie. Sy en die man staan oorkant mekaar in die straat. Die man aarsel. Hy bedink homself. Hy haal sy skouers op. Maak verskoning dat hy haar lastig geval het. Groet, draai om, stap terug in die rigting van die Steynhuis. Ester draai ook om, stap vinnig, met haar kop vorentoe, na die Gemoedsrus Kamers terug. Daar is 'n boodskap op haar deur dat Boeta Zorgenfliess gebel het.

twee en twintig

Nadat hulle die hele aand nie op dreef gekom het nie en Daan geplot en gescheme het dat dit so klap; nadat Daan oplaas na Bennie Potgieterhulle se tafel oorgestap het, hom vir 'n adres gevra het, en Bennie beweer het dat hy nie 'n adres het nie (Daan nie soveel hierdeur ontmoedig as in sy voorneme gesterk nie); nadat hulle oplaas aan die einde van hierdie aand gekom het wat nie soveel ongebreidelde plesier opgelewer het as waarop hulle gehoop het nie; en nadat Krisjan Steenkamp reeds huis toe is, sit die vier van hulle in die skaduwee van die muur langs die Steynhuis een of twee spesiale sigarette en rook. (Daan het hierdie sigarette vroeër by iemand in die Steynhuis gekoop.) Hulle hou hulle hande bak en praat min. Die effek van die sigarette tref elkeen in sy eie tyd en op sy eie manier.

Daan Theron ondervind 'n skielike sterk impuls om op die grond te gaan lê. Sy rugholte voel ineens swak; sy rug voel asof dit gebreek is; sy nek voel ongewoon groot. Sy hart voel of dit aan 'n draadjie hang en sy pols voel klein, sag, onbestendig en onderbroke. Sy longe voel of hulle aan sy ribbes vassit; as hy hoes, dink hy, sal daar klein, ronde balletjies slym sonder moeite uit sy mond vlieg. Sy bloed voel dun en koud; sy liggaam voel hol, uitgehol. Hy het skielik intense vrees dat die ander drie hom sal verlaat. Sy ooglede voel koud, daar is 'n gekraak in sy ore en 'n polsing in sy nawel. Hy sak stadig teen die muur af en bly roerloos op sy hurke sit.

Stefan Mendelsohn ervaar skielik 'n skerp brandgevoel in sy borskas, 'n sensasie van swaweldampe in sy keel, en hiermee saam 'n skielike intense vrees vir finansiële verlies. Hy wil op die plek omdraai en iewers heen hardloop waar hy homself en sy materiële besittings kan beveilig. In sy nek het hy 'n sensasie van warm lug wat van die nekwerwels na sy agterkop opkruip. Sy voete voel rusteloos maar sy bene loodswaar. Sy hande bewe, in sy vingerpunte is daar 'n tintelende sensasie, dit voel of hy sy vingers nie reguit kan maak nie. Hy voel sy hartklop; hy kan sy pols sien; hy dink hy gaan flou word. Hy is bang die ander drie gaan hom hier alleen los, hy is bang niemand gaan hom keer as hy homself leed wil aandoen nie; hy het 'n begeerte om sy klere van sy lyf te skeur, om iewers ánders te wees, om buite te wees én om binne te wees; hy dink in die Steynhuis is daar mense wat hom gewis dood wil hê; hy dink hy het sy vriende aanstoot gegee; sy oë brand, die hemelse lug lyk groen, maar asof hy dit deur 'n wit laag wasem waarneem. Hy leun swaar teen die muur aan en dink hy moet binnekort na binne gaan om water te drink, want hy het 'n intense, onlesbare, brandende dors.

Salmon Senekal, wat die hele aand gevoelens van wrewel (teenoor sekere aanwesiges in die Steynhuis) en misnoegdheid (teenoor sy eie situasie) gekoester het – versny met onverklaarbare gevoelens van rouheid en verlies, se nek voel skielik styf: 'n sensasie asof die werwels oormekaar gly en kraak, as hy sy nek net effens agtertoe beweeg. Hy buig vooroor, hy kan nouliks regop bly, hy sien sy ruggraat soos dit vorentoe buig. Die gewaarwording van koue in sy borskas sprei na sy gesig; sy sweet ruik vir hom na knoffel; sy linkerarm voel lam; sy hande trek onwillekeurig saam asof hy iets wil gryp. Hy dink hy kan dit nie verduur om 'n oomblik langer te leef nie. Hy het 'n weersin, tot kotsens toe, in sy eie liggaamsreuk en in die teenwoordigheid van die drie persone saam met hom. Hy dink: Hoe het hy op hierdie punt gekom? Hy weet dit nie. Hy weet nie wat hierdie punt is nie. Hy probeer helder dink maar sonder enige hoop op helderheid. Hy dink hy gaan huil. Sy kop voel brandend warm en sy voete yskoud; sy kopvel sweet, sy oogballe pyn; as hy huil gaan sy trane olierig wees. Daar is 'n reuk óm hom asof hy homself bevuil het. Iets het verkeerd gegaan, besef hy, die substansie wat hy ingeneem het, het nie die gewenste uitwerking nie.

Jakes Jones het skielik 'n skerp pyn in sy rug, asof iemand hom met 'n hamer daar geslaan het, daarna word hy yskoud tussen sy skouerblaaie en hy kry krampe in sy boudspiere. Sy ledemate voel te kort, sy knieë en hakskene voel koud, dit voel of die vel van sy hande afskilfer. Hy sien inkswart kolle, sigsagpatrone en ligstrepe voor sy oë. Hy voel skielik 'n helse en matelose verdriet oor die koers en gang van sy ganse lewe. Hy wil alleen wees en is terselfdertyd bang die ander gaan hom verlaat. As hy sy oë toemaak, sien hy die stadige bewegings van die inkvis in haar troebel water. Hy spoeg 'n bol slym uit met iets wat lyk soos bloederigheid daarin, sit sy twee hande aan die kante van sy kop en sê: "Ek gaan dood."

drie en twintig

Donderdagoggend vroeg stap Ester na Antie Rose se huis. Die bodorp is stil, koel soos 'n tuin. Verruklike lig. Fonny slaap nog, sê Antie Rose, maar Ester kan gaan kyk. Ester staan in die groot, verdonkerde kamer by Fonny se bed; Antie Rose agter haar. Fonny se hare is weelderig, donker, swaar. (Haar bruidskat.) Haar wang op die kussing, haar mond effens oop; haar gesig lyk gekneus. Sy haal diep en reëlmatig asem. Soos sy nou daar slaap, sê Antie Rose sag, so het sy gister uur na uur geslaap. Sy het die slaap seker nodig, sê Ester. Sy groet Antie Rose. Die oggendtuin is koel en geurig. Die lig is nat en deursigtig. Die rose blom nie meer so oordadig nie; hulle eerste somerse drag is verby.

Daarna gaan sit sy op een van die bankies onder die plataanbome langs die kerk. Sy moet van die kind gedroom het, want sy sien haar gesig vanoggend helder voor haar. Ná haar eerste besoek aan haar vader, nadat hy teruggevind is, het die kind vir Ester vertel waardeur hy gegaan het. Hy wou naderhand niemand meer sien nie. Op 'n dag is hy die veld in. Oordag het hy weggekruip. Snags het hy water gaan soek. Hy het later nie meer geëet nie. Een nag het hy afgegaan dorp toe en in mense se kelder gaan skuil. Daar het hulle hom gevind. Hy het probeer weghardloop, maar die mense het hom ingeneem. By dié mense aan huis het die kind hom weer die eerste keer gesien, na al die maande. Sy het geskrik, hy het vir haar gelyk soos 'n wilde man wat in die berge woon. Sy het later sy goed probeer opspoor – alles wat hy net so gelos het. Hy het met haar gepraat oor wat met hom gebeur het en sy het 'n klein aanduiding begin kry van wat in al die tyd in sy gemoed omgegaan het.

In plaas van die vrou in swart – op wie sy vanoggend wag, in die hoop dat sy toevallig weer hier langs sal kom – kom daar van skuins oorkant die straat, uit die rigting van die klipkoppies agter die kerk, 'n man in Ester se rigting aangestap. Ongemaklike gang soos 'n krap. Die man gaan op die bankie langs haar sit. Ester eet die een souttertjie wat sy by die tuisnywerheid gekoop het, sit die ander een in haar sak. Die man sit, maar beweeg voortdurend rusteloos. Na 'n rukkie staan hy op en kom 'n entjie van haar staan. Hy is maer. Hy dra 'n dun T-hemp (onvoldoende beskerming teen wind of son). Sy huidkleur is 'n donker, gebrande omberbruin, glansloos. Hy rig hom tot haar, maar kyk steeds voor hom uit. Hy probeer praat, maar hy het moeite om die woorde uit sy keel voort te bring. Sy hande beweeg deurentyd rusteloos in die lug voor hom. Hy gryp na woorde soos strooihalms. Sy beheersing van Engels is gebrekkig. Hy string los woorde arbitrêr aanmekaar. Pity has a human face, dink Ester. Hier is nie werk in die dorp nie, sê die man. Hy wil teruggaan huis toe. Waar is sy huis? Hy beduie oor sy skouer. Sê 'n naam. Die berge. Sy ou ouma. Hy verstaan dit nie, sê hy – dink Ester hy sê –

waarom sy lewe is soos dit is nie. Dit lyk of die woorde vasgevang word; hulle kan nie ontsnap uit die swart kelk van die keel nie. Selfs die witte van sy oë is donker, glansloos. Met moeite bring hy die woorde diep uit sy liggaam voort – hy wurg aan hulle. Elke dag weet hy dit weer nie, sê hy; sy arms beweeg teennatuurlik, wuiwend. Sy hande maak magtelose bewegings in die lug. Sy lippe is donker, vol – maar strak. Die donker vlakke van sy gesig moeilik leesbaar omdat dit die lig nie weerkaats nie. Daar is nie krag in sy arms nie, sê hy. Hy hou een arm uit – 'n dun, donkerbruin kinderarm; lang, delikate vingers aan die hand, lang handpalms. Soms straf mense hom, hulle straf hom. Hy praat soos iemand wat verleer het om te praat en weer opnuut moes leer om sy stem te gebruik. Hy kyk voor hom uit. Wat sien hy? As hy honger is, kyk hy in asblikke. Hy kan nie eet nie. Hy wys na sy maag. Sit sy vingers op sy diafragma. Hy kyk voor hom uit. Hy kort nog geld, hy wil huis toe gaan. Sy gee vir hom die geld wat hy kortkom. Hy vat dit by haar, tel dit vlugtig; vra vir nog vyftig sent. Sy gee dit. Sy groet hom, maar hy groet nie. Hy stap weg en Ester bly op die bankie sit.

vier en twintig

Van Antie Rose se huis die oggend, waar hulle saam na die slapende Fonny staan en kyk het, beweeg Ester die res van die dag deur die dorp soos iemand wat stadig onderwater swem. In die bodorp verby die stadhuis in twee kleure klip; verby die inheemse bome – kiepersol of kanferfoelie, hoe sal sy tog weet? Met Steynstraat af tot onder in die dorp, en weer soos die vorige dag verby die Chakra-Broers, maar vandag verby mans met waentjies waarin seildoek, kartonne, rolle draad, motoronderdele en yskaste opgevou, platgedruk, ineengevleg, uitmekaargehaal en hemelhoog opgestapel is. Hierdie waentjies word moeisaam voortgesleep deur die mans in 'n verskeidenheid verweerde monderings, hulle wange stowwerig en sonder glans – die een glansloser as die vorige. Ester in die verbygaan moet die begeerte onderdruk om hulle agterna te staar; hulle moet vroeg vanoggend vertrek het, vermoedelik uit die township 'n ent buite die dorp. Verby groepe swart skoolkinders met stralende velle. Met Brandstraat op tot in die bodorp, in die rigting van die Dorpskafee met die plant sonder huidmondjies.

Vroegoggend is die lig verruklik, beweeglik, nát, strálend. Later word dit droër en skerper. Laatoggend is die wolkies in die hemel argeloos klonterig, losserig op die horison saamgebondel. En later dryf die wolke yl en versprei, net-net sigbaar tussen die blare van die groot plataanbome, en ver verwyder bo hulle koppe – dié van Ester en van die donker man met die omberbruin huidkleur. Die man met die rustelose bewegings wat sy vandag vir die eerste keer langs die historiese kerk teëgekom het.

Soos iemand wat onderwater in 'n breë rivier naby die sanderige bodem swem, met lang, reëlmatige hale, beweeg sy. Haar oë stip vorentoe gerig. Een keer dink Ester sy sien Fonny met geboë hoof die straat oorsteek. Dit kan nie wees nie, weet sy, want Fonny slaap. Haar hare is op die kussing uitgesprei soos die somber waaiers van *majas* op Spaanse balkonne. Iets uit Goya, iets onheilspellends. Sy het gesien hoe diep teruggetrek in haarself Fonny vanoggend slaap. 'n Ander keer dink Ester sy sien die vrou in swart vir haar aan die bopunt van die straat wag, in die skadu van die plataanbome langs die kerk, waar die man vroeër die oggend was. Maar dit is ook nie sý nie. Hoe graag Ester haar ook al vandag weer wil sien.

Teen die middaguur is dit warm. Die lig is droog, byna verblindend skerp. Die hemel so goed as wolkloos. 'n Oneindig uitgespreide en deursigtige koepel. Die los wolkies van vanoggend het mettertyd weggedryf. Wat sy nie meer onthou nie, is sy kwyt, dit weet Ester sekerder vandag as ooit vantevore. Was haar ma se dood nie 'n teken nie? Was dit nie asof Ester uit 'n huis stap, die deur agter haar toemaak, en nooit weer toegang tot daardie huis het nie? Die verhale voortaan verteken of vergete. Bo die rustige dorpsgeluide, dink Ester sy hoor een keer uit die veld, in die omgewing van die klipkoppies agter die kerk, die kreet of blaf of roep van 'n wilde dier. Sy moet haar dit ook verbeel het. Sy sou nie weet watter kleiner en groter soogdiere in die veld buite die dorp aangetref word nie. Die jakkals waarskynlik en die das. Miskien die skugter erdvark snags, op soek na ondergrondse komkommers. Miskien hase en selfs klein bokkies; die aardwolf dalk, as dit nie al uitgeroei is in hierdie omgewing nie. Miskien selfs bobbejane. Sy sou nie weet nie. 'n Swerm hadidas vlieg krysend bo haar in die lug verby.

By hierdie skitterende lig moet sy herhaaldelik aan Fonny dink, wat nou so diep slaap, na haar ervaring. Sy moet ook dink aan hulle Oompie Karel, haar en Boeta se oom, wat hulle nooit geken het nie, vir wie die sluiers ook gelig het. Hulle pa's se Boetie Karel. Vir wie die onsigbare wêreld haar geheimenis blootgelê het, aan die einde van 'n lemoenboord, met die bobbejane immer doenig en blaffend in die omringende kranse.

Laatmiddag gaan die son met oordrewe prag onder. Ester bereik die telefoonhokkies voor die poskantoor op die presiese oomblik waartydens die laaste strale van die ondergaande son die buitelyne van die bome soos reuse-oureole laat skitter. Vandag is sy betyds. Die bome roerloos, gloeiend. Ester hou die skouspel dop terwyl sy met Boeta praat.

Sy hoor dadelik aan sy stem dat dit nie goed met hom gaan nie. Die lewe is nou te groot vir hom, hy kan dit nie meer handle nie. Hy kan sy wakker ure nie meer verduur nie, gedink daar is 'n shift by hom, maar hy was verkeerd. Hy is nie gelukkig met homself nie; hy het 'n onversadigbare onvergenoegdheid.

Is dit die verhouding? vra sy. Dis die verhouding, dis elke ding in sy lewe; dit gaan nou te lank so aan.

Toe sy uit die telefoonhokkie kom, het die son reeds gesak. Daar kom meteens 'n koelte oor die dorp. Die eerste sterre reeds sigbaar; die aanduiding van 'n newel om die deursigtige skyf van die groeiende maan. Ester is nog steeds nie besonder honger nie. Vir die tweede keer die dag stap sy na Antie Rose se huis

vyf en twintig

Die kleur van die naghemel verdiep. Die swellende maan begin klim, kry vastigheid. Ester stap verby mevrou Kriek se simmetriese huisie met die uitnodiging langs die voorhekkie. 'n Pou roep van iewers verder af in die dorp. Koel naglug. Antie Rose laat haar binne. Ester verduidelik sy wil graag 'n rukkie by Fonny sit. Antie Rose begryp, sy maak die kamerdeur sag agter Ester toe. 'n Klein lampie brand in die een hoek van die kamer. Fonny slaap nog steeds; sy slaap nou meer as vier en twintig uur aaneen. Ester gaan sit op die stoel (met die swart sjaal oor die rugleuning) langs Fonny se bed in die halfdonker kamer.

Sy leun met haar kop vooroor op haar arms op die bed. Sy dink aan niks in die besonder nie. Sy sit lank so. Later lig sy haar kop effens op, asof sy verwag dat Fonny haar gaan begin vertel. Sy het sagte, vroom kinderwange. Op vyf verskyn God reeds in sy heerlikheid aan haar in 'n droom. Sy staan in die tuin, sy is sewe of agt – sy dink haar kinderliggaam gaan breek. Haar pa verdwyn op 'n dag. Miskien is hy vanself dood. Miskien het hulle hom doodgemaak. Miskien lê sy bene in die veld buite die dorp. Miskien lê hulle in 'n swart sak in die stad en muf. Haar weelderige hare is deur sywurms gespin. Totdat sy haar hare begin opsteek, en die verborge krag van haar teer nek blootlê.

Ester sit lank so by Fonny se bed in die groot, halfdonker kamer. Sy lê met haar kop op haar arms, of sy sit met haar elmboë op haar knieë, haar handpalms oor haar oë. Eers later word Fonny wakker. Sy draai om en kyk na Ester. Dit is duidelik dat sy 'n paar oomblikke lank nóg Ester, nóg die kamer waarin sy haar bevind, kan plaas, maar sonder enige paniek (sy was ver van hier) – haar gesig is slaperig en traag, maar vredig. Ester sê vir haar sy het lank geslaap. Sy knik asof sy dit skynbaar nie vreemd of ongewoon vind nie.

Hulle eet die aand met Antie Rose en die ylhoofdige Dafnie in die kombuis sop en brood. Hulle praat nie een veel nie. Dit is warm en gesellig in die kombuis. Ester bly nie lank nie. Sy wys Fonny se uitnodiging om oor te slaap van die hand, asook haar aanbod om haar met die bakkie by die Gemoedsrus Kamers af te laai. Fonny is voorlopig veilig, en Ester het geen dringende behoefte om met iemand te praat nie. In die nag roep sy uit na haar ma, en toets daarna die stilte toe sy wakker word.

ses en twintig

In sy ma se haarkappersalon doen Bennie Potgieter soms die boeke, of as dit baie druk gaan, help hy die vroulike klante se hare was, of gee vir sy ma die duisend en een krullertjies vir die permanente golwings aan. Sy swart wimpers laat hy van kleins af verleidelik sak, en die vroue laat hom graag hulle hare was, want sy aanraking is kalmerend. Sy groot, sagte lyf maak 'n moederlike aanspraak op sommige van die ouer damesklante; hy het as kind 'n ophef van hom laat maak en hy laat die vroue nog steeds begaan. As hy nie help nie, sit hy by die toonbankie met die pienk gordyntjie, hy ontvang die geld, hy skryf 'n kwitansie uit, hy luister na die vrouegepraat. Hulle drink tee en eet doughnuts of geroosterde toebroodjies wat hulle by die take-away om die hoek laat haal. Soms teken hy skelm 'n strookprent of lees 'n boek onder die toonbank. Oor hierdie domein heers sy ma met ferm kuite en onberispelike kapsel. Sy ma het die salon op die dorp en sy pa die garage so lank as wat hy kan onthou en tussen die salon en die garage is hy sedert sy vroegste kinderherinneringe hopeloos verwar: hy weet nie watter ruimte hy verkies nie.

In sy pa se garage doen hy ook soms die boeke, maar met sy pa wat kort-kort ongeduldig oor sy skouer kyk. Hier lê hy meesal in 'n overall onder 'n motor – sy pa het hom vroeg die beginsels van motorwerktuigkunde geleer. As dit nie te druk is nie, lê hy soms met 'n flitslig en 'n boek ingeglip in die oortreksel van die Mechanics Manual, om sy onstilbare leesaptyt te voed.

So lank hy kan onthou, besoek hy feitlik elke naweek met sy pa die dorpsbegraafplaas om blomme op die graf van sy vroeggestorwe broertjie te sit, en ook op die grafte van ander familielede en volkshelde. Geslote en swygend sit hy steeds saam met sy ouers saans aan tafel. In Jonah Voorsanger se teenwoordigheid verkies hy om min te sê. In die geselskap van sy vriende laat hy homself toe om moederloos dronk te word. In sy buitekamer agter sy ouerhuis onder op die dorp luister hy ure aaneen na musiek, of lees strookprente. Snags laat kom alles wat hy deur die dag onderhuids of andersins opgevang en geabsorbeer het (situasies, gesprekke, idees) in 'n onkeerbare stroom op sy rekenaar te voorskyn. Hy is deesdae heelwat meer lakoniek oor sy verhouding met sy pa. Hy staan terug en hy moet lag oor die bitter humor daarvan. Hy moet lag oor hulle bisarre misverstande. Hierdie verhouding vorm die basis en raamwerk van die roman waaraan hy die afgelope jare skryf.

Ester Zorgenfliess vind Vrydagoggend sonder veel moeite die garage: Steynshoop Motors (sy het 'n goeie instink vir rigting en 'n goeie ruimtelike geheue). Sy loop agterom na die werkswinkel en tref Bennie Potgieter onder 'n motor aan – die welig uitgedyde vorm van sy hardloopskoene is onmiskenbaar. Hy wurm hom onder die motor uit. Die Mechanics Manual werk hy met die voet half onder die motor in. Ester vra of hulle 'n oomblik kan praat. Sy vermoed die pa hou hulle op 'n afstand uit sy kantoor dop.

"Weet hulle nou al wie Ross Bekker se lover geskiet het?" vra Ester.

Die Wonderkind swyg dramaties. Skop-skop met die voet.

"Daar is 'n gerug dat Ross Bekker iemand gehuur het om dit te doen," sê hy.

"Maar hy was dan so ontsteld toe Sid dood is!" sê Ester.

"Dit gebeur as jy nie die konsekwensies van jou handelinge voorsien nie," sê Bennie.

"Waarom sou hy dít wou doen?!" vra Ester.

"Hy was besitlik oor Sid," sê Bennie, "hy wou hom later nie meer onder sy oë laat uitgaan nie."

"Wat dink jý?" vra Ester.

"Dis seker nie 'n buitensporige gedagte nie," sê Bennie, "unexamined paranoia."

Ester kyk tersluiks in die werkswinkel rond. Iemand het by die pa in sy kantoor ingegaan – dit gee haar en Bennie meer vryheid om te praat; die ander mechanics in blou overalls gaan hulle gang. Lekker, die atmosfeer in so 'n werkswinkel, en die reuk van ghries.

"Hou jy daarvan hier?" vra Ester.

Bennie haal sy skouers op. "Ek het hiermee grootgeword," sê hy.

"Wat is met Fonny aan die gang?" vra Ester (versigtig). Sy wil nie meer spesifiek wees nie, sy wil Bennie pols; sy dink sy wil 'n soort gerusstelling van hom hê dat Fonny okay is. (Al verwag sy nie om dit te kry nie.) Bennie en Fonny is al lank goeie vriende.

Die Wonderkind leun teen die motor aan, sy bene gekruis; vermy soos altyd direkte oogkontak.

"Sy verkies om haar psigiese proses op die oomblik in terme van 'n religieuse metafoor aan te bied," sê hy. "Maar as sy dit doen, moet sy besef dit het bepaalde konsekwensies. Elke metafoor het sy eie reëls en wetmatighede." Hy vee sy vingers aan sy overall af (nie besonder ghriesbesmeer nie). "Sy moet weet waarvoor sy haar inlaat."

"Waarvoor laat sy haar in?" vra Ester.

Die Wonderkind draai sy kop weg, lag half. "Sy laat haar in vir die metafoor waarvoor sy gekies het."

Ester besluit om nie hierop in te gaan nie.

"Is sy veilig in die veld?" vra sy.

Die Wonderkind lag weer, effens. "Binne die terme van haar eie metafoor is sy veilig. Wie kan iets meer sê?"

Inderdaad, dink Ester.

"Wat sê Jonah?" vra sy.

"Jonah wil Fonny se proses op sy eie manier frame. Hy wil God binne die politics of satisfaction frame."

Die Wonderkind lyk ongemaklik, waarskynlik binne die vaderlike ruimte. Hy ontwyk Ester se blik meer as gewoonlik.

"Het jy al die video van Jan de Dood gesien?" vra hy, skielik.

"Nee!" sê Ester, verras. "Waar is dit?"

Bennie sê hy het dit by die huis. Hy vra of sy dit wil sien; sy sê baie graag, as dit moontlik is. Bennie sê hy moet net vir sy pa sê hy gaan 'n rukkie weg wees. Bennie staan in die deur van die pa se kantoor, Ester staan half agter hom, die pa staan in die kantoor, agter hom is meisies op kalenders met tiete soos spanspekke en star-spangled deurtrekkers (dink Ester). Die pa is so blond as wat Bennie donker is. 'n Korterige, stewige man, (rúíg, dink sy), in sy laat vyftigs, vroeë sestigs. Ondubbelsinnig viriel in sy blou overall, maar terughoudend, brutaal selfs. In hierdie ruimte (dink Ester) is die Wonderkind se seksuele identiteit vasgelê – tussen hierdie gul vroulike vorms, sy pa se weerbarstige manlike nate, en die motoronderdele.

Die huis is 'n blok of twee verder af, weg van die hoofstraat. 'n Groot huis wat dateer uit die vyftigerjare, met uitvoerige slastotuinpaadjies en smeedysterdiefwering en -hekke. Hulle gaan deur die kombuis na die sitkamer. Die vertrek is ruim, die swaar satyngordyne is toegetrek, die meubels is óf gestoffeer in dofpienk satyn, óf bal en klou; daar is 'n oordaad van ornamente. Teen die mure hang familieportrette en skilderye van blomme; 'n stamboom in 'n swaar houtraam; portrette van volkshelde. In hierdie huis het die Wonderkind grootgeword (dink Ester) – sy ouers se lewe 'n triomf van die opkomende bourgeoisie wat hulle uit die werkersklas opgewerk het. Bennie skakel 'n groot televisiestel aan; gaan haal 'n bier in die yskas; Ester wys een van die hand.

Die video is deel van iets anders, verduidelik hy, die snit oor Jan de Dood is baie kort; die kwaliteit is nie goed nie. Die video begin speel; eers is daar 'n kort onderhoud met 'n ander musiekgroep. Nóú, sê die Wonderkind, en op 'n smal verhoog voor 'n volle orkes sien Ester twee mense dans, 'n man in 'n aandpak en 'n blondine – 'n manlike blondine met 'n swart korset aan, wit kouse en 'n shaggy blonde pruik. Die twee dansers voer geen gewone dans uit nie, hulle voer bewegings uit wat bykans fisiek onmoontlik is, sien Ester – 'n gestileerde akrobatiek. Dis Jan de Dood, sê Bennie, asof Ester dit nie reeds agtergekom het nie. Jan de Dood dans met die man in die aandpak op die verhoog voor die orkes en hy dans met buitengewone energie. Elke deel van sy liggaam praat 'n ánder danstaal, dit is moeilik om sy teenstrydige bewegings te lees. Terwyl hy hierdie raaiselagtig komplekse en freneties akrobatiese dans met sy partner in die aandpak uitvoer, sing Jan de Dood sodat sy koue, hartstogtelike stem soos 'n ironiese, goue wolk bo die verhoog hang – 'n kontratenoor wat sekuur in 'n religieuse vakuum ínsing.

Sy vra Bennie om dit weer te speel en Bennie sê Jan de Dood lyk nie altyd so nie, hy het baie verskillende verhoogpersonae. So sit sy en Bennie in die voorkamer van sy ouerhuis en speel die klein snit 'n paar keer oor, en Ester besef sy sal nooit 'n punt bereik wat sy voel nou het sy dit genoeg gesien, nou het sy 'n samehangende beeld van die kort vertoning gevorm nie. Die aard daarvan is dat dit ontwykend is. Bennie moet naderhand teruggaan, hy sê sy pa sal die moer in raak as hy so lank wegbly. Ester wil weet of daar enige kans is dat Jan de Dood dié aand of die naweek sal optree; hy sou tog al 'n week gelede opgetree het, sê sy. Bennie haal sy skouers op. Met hom weet 'n mens nooit, sê hy. As hy nie dié naweek optree nie, sal dit waarskynlik eers weer heelwat later wees, want hy staan op die punt om op 'n lang oorsese toer te gaan.

Hulle groet en slaan hulle aparte weë in. Vanaf Bennie Potgieter, die Wonderkind, se ouerhuis stap Ester terug na die dorp. Sy gaan drink 'n koppie tee in die Dorpskafee, in die hoek langs die plant sonder huidmondjies. Drie-uur die middag probeer Ester Boeta by sy werk kontak. Sy moet ure wag om 'n beurt by een van die bedompige telefoonhokkies te kry. Boeta is nie by sy werk nie, hy het nie die dag ingekom nie. Daar is ook nie antwoord by sy huis nie. Sy voel die angstigheid om sy onthalwe, om sy fisieke en emosionele welsyn, soos 'n beklemming om haar hart.

Sy gaan op een van die bankies onder die plataanbome langs die kerk sit. Tot haar groot verrassing en vreugde kom die ma met die kind kort daarna van oorkant die straat na haar aangestap. Soos die vorige keer (vandag presies 'n week gelede, toe Ester Selene se roudiens en begrafnis misgeloop het), gaan die vrou op die bankie langs haar sit. Hulle het iets gekoop by die tuisbedryf langs die Dorpskafee en hulle kom hier sit om dit te eet.

Die ma dra weer 'n lang, helder geblomde rok; sy het kort, steil, donker hare en skerp, donker oë. Maar dit is weer eens die kind wat Ester se aandag eis. Kleiner nog as wat Ester haar onthou van die vorige keer, haar kop nog dieper in die nek ingedruk, die effense boggel sigbaarder. Verbeel Ester haar egter, of begin die eerste (allergeringste) swelsel van ontluikende borste reeds sigbaar word onder haar rok? (Is dit moontlik? Die kind kan tog nie ouer as agt, nege jaar wees nie?) Haar gesig is geen sorgvrye kindergesig nie – die uitdrukking daarop is steeds gekwel.

Die ma sit, die kind staan by haar knie. Die ma help haar om die stukkie koek wat hulle gekoop het, te eet. Die ma praat met haar, maar die kind se aandag is elders. Sy staan met haar een hand op haar ma se welige knie (die immense ronding daarvan goed sigbaar onder die geblomde rok). Haar vingers is onnatuurlik stomp; die naeltjies is breed en plat. Sy eet gedienstig aan die stukkie koek, maar lomp, en sonder oënskynlike plesier. Soms maak die kind haar oë 'n oomblik lank toe, asof sy die oomblik te pynlik, te oorweldigend, vind. Die ma praat vriendelik, sussend, soos mens met 'n baie klein kind praat. (Hoeveel van hierdie praat vir háár oor bestem is, kan Ester nie bepaal nie.) Wanneer die kind antwoord, maak sy net geluide wat sy moeisaam uitstoot – die klanke bly ongevorm, onontsyferbaar in haar keel vassteek. Toe sy klaar geëet het, vee die ma die kind se gesig met 'n papierservetjie af.

Dit is warm. (Ongekend warm vir hierdie tyd van die jaar.) Die ma waai die kind se gesig met 'n sakdoek koel. Die kind se wange is hoogrooi, en weer, net kortliks, soos die vorige keer, rol sy haar oë 'n paar oomblikke lank boontoe – net die witte sigbaar – voor sy hulle toemaak en soos 'n mistikus die vagevuur in al sy helse glorie aanskou en die hemele in al hulle onomskryfbare heerlikheid. Net 'n paar oomblikke lank, voor die kind weer haar oë oopmaak – haar aandag reeds elders – en die ma teenoor Ester opmerk dat dit wárm is, en Ester knik, en vir die ma glimlag omdat dit onbehoorlik is om op hierdie manier na die kind te staar, terwyl dit al is wat sy eintlik wil doen – nooit meer ophou kyk na die kind nie, wie se ervaringswêreld so duidelik so min te make het met die werklikheid van haar ma óf Ester.

Die moeder vee haar eie gesig met 'n sakdoek af. Sy vee die kind se gesig met 'n nat lappie af; die kind probeer haar loswriemel terwyl sy dit doen. Die ma rig haar weer tot Ester. Lastig die hitte, sê sy, dié tyd van die jaar. Ester knik weer instemmend. Toe hulle klaar geëet, en die kind 'n paar slukke koeldrank gedrink het, staan die moeder op, sy groet Ester, neem die kind aan die hand, en Ester volg hulle met haar oë totdat hulle om die hoek verdwyn.

Voordat Ester die aand na die Steynhuis stap, probeer sy Boeta eers weer by een van die openbare telefoonhokkies bel. Hierdie keer antwoord hy. Jare lank, sê hy, is daar by hom die verlange. Dit is 'n verlange wat nog nooit in 'n verhouding bevredig is nie. Sy lewe is leeg. Hy is onvervul. Hy verlang na Selene Abrahamson. Hy bly haar gesig voor hom sien. Dan huil hy. Hy kan nie anders nie. Haar gesig haunt hom. Hy het oplaas die verhouding met die ander vrou verbreek – aan die een kant is dit 'n verligting, aan die ander kant is dit 'n curse. Nou verlang hy na daardie vrou. Hy sien haar gesig in alles, oral, in elke winkelvenster, in elke weerkaatsing, elke oomblik van die dag. Sy lewe is 'n lewe van onvervulde verlange. Hoe lank moet dit so aanhou? vra hy. Ester kan hom nie antwoord nie. Sy weet nie hoe lank 'n lewe duur van onvervulde verlange nie.

sewe en twintig

Die Steynhuis is vroegaand al drukker as gedurende die week. Die stemming van verhoogde opwinding laat Ester vermoed dat Jan de Dood miskien tog vanaand sy opwagting sal maak. As hy dit nie doen nie, is daar nog die volgende aand (Saterdag) vir haar die geleentheid om hom te sien optree. As dit nie gebeur nie, is dit tot daarnatoe. Dan gaan sy huis toe, terug na die ander stad toe.

Ester sit by die tafeltjie in die hoek onder die skildery van die gedoemde minnaars. Jonah Voorsanger en geselskap is hier. Maria Mulder en geselskap is hier. Die vroue is hier, maar hulle sit weer eens by 'n tafel in 'n teenoorgestelde hoek. Simon Vouet en geselskap vanaand afwesig, asook Salmon Senekal en geselskap. Hosea Herr en Sam Levitan daag op – Hosea met die stapeltjie boeke onder die arm. Ester dans met Sam te midde van 'n helse gedrang en gedruis in die agterste vertrek. Sy hervat haar gesprek met Hosea Herr. Hulle praat oor sy werk, oor ander digters, weer oor Kitaj. Nog later dans sy weer met Sam. Dit is ondraaglik warm in die dansruimte, ten spyte van die dakwaaiers. Ester drink groot hoeveelhede water. In die damestoilet – toe hulle toevallig saam daar is – vra sy die historikus of sy dink Jan de Dood sal vanaand opdaag. As hy kom, kom hy, sê die vrou, hy is 'n stunning performer, maar moet asseblief nooit op hom reken nie. Sam dans en Ester praat met Hosea. Hy sê dat Kitaj in een van sy onderhoude probeer verduidelik wat dit beteken om Joods te wees. Hoewel hy sy kuns as bedorwe en wêrelds sien, verwys sy werk die afgelope paar jaar na die heilige boeke, Halacha, Midrash en Responsa, en die Messiaanse literatuur. Later dans Ester weer met Sam. Twaalfuur het Jan de Dood nog nie sy opwagting gemaak nie. Ester begin moed verloor. Jonah Voorsanger dans dat sy lyf deurnat is; sy hare gloeiend soos flaggela om sy kop. Hy dans uitsluitlik met Dorothea van Dorp ('n vindingryke danser), want wie het Jonah Voorsanger al ooit in die openbaar met sy huidige liefde gesien? Bennie Potgieter en Braams du Buisson sit onversteurd by hulle tafel, albei se gesigsuitdrukkings so goed as onleesbaar. Braams du Buisson lyk altyd of sy hare pas gesny is en Bennie Potgieter eet en drink rustig en sonder ophou.

Nog later verduidelik Hosea vir Ester dat sy eie werk nog altyd eklekties was. Hy was vroeg aangetrokke tot die Griekse digters: Elitis, Seferis, Ritsos, Cavafis. In sy jeug het hy 'n soort senu-ineenstorting gehad, sê hy (lag, vee met sy hand deur sy hare). Hy was een keer (ongelukkig) getroud. Hy het twee kinders. Die afgelope jare is sy lewe bestendig. Hy leef eintlik hoofsaaklik in afsondering; sy lewe gewy aan sy werk. Sam (wat die hele aand onvermoeid dans) is baie ambisieus, sê Hosea, maar hy het genoeg ervaring en goeie filmiese instinkte – die draaiboek vorder. Om halftwee, toe Jan de Dood nog steeds nie sy opwagting gemaak het nie, vertrek Ester.

Dit is dan tot daarnatoe vanaand, dink sy. Sy kom uitgeput by die Gemoedsrus Kamers aan. Sy val onmiddellik in 'n diep slaap, maar in die nanag slaap sy ligter. Dieselfde drome herhaal hulle. Iemand, 'n vrou, beskik oor kennis. Sal sy alles – die komplekse fragmente en belade flardes saamstel en vir Ester iets daaruit verklaar? 'n Geheim oplos? Dit moet Ester op haar eie doen, sê die vrou, en Ester se moed faal haar. Hierop volg 'n interaksie met haar ma – 'n konfronterende toneel. Ester sê vir haar ma: Kyk na my! Luister na my! Ek is ontsteld! Die taak wat voorgestel word, is te groot. Ek het nie die moed daarvoor nie. Ek is nie opgewasse nie. Waarom word alles, alle kennis, van my weerhou?! In die droom word alles voorts met ingewikkelde detail en verwarrende tussenstappe verbind. Verskuiwings. Ander soortgelyke drome waarin sy voortdurend 'n ruimte probeer skep waarin sy haar gestorwe ouers kan akkommodeer. In haar droom dink sy, ek huur 'n woonstel, ek koop 'n huis, sy kom by my woon – ek maak vir haar plek.

agt en twintig

Ten spyte van haar laat nagte word Ester soggens vroeg wakker. Saterdagoggend vroeg gaan sy 'n koppie tee in die Dorpskafee drink. Sy koop 'n plaaslike koerant. Sy koop twee souttertjies by die tuisnywerheid. Sy gaan oorkant die straat op die bankie onder die plataanbome langs die historiese kerk sit. Verbeel sy haar, of is daar vanoggend iets anders in die lig, na die hitte van die afgelope week? Steeds meer beduidende voortekens van die najaar? Miskien is dit nog te vroeg.

In die bome kopspeel, fladder en pronk die duiwe. In die lug is óú gewaarwordings; assosiasies met 'n vroeër, onskuldiger tyd. Die lug is skoon, uitgestryk. Asof daar rus vir die siel moontlik is. Van oorkant die straat kom die man met die knop in die keel na haar aangestap; die man wat met moeite die woorde uit sy keel voortbring. Hy kom op die bankie langs haar sit. Sy sou eerder die vrou met die swart rok vanoggend hier wou aantref.

Sy groet hom, onwillig. Sy vra hom of hy terug is van sy huis. Ja, hy is terug. Die son skyn vanoggend op sy gesig – dit is 'n ryker skakering van bruin, minder mat as die vorige keer. (Het die son toe nie geskyn nie; hoekom was sy gesig toe so donker? Miskien was dit later in die dag.) Sy gelaatstrekke is vandag leesbaarder – die soliede konstruksie van die neus; die bolvorm van die oog, soos dit buig onder die donker ooglede; selfs die oogballe is helderder, meer onderskeibaar van die donker oogappels. (Die geheime ronding van die oog.) Sy hare is dig en donker, stowwerig.

Daar is nie werk nie, sê hy. Hy is nie siek nie, sê hy, hy is net arm. (Het 'n arme dit al ooit op dié manier vir haar gesê? Sy dink nie so nie – dit bly altyd op die een of ander manier verswëe. Net arm. Hierdie man sê dit asof hy goed besef dat hy deur sy armoede van 'n ander soort lewe weerhou word.) Hy praat; sy volg hom met moeite. Soms speel die mense, sê hy, soms lag hulle, soms ry hulle. Sy weet nie van wie hy praat nie. Sy laat hom begaan. Sy kyk na die gebeitelde ronding van sy voorkop; die swaar adamsappel wat die woorde nie wil loslaat nie. Sy vra of hy iets wil eet. Hy sê ja. Sy gee vir hom een van die souttertjies. Hy sê: soms eet hy uit asblikke, as hy nie geld het nie. Soms kom die kos uit yskaste, maar dit is oud. Dan gebruik hy water daarna. (Gebruik, hy gebruik water.) Daar is fout met sy bors. Hy sit sy hand op sy bors. Soms stoot dit op in sy bors. Dan gebruik hy melk, of coke.

Sy vra hom wat sy naam is, hoor nie goed wat hy sê nie. Sy vra hom om sy naam vir haar te skryf. Al wat sy in haar sak het, is die koerant wat sy pas gekoop het. In die middel van 'n groot volbladadvertensie word 'n enkele peul afgebeeld, die res van die blad is feitlik heeltemal wit. Sy gee die blad en 'n pen vir hom. Hy aarsel lank voor hy skryf. Dan skryf hy sy naam moeisaam. Trek dit weer dood. Skryf dit weer en sit met die koerant op sy skoot. Ester neem dit by hom. Onderaan die blad het hy sy naam tússen die gedrukte reëls geskryf, feitlik bo-op die gedrukte letters – die groot wit dele het hy ongebruik gelaat. Sy naam is Mfazakhe Mhikize.

Mfazakhe Mhikize het agorafobie, vrees vir oop ruimtes – hy skuil onder aan die groot wit bladsy tussen die kleingedrukte swart woorde.

Hy sit voor hom en uitkyk. Sy vra vir hom of hy nog honger is. Hy sê ja; kyk steeds voor hom uit. Sy staan op, loop oor die straat, koop vir hom by die tuisnywerheid 'n halwe gebraaide hoender (keurig verpak). Sy gee dit vir hom. Hulle sit langs mekaar. Hy sit op die een bankie, sy sit op die ander een. Hulle praat nie. Mfazakhe eet. Hy eet met sistematiese deeglikheid en volgehoue konsentrasie; sy rustelose ledemate voorlopig onder beheer. Hy eet die stuk hoender dat daar net die allerkleinste beentjies daarvan oorbly. Nie 'n enkele beentjie laat hy onafgeëet nie. Toe hy klaar geëet is, staan hy op en loop.

In die plaaslike koerant is daar op die voorblad 'n berig dat 'n ou inwoner van die dorp, mevrou Kriek, vroeër die week in haar huis oorval en vermoor is. (Wreed doodgeslaan is.) Ester het twee dae vantevore nog by haar huisie verbygeloop, die eerste dag het sy haar selfs in haar tuin sien staan. Sonder aansiens des persoons, dink sy. Voor die voet. Niemand word meer ontsien nie.

Sy wil Boeta vanoggend weer bel omdat sy steeds ongerus oor hom is. Sy het behoefte daaraan om hom gerus te stel, maar sy het ook behoefte daaraan om deur hom gerusgestel te word. Sy wil hoor dat dit met hom goed gaan en dat sy pynlike emosies vervlietend is. Sy wil ook haar man bel. Sy het behoefte daaraan om sy stem te hoor; sy moet hom laat weet dat sy van plan is om nog ten minste die res van die naweek op die dorp te vertoef. Sy wil by hom verneem of die kind gebel het, of dit beter met haar gaan. Sy voel vanoggend (sterker as vantevore) die klein hakies in haar vlees van haar dikwels pynlike verbintenis met hierdie mense wat die naaste aan haar is. Maar om op 'n Saterdagoggend by die openbare telefoonhokkies voor die biblioteek te probeer bel, is 'n onbegonne taak, dit sien sy gou toe sy in die rigting van die poskantoor beweeg.

Laatoggend besoek Ester 'n paar van die oorlogsgrafte buite die dorp, afgekamp en omhein tussen lang gras en doringbome – bedrieglike ruie terrein; klipperige, plek-plek rotsagtige grondoppervlak, lae doringagtige struike en aalwyne. Die Engelse en Boeregrafte is deurgaans geskei, elk in sy eie omheininkie – op 'n afstand van ongeveer twintig meter uitmekaar. Agter een van die omheinde begraafplekke is daar aalwyne in die swartgebrande veld – beplan, of die werk van brandstigters? Die veld en die omgewing lê roerloos voor haar blik, gee geen geheime prys nie. Hier en daar is 'n insekkie – sprinkaan en mier, of wurm. 'n Voël in die lug. Die lug is ryk, geurig; die lig skerp, dynserig eers op 'n groter afstand. Laatmiddag steek daar 'n rustelose wind oor die dorp op en die aand gaan Ester vroeg na die Steynhuis.

nege en twintig

Die wind wat laatmiddag opgesteek het, het tydelik gaan lê. Dit het nie lank of hard genoeg gewaai om die naghemel oop te waai nie. In die lug is daar groepies ondramatiese, uiteendrywende wolkies – donker, maar nie beduidend nie. Die groeiende maan se ware kleure is nog nie gewys nie. Die paddas het begin skree (begin opwarm) toe Ester by die Gemoedsrus Kamers weg is – voortydige waarskuwings of doelbewuste (skril) misleidings uit die amfibiese sfeer? – want toe sy by die Steynhuis aankom, is daar geen geluid van paddas meer hoorbaar nie.

Sy gaan by haar gebruiklike tafeltjie in die hoek sit – onder die ekspressionistiese skildery van die bedreigde minnaars wat mekaar op 'n bed omhels. ('n Donker en diep fatalistiese werk.) Het Fonny ooit minnaars geskilder? Ester dink nie so nie. Die vrou met die bekommerde gesig wat op die dorp woon, kom saam met 'n vrou wat Ester nog nie vantevore hier opgemerk het nie by die tafel langs haar sit (die tafel waarby Salmon Senekal en geselskap Woensdagaand gesit het). Die rumoer is nog beperk genoeg dat Ester dele van hulle gesprek kan volg. Die vrou met die gesig sê: Asof ek water in my ore het, asof ek onderwater leef. Die ander vrou (met haar rug na Ester) sê iets onhoorbaars. Maar nogtans, sê die dorpsvrou. En ten spyte daarvan, sê sy. En ten spyte van my beste voornemens, sê sy. Weer sê die ander vrou iets onhoorbaars. 'n Allesoorheersende behoefte, sê die dorpsvrou, 'n onversadigbaarheid. ('n Onversadigbare onvergenoegdheid, het Boeta gesê.) In die vertrek langsaan begin 'n jazzpianis opwarm. Waar is Jan de Dood vanaand, dink Ester, dat hy almal hier tot swye bring met sy ironiese gedaantewisselings.

Die ander vier vroue – die res van die vrouegeselskap – daag kort daarna op. Dit neem hulle nie lank om op dreef te kom nie. Nou is daar te veel stemme – en te veel geraas – vir Ester om nog die gesprek te volg. Meer as los flardes en frases kan sy nie hoor nie. Die inspanning is te groot om sin te maak van wat die vroue sê; haar aandag dwaal af, weg van die groep. Sy drink haar wyn, verbeel haar sy hoor die wind weer opkom, sien dat Salmon Senekal en geselskap pas by die deur ingekom het en by 'n tafel 'n entjie van hulle plaasneem – dit neem haar 'n paar oomblikke om te besef dat die een vrou na haar gedraai en haar aangespreek het. Steeds aanspreek. Die vrou met die kort donkerrooi hare met wie sy verlede keer kortliks in die damestoilet gepraat het. Wil sy nie by hulle kom sit nie?

Almal se oë is 'n paar oomblikke op haar gerig. Ester tas in die lug rond, sy aarsel, sy is nie in staat om vinnig aan 'n verskoning te dink nie, maar tog in die versoeking om by die vroue aan te sluit. Dankie, sê sy. Sy staan op, hulle maak vir haar plek by hulle tafel. In die kring voel dit asof sy 'n ander vertrek binnegegaan het – daar is ineens ander vibrasies, ander sinjale wat sy optel; 'n ander intensiteit.

Die vroue stel hulleself bekend. Die skrywer met die bob en bril heet Alberta Bourgeois (Ester wonder of sy reg gehoor het); die Freudiaanse terapeut Maria Wildenboer; die historikus Truth Pascha; die Kathleen Turner-vrou (in die mediese veld) Johanna Jakobsen; die vrou met die bekommerde gesig Marta Vos, en die vrou wat vanaand vir die eerste keer by hulle sit (met die groot bruin oë en streng blik), heet Lily Landmann. Ester stel haarself bekend.

Kom sy gereeld hierheen? vra Alberta Bourgeois.

Nee, sê Ester Zorgenfliess. Dit is haar eerste besoek in 'n lang tyd aan die dorp. Sy woon in 'n ander stad, en sy noem die naam.

Is sy vir 'n tyd hier op besoek? vra Truth Pascha.

Ja, sê Ester.

Met watter doel, as sy mag vra? vra Maria Wildenboer. (Ester neem aan sy is uit die aard van haar beroep gewoond om vrae te vra.)

Sy het vir 'n begrafnis gekom, en aangebly, sê Ester.

Die vroue laat dit taktvol daar – soos Hosea Herr en Sam Levitan ook gedoen het.

Is hulle almal op die dorp woonagtig, of uit die stad afkomstig? vra Ester. (Terwyl sy eintlik al 'n goeie vermoede het, danksy Fonny.)

Almal woon in die stad, behalwe Marta Vos. Johanna Jakobsen is op die dorp gebore en het hier grootgeword. Hulle kom gereeld hierheen omdat die Steynhuis interessante kunstenaars uitnooi en 'n uitsonderlike sfeer het. Jan de Dood tree feitlik nog net hier op, sê hulle. Hulle hou daarvan om gereeld uit die stad te kom, mans en lovers en partners en kinders en werk agter te laat. Dit is 'n raps meer as twee uur se ry; soms bly hulle selfs oor vir die naweek. Mooi wandelroetes in die omgewing.

Interessante dorp, sê Truth Pascha, was sy al by een van die dorp se museums?
Nee, sê Ester.
By die oorlogsgrafte buite die dorp? vra Maria Wildenboer.
By sommige, sê Ester.
Die Dorpsmuseum is boeiend, sê Truth Pascha, maar die Verwoerdhuis is 'n belewenis! (Die vroue stem saam in 'n geesdriftige koor.) 'n Apartheidsmuseum – opgedra aan die argitekte en implementeerders van die apartheidsera. Die helde, sê Alberta Bourgeois. Dit is geborg deur die Orania-stigting, sê Truth Pascha, doktor Verwoerd se pak waarin hy doodgesteek is in die parlement is daar – vars gepress en ge-Preen. Die wurm van Tsafendas in 'n bottel. 'n Canfruitbottel, sê Alberta Bourgeois. Die visstok, die slaapklere, die warmwatersak, die goue vulpen, alles, alles! sê Truth Pascha. Maria Wildenboer gooi haar kop agtertoe en lag. Marta Vos (die vrou met die onbehae) lag; Truth Pascha wil verder vertel, maar sy lag te veel.

Ester lag ook – effens stram, besef sy – lank laas gelag.

Dis 'n interessante dorp, sê Truth Pascha (sy vee haar oë af), mense besef nie hoe interessant nie. Behalwe die oorlogsgrafte en die twee belangrike battlefields is hier interessante rotsformasies. Die dorp is 'n vreemde plek, sê sy, waar baie dinge bymekaarkom – baie geskiedenisse wat hier kruis. Hier was in die dertiger- en vroeg veertigerjare 'n groot en florerende Joodse gemeenskap, sê sy, ten spyte van die anti-Semitisme voor die Tweede Wêreldoorlog, en 'n Duitse gemeenskap ook, maar aan die ander kant van die dorp. (Aan Antie Rose se kant, dink Ester.) En die dorp was baie aktief in die tagtigerjare, in die struggle, sê Lily Landmann, dit was goed georganiseer hier.

Intussen merk Ester dat Salmon Senekal en geselskap vanaand op 'n ander manier om hulle tafel sit. Daar is nie dieselfde ontspanne sfeer van die vorige keer nie, hulle sit vooroor gebuig, koppe nader aan mekaar, meer op mekaar gerig. Meer afgesluit vanaand van die res van die gaste. Hulle lyk soos mense wat 'n komplot smee, iemand se ondergang bedink, dink Ester.

Die vroue praat oor boeke, oor kunstenaars, oor mense. Simon Vouet kom binne, met glinsterende entourage, 'n eksotiese Oosterse jongeling aan sy sy. Simon Vouet (Buck Rogers redivivus), sjarmant tot 'n punt van doodsonde toe, is vanaand geklee in 'n oesterkleurige snyerspak van growwe sy. In sy geselskap is daar ook 'n swart prins, 'n lang, donker, koninklike figuur met 'n breë voorkop, 'n klein gaping tussen die tande, en helderkleurige gewaad.

Die Nigeriese kunstenaar, sê Maria Wildenboer – hy skilder tuine van hemelse en helse vreugdes in die styl van Jeroen Bosch. Onder die beskermende vlerk van Simon Vouet, sê Truth Pascha, wat graag die monopolie oor sy werk sou wou hê. En oor sy persoon, sê Maria Wildenboer. Die vroue kyk almal diskreet en minder diskreet in die rigting van die geselskap wat hulle tuismaak en luid kos en drank bestel.

Is dit nie verskriklik nie, sê Lily Landmann, dat Fonny Alexander haar werk verbrand het? Ester se hart klop vinniger en haar gesig word warm. Die ander vroue reageer geskok. Wanneer, waar?! vra Maria Wildenboer. Sy weet nie waar of wanneer dit gebeur het nie, sê Lily Landmann, maar Fonny se galery-eienares is bitter ontsteld; Fonny is bespreek vir 'n groot tentoonstelling oor twee maande; sy het al haar skilderye uit die galery weggeneem en dit is die laaste wat die eienares daarvan gesien het – alles verbrand! Alles verbrand?! sê Alberta Bourgeois. Sy is een van die min kunstenaars in die land wat werk maak wat die moeite werd is, wat nie polities korrek en voorspelbaar is nie, sê Lily Landmann. Alles verbrand – my Here, sê Marta Vos (die gekwelde vrou). Alles verbrand, sê Lily Landmann.

Alles verbrand, dink Ester Zorgenfliess – alles verbrand, behalwe die papierborde en plastiekbekers. En sal sy die geselskap inlig dat Fonny ook nie van plan is om ooit weer 'n verfkwas op te tel nie?! Dat dit deel van haar óú lewe is. Dat sy dit afgelê het. Dat sy bedags goeie werk onder die mense wil doen. Dat sy in 'n blokhuis uit die Anglo-Boereoorlog in die middel van die veld wil gaan woon – omdat dit waarskynlik strook met een of ander idee wat sy het van 'n lewe in volslae afsondering sodat sy altyd in volkome gereedheid kan wees vir haar ontmoetings met God.

Ester swyg; iets weerhou haar voorlopig daarvan om hier, met die vroue, oor Fonny te praat. (Miskien dat sy self die gegewe nog nie verwerk het nie. Miskien dat dit so buitensporig is dat dit nie vir haar sin maak nie. Miskien dat sy die táál daarvan nie begryp nie.) Johanna Jakobsen, die mooi vrou met die swaar hare (Franse versetsheldin), draai na haar. Ken jy die werk van Fonny Alexander? vra sy vir Ester. Ester knik kortliks.

Fonny Alexander het 'n paar maande gelede 'n baie slegte ervaring gehad, sê Lily Landmann – sy weet nie presies wat die detail is nie, maar sy is aangeval en amper doodgemaak. Die vroue is weer eens geskok. Sou daar 'n verband wees tussen daardie ervaring en die verbrand van haar werk? vra Maria Wildenboer. Lily Landmann haal haar skouers op, sy weet nie, sy weet nie genoeg van die detail nie; wat sy vertel het, is al wat sy gehoor het.

Kort daarna verskoon Ester haarself, staan op. Sy het ineens behoefte aan vars lug – die vertrek is skielik te vol, te raserig en rokerig. In die kamer langsaan is die jazzpianis voluit aan die speel; sy optrede interesseer haar vanaand nie veel nie – sy het oë en ore en aandag en begeerte net na Jan de Dood. Vanaand is haar laaste kans om hom te sien. As hy nie vanaand sy opwagting maak nie, is dit neusie verby. Dan kan sy haar goedjies pak en huis toe gaan. (Maar nie voordat sy eers met Fonny gepraat het nie.)

Sy loop weer langs die Steynhuis om, soos die aand toe Sid doodgeskiet is. Die wind het inderdaad weer begin opsteek. Geen paddas meer hoorbaar nie. Geen naderende reën in die lug nie, geen geurige klamte nie, geen newel om die klimmende maan nie. (Reën sou die ongewone warm laatsomerweer verder verleng het.) Die hemel vanaand koeler en minder genaakbaar, minder omvátbaar; 'n groter, afsydiger koepel. Die seisoene keer.

Sy gaan in die skaduwee teen die symuur van die Steynhuis staan omdat sy by die parkeerterrein 'n paar mans by 'n motor sien saamdrom. (Voor haar is die parkeerterrein, op regterhand die stuk veld waar Sid geskiet is en die skrootwerf – waar die sinagoge vroeër was.) Daar is iets in hulle bewegings wat vir haar ongewoon voorkom – 'n geskuifel. Iets onderhands, en een van die mans lyk of hy wegbreek en gebukkend, koes-koes weghardloop tussen die motors deur, in die rigting van die skrootwerf. Twee mans uit die groep agtervolg hom. Toe hy die lap grond bereik, versnel sy tempo – sy agtervolgers haal hom skynbaar nie in nie. Sy staan dieper terug in die skaduwees.

Een van die mans by die motor skree iets. Ester kyk op na die sterre; staan teen die muur aangedruk. Sy hou aan kyk na die naghemel – so verwyder van die aardse sfeer. Sy beweeg met die muur langs. Sy gaan terug in die Steynhuis. Sluit weer by die vroue aan.

Hulle donder mekaar buite op, sê Ester toe sy gaan sit. Niks ongewoons nie, sê Truth Pascha, hulle donder mekaar gereeld hier op. Wie? vra Ester, wie doen dit? Verskillende faksies, sê Truth Pascha, as dit nie die een groep is nie, is dit die ander groep. Dis hoe dit nou in die land gaan – op groter en kleiner skaal. Murder and mayhem, sê Alberta Bourgeois. Sy lees vanoggend 'n mevrou Kriek is op die dorp vermoor, sê Ester. Sy het haar geken, sê Marta Vos, sy háát hierdie fokken land. Die dinge wat mense aan mekaar doen raak ál buitensporiger, sê Alberta Bourgeois, dis of daar 'n kranksinnigheid soos 'n swart wind oor die land opgesteek het – mans kap hulle vrouens met byle dood, moeders steek hulle kinders aan die brand, mense maak sonder aarseling iedereen dood wat hulle teëgaan. Sy sit oogklappe aan, sê Lily Landmann, sy gaan met haar lewe aan asof sy niks vermoed nie. Sy is elke dag dankbaar as sy niks aan eie lyf ervaar het nie, sê Johanna Jakobsen. (Sy moet weet, dink Ester, as sy in 'n mediese veld is, wat mense daagliks aan die lyf ervaar.) Maria Wildenboer sê sy weet nie of dinge nou soveel anders as vantevore is nie – wanneer het dit nou eintlik beter gegaan? Vroeër? Wanneer vroeër?

Soos die aand vorder, praat die vroue oor alles en nog wat. Hulle praat in 'n stadium oor Ross Bekker en Sid. Lily Landmann het gehoor dat Ross Bekker hom nie met Sid se dood kan vereenselwig nie – hy is skynbaar so goed as emosioneel verpletter. Maria Wildenboer het gehoor dat Ross Bekker in Toskane in die arms van 'n nuwe minnaar herstel. Alberta Bourgeois het gehoor dat Ross Bekker so uitermate besitlik oor Sid was dat mense foul play begin vermoed – allerlei stories begin die ronde doen. (Ester noem nie dat Ross volgens Bennie Potgieter self iemand gehuur het om die minnaar te skiet nie.) Hulle praat oor Ross Bekker se werk. Truth Pascha sê dit is oral hoog in aanvraag. Lily Landmann vind die manier waarop hy in sommige skilderye 'n soort onbegrensde ruimte verken interessant. Hulle praat oor Sid – die vermoorde minnaar. Nie een van hulle is seker wat Sid presies gedoen het nie. Truth Pascha sê hy was 'n model of 'n up and coming skilder of iets. Maria Wildenboer sê hy was 'n voltydse maitresse. Alberta Bougeois sê hy was 'n onskuldige, plattelandse kind, gekorrupteer in die grootstad, 'n doodgewone jongman wat net 'n lekker tyd wou hê, óf hy was geslepe, anarchisties en manipulerend – wie sal ooit weet? Ja, sê almal, wie sal ooit weet? Ag, God, sê Marta Vos, die arme Sid. Miskien het hulle per ongeluk die verkeerde man doodgemaak, sê sy. Lily Landmann sê, 'n mens maak tog nie so maklik die verkeerde persoon dood nie. No problem, sê Truth Pascha – almal staan deesdae vir almal in.

Later praat die vroue oor die stad, oor hulle werk, oor mense – Ester bly vir die grootste deel oningelig oor die status van die persone oor wie gepraat word. Sy moet waar moontlik uit die konteks aflei of daar na man, minnaar, partner, kind, vriend of vriendin verwys word. Die vroue praat oor hulle frustrasies en irritasies. (Die werklike groot frustrasies, vermoed Ester, word verswyg.) Hulle praat oor hulle vooruitsigte. Marta Vos sê sy het op die oomblik geen vooruitsigte nie (sy sê dit weemoedig), smiddae lê sy op haar bed en sy wonder hoe sy nou eintlik op hierdie punt beland het. (Ester dink aan dit wat Marta Vos vroeër die aand vir Lily Landmann gesê het.) Maria Wildenboer het die vooruitsig om later die jaar 'n reis na die Ooste te onderneem. Truth Pascha sê sy wil 'n reis maak na 'n plek van waar sy geruime tyd nie weer wil terugkeer nie. (Sy sê dit glimlaggend, maar Ester kry die idee dit is haar dodelike erns.) Johanna Jakobsen, wat meesal baie min sê, sê sy het die vooruitsig van 'n minder druk tyd waartydens sy 'n aandkursus in Viëtnamese kookkuns wil doen. Hierop reageer die vroue besonder geesdriftig. O, roep hulle – Oosterse kos! Daar is niks soos Oosterse kookkuns nie!

Hulle praat oor resepte. O, 'n skeutjie neutmuskaat hierby! O, 'n paar eetlepels Franse konjak daaroor – onverbeterlik! O, dit hier! O, dat daar! O, verruklik! O, onvoorstelbaar – 'n onvergeetlike smaak!

Hulle praat oor tuine. O, die varings wat so vervuil. O, die sprinkaan in die hibiskus! O, die lastige dit. O, die ontkiemende dat. O, die tricky snoei van die laatsomerroos. Alle potplante vrek in haar huis, sê Alberta Bourgeois. Maria Wildenboer het dit reggekry om die pieperige dwergkatjiepiering in 'n pot te kweek. (So 'n terapeut wil 'n mens hê, dink Ester.)

Hulle praat oor bome. O, die lieflike sipres. O, daardie boom met die rooi blomme! Die sagte slap blomme van die magnolia as dit soos 'n tapyt onder die struik lê!

Soms praat die vroue almal saam ('n jubelende sesstemmige koor) en soms praat hulle onderling met mekaar. Op 'n bepaalde punt vind Ester dit moeilik om die twee gelyktydige gesprekke links en regs van haar te volg. Maria Wildenboer, Lily Landmann en Marta Vos praat oor een ding (regs van Ester), en Truth Pascha, Alberta Bourgeois en Johanna Jakobsen praat oor iets anders (links van Ester).

Wie is daardie man nou weer, vra Marta Vos, daardie man met die lang, sad, swaar gesig? Daardie man wat onlangs in die stad uitgestal het? Daardie man met die groot, droewige oë en die sensuele mond? Almal weet skynbaar, maar niemand kan dadelik op sy naam kom nie.

Frankly, sê Truth Pascha vir Alberta Bourgeois en Johanna Jakobsen (wat swygend toeluister), en eerlik gesê. Dit interesseer haar nie meer soveel nie, sê sy. Waarom sal sy haar langer daarmee bemoei? Waarom sal sy dit langer op haarself neem? Waarom sal sy haarself op dié manier die hele tyd emosioneel verontrief? vra sy. Hy is vertraag in sy emosionele ontwikkeling. Hy is prikkelbaar en liggeraak; hy tree net beskaafd teenoor mense op as hy op hulle unfailing simpatie kan reken; sy buie wissel van onuitstaanbare rebelsheid tot sickening selfopoffering, sê sy. Haar en Alberta se koppe buig nader aan mekaar, op Truth Pascha se wange is twee rooi kolle van ergernis. Eerlik gesê, sê Truth Pascha, sy weet nie waarom sy nog 'n dag langer bereid is om 'n buffer tussen hom en die wêreld te wees nie.

Johanna Jakobsen luister deurentyd sonder om iets te sê. Alberta Bourgeois kyk voor haar uit, sy knik bevestigend by elke stelling wat Truth maak. Af en toe neem sy 'n sluk uit die glas voor haar, maar haal nooit haar oog weg van die onbepaalde punt voor haar waarop sy fokus nie.

Later praat almal weer saam. Die stemming is weer ligter, plesieriger. Daar volg 'n paar rondes grappe. (Truth Pascha is duidelik die voorverteller – die man wat haar soveel frustrasie verskaf voorlopig op die agtergrond geskuif.) En nog later praat hulle oor die valstrikke van die geslagtelike lewe (hulle praat uitsluitlik in die algemeen).

Die penis het 'n lewe van sy eie, sê Maria Wildenboer (lakoniek).

O, moet op die penis nooit peil trek nie, sê Alberta Bourgeois.

Die stil oog in die middel van die storm, sê Maria Wildenboer.

Sy is uitgekuier met die penis, sê Truth Pascha – sy soek nou 'n worthy substitute.

Hére, is dit só erg?! vra Lily Landmann.

Johanna Jakobsen glimlag ondeurgrondelik.

Jan de Dood maak nie sy verskyning nie. Salmon Senekal en geselskap sit nie meer met hulle koppe naby mekaar iemand se ondergang en beplan nie. Elkeen sit klaarblyklik met sy eie gedagtes; Salmon leun by tye gevaarlik ver agtertoe in sy stoel. Halfeen het Ester genoeg van die aand gehad. Sy neem afskeid van die vroue, wat in 'n koor die hoop uitspreek om haar weer hier te sien. Dit is dan tot daarnatoe, dink sy, wat Jan de Dood betref. Later miskien, heelwat later, kry sy dalk die geleentheid om hom te sien optree as hy terugkom van sy uitgebreide omswerwinge.

dertig

Ester drink die volgende oggend, Sondag, 'n koppie tee in die Dorpskafee en gaan op die bankie langs die kerk sit. Die dorp is vroegoggend verlate of daar nie 'n lewende siel daarin oorgebly het nie. Haar gedagtes is: Dit is tot daarnatoe met Jan de Dood. Sy het hom misgeloop. Haar kind is nie gelukkig nie. Boeta is nie gelukkig nie. Fonny neem 'n dwase besluit. Is dit Ester se taak (verantwoordelikheid) om haar daarvan te laat afsien?

Toe die kerkklokke begin lui en die hoopvolle kerkgangers begin opdaag, kom tot Ester se groot vreugde die vrou met die kind van oorkant die straat af aangestap. Hulle gaan op die bankie langs haar sit. Hulle moet 'n ver ent gestap het, want die vrou se gesig is natgesweet en die kind se gesig is vlamrooi, nog meer gepynig as die vorige kere. Die vrou groet. Wárm, sê sy weer, soos die vorige keer. Hulle drink net gou 'n koeldrankie voor kerk, sê sy. Die kind het 'n pienk rok met valle aan – 'n vergeefse poging om haar aanvallig daar te laat uitsien. Sy staan soos die vorige keer by haar ma se welige knie haar koeldrank en drink. Die ma spreek die kind sag, sussend, afwesig aan.

Ester wag vir die kind om haar oë soos die vorige keer boontoe te rol; om vir 'n paar oomblikke die vure van die hel of die onmoontlike, onbereikbare heerlikheid van die hemel te aanskou. (Ook om Ester se onthalwe.) Die kind is afgelei, soos die moeder. Die moeder haal uit haar handsak iets soos 'n program waarmee sy haar en die kind se gesigte koel waai. Die kind staan effens terug, maar haal nie haar blik af van 'n punt waarop dit agter Ester se skouer gevestig is nie. Hulle drink hulle koeldranke stadig. Die kerkklokke lui. Dit lyk nie of die moeder enige haas het om in die kerk te kom nie.

Na 'n rukkie staan moeder en kind op, die moeder groet, en hulle stap om die hoek na die vooringang van die historiese kerk. Moeilik vir Ester om hulle te laat gaan! Sy kan hulle nouliks agterna roep! Vir die ma sê: Vertoef nog! Blý nog! Laat die kind teen jou knie aanleun en laat haar eers sien wat sy sien!

Ester kyk hulle agterna, totdat hulle nie meer sigbaar is nie.

een en dertig

Ester bly op die bankie sit. Voel die gewig van haar skouers. (Die twee hoekpilare.) Hande lossies op haar skoot. Tong rustend agter die tande. Sy het by haar ma se bed gesit en sy kon nie praat nie. Sy het elke dag daar gesit vir sewentien dae. Dit het gevoel soos geen tyd nie én dit het gevoel soos onoorkomelik trae tyd. Sy het gedink sy gaan nie die krag hê om haar tas te pak en afskeid te neem nie. Sy was siek, sy het siek gebly, die hele tyd wat sy langs haar ma se bed gesit het. Dit was die finale ronde, dit was net 'n kwessie van tyd; haar ma was sterwend, dit kon nie meer ontken word nie. In al die tyd dat sy weg was, het sy geweet haar ma sal nie sterf nie, nie solank sy weg is nie. Maar sodra sy terugkom, kan dit nie meer teëgehou word nie. Sy sit by haar ma se bed; haar ma sterf.

Sy gee vir haar ma bietjies sap om te drink – sy bly dors. Sy help haar eet – sy eet stadig en min. Sy sê Ester moet liewer die kos eet; Ester eet klein bietjies daarvan (voel dit is ongeoorloof). Sy gooi druppels in haar ma se oë. Sy sny haar naels. Sy hou haar hand vas. Hulle praat nie. Ester weet nie wat om te sê nie. Sy kan geen trooswoorde en geen woorde van afskeid spreek nie. Sy is sprakeloos. Hulle praat nooit weer soos hulle altyd gepraat het nie – dáárdie praat is verby. Wat nie toe gesê is nie, sal voortaan ongesê bly. Dit weet Ester. Haar ma het nooit weer vir haar geskryf nie, in die tyd dat sy weg was; sy het ophou verslag doen oor haar lewe. Na elf dae kom daar 'n wending; sy slaap dikwels as Ester by haar is. Haar hand lê roerloos op die deken.

Toe breek die laaste dag van haar besoek aan; die dag het gekom waarop sy haar ma moet groet. (Dit is die dag waarteen sy elke uur opgesien het.) Sy wil vir haar ma sê dat sy haar liefhet. Dat sy dankbaar is dat hulle ma en dogter was. (Sy is oorstelp; diep bewoë.) Dankbaar dat hulle paaie op dié manier gekruis het. Sy kan dit nie sê nie, so skrik sy vir haar ma wat nie huil nie. Sy is jammer, sê haar ma (haar gesig weggedraai), dat sy nie kan huil nie – sy het te veel gehuil, sy het nie meer trane nie. Ester rus haar kop op haar ma se beenderige borskas, en sy huil bitterlik.

Elf dae nadat Ester weg is, is haar ma nie meer vir mense toeganklik nie. Daar kom 'n sluier oor haar belewenis. Sy begin haar finaal van die buitewêreld keer. Sy praat onsamehangend; haar liggaam word loodswaar. Dit is nouliks meer moontlik om haar te wek; sy hoor nog wat mense sê, maar sy gly toenemend van hulle weg. Sy verset haar nie meer nie. Sy bevind haar in 'n smal, skemerige tonnelgang.

Negentien dae later laat hulle weet: Ester moet kom. Sy moet haar haas. Die einde is naby.

Ester sit nog 'n rukkie. Later staan sy op en loop. Sy bel vir Fonny van 'n telefoonhokkie voor die poskantoor. Sy laat 'n boodskap by Antie Rose dat sy Fonny graag vandag wil sien.

twee en dertig

Laatmiddag kom Fonny haar oplaai. Toe hulle afdraai na die blokhuis begin die son reeds aanstaltes maak om te sak, maar sonder die indrukwekkende skouspel van die vorige keer – die vroegaandlug is 'n gedempte, verdunde pthaloblou met donkerder indigo en swartpers hale en veë daarin. Oor die veld hang 'n somber stilte. Hulle is albei stil in die bakkie en toe hulle uitklim, waai daar 'n yl, koel windjie.

Fonny begin onmiddellik 'n vuur in die herd pak. Haar hare is vanaand met dwang ingeperk. Die buitelyn van haar kop sober, die vasgebinde hare swaar in haar nek. Hulle eet brood en kaas en drink tee uit 'n fles. Die vuur is warm, maar nie warm genoeg om die hoeke van die groot vertrek te verwarm nie. Ester is bewus van die skaduwees en die koelte agter hulle.

Toe hulle klaar geëet het, sit hulle 'n lang ruk net in stilte na die vlamme en kyk. Ester vra na 'n rukkie vir Fonny of sy okay is. O, sy is okay, sê Fonny. Die verlange is net groter die afgelope dae, sê sy, dis altyd so net ná sy die ervaring gehad het. Dit word soms amper ondraaglik.

Ester vra waar Fonny grootgeword het. In die coloured area – wat vroeër die coloured area was – 'n deel wat intussen opgegradeer is, sê Fonny. Toe haar pa weg is, het sy en haar ma by Antie Rose in die huis gaan bly.

Na 'n ruk vra Ester haar wat met haar pa gebeur het. Voor sy antwoord, kyk Fonny eers lank in die vlamme. 'n Lang tyd nadat hy weg is, het sy gedink hy leef, voor sy gehoor het hy is dood. Hoe is hy dood? Hy is doodgemaak, sê Fonny. Vermoor. Sy sit vooroorgebuig, haar gesig afgewend, haar hande tussen haar knieë vasgeklem.

Wie het hom doodgemaak? vra Ester. Fonny sê sy weet tot vandag nog nie. Eers het sy gedink sy dood het te doen gehad met die struggle, want hy het bande gehad daarmee, maar nou dink sy nie meer so nie. Is sy dood dan nooit behoorlik ondersoek nie? Nee, sê Fonny, daar was 'n paar halfhartige pogings van die polisie wat niks opgelewer het nie. Wie dink sy nou het dit gedoen? Sy sal nooit weet nie, sê Fonny. Miskien is hy vermoor deur die polisie, miskien deur thugs, sê sy (lusteloos). Common thugs, en sy hou haar kop weggedraai.

Wat het haar ma gedink? Die meeste van die tyd het haar ma nie geweet wat om te dink nie, sy was 'n lang tyd so shattered daarna. Ester vra wanneer dit gebeur het en Fonny sê sy was vyftien toe hy weggegaan het. Hy het 'n suit aangehad toe sy hom die laaste keer gesien het. 'n Suit en 'n hoed. Hy sou 'n cousin in Berou sien en vir 'n job interview gaan en hy het nooit teruggekom nie. Die polisie was nie baie behulpsaam nie. Hulle het eers drie jaar later, in eighty-four, kom sê hulle het 'n inskrywing in hulle boeke van 'n moord in eighty-one, maar geen remains nie, geen detail nie. Fonny kyk deurentyd stip na die vuur. Langs haar slape begin fyn haartjies uitkruip, gloei, vonkies skiet.

Die eighties was hel, sê sy, en kyk na die vlamme. Kort nadat haar pa weg is, het sy 'n paar keer baie intense ervarings gehad het – drie of vier keer na mekaar. Die eerste keer sedert sy 'n jong kind was. So intens dat sy amper doodgegaan het daarvan. Van die intensiteit daarvan. Sy het met niemand daaroor gepraat nie. Toe was daar vir 'n lang tyd niks – dit was hel. Sy was 'n kind en sy was nie op so iets voorberei nie. Sy het nie resources gehad om daarmee te cope nie. Sy het heeltemal onttrek. Sy het miskien 'n bietjie van haar kop af gegaan. Antie Rose was goed vir haar, sy het emosionele support probeer gee – haar ma was self te distressed om haar genoeg te ondersteun. Toe sy eers uit die skool is, kon sy voluit vir haar kuns gaan. Dit het haar 'n tyd lank gered. Dis die storie van haar lewe, sê Fonny, in breë trekke, en sy draai haar gesig na Ester, met 'n uitdrukking van sowel berusting as iets anders, iets wat moeiliker leesbaar as uitdaging is.

Fonny se elmboë is op haar knieë en haar hande oor haar wange. Die ervarings in haar jeugjare was intenser as enigiets wat sy ooit weer sal hê, sê sy. Maar die tye tussenin was ook erger – dit was ondenkbaar. Sy sou haarself lewend afgeskil het, sê Fonny. Sy sou haarself verbránd het, sê sy, as sy geweet het sy kan God op dié manier by haar hóú. Fonny gooi nog hout op die vuur. 'n Driftige gebaar hoewel haar profiel donker, geslote is. Hulle sit sonder om te praat. Ester kyk na Fonny se polse. Sy dink hoe dun en weerloos haar kinderarms moet gewees het.

Fonny rig haar bolyf op, haal diep asem. Maar nou is dit alles verby, sê sy. Daardie deel van haar lewe en daardie sorrow is verby. Nou weet sy wat met haar gebeur. Toe sy vyftien was, het sy nie geweet nie. Nou weet sy, sê sy (met 'n lae, kontraltovibrasie in haar stem).

Na 'n ruk vra Ester haar of dit nou heeltemal verby is tussen haar en Petrus. Fonny antwoord, ja, heeltemal. Ester vra of dit vir hom ook verby is. Nee, sê Fonny, nee, nie vir hom nie – hy wil die verhouding weer hervat. Hy het 'n maand of so na die aanval by haar kom huil. Toe 'n paar keer daarna weer. Hy was jammer. Hy was opgevreet van die berou. Hy sou alles regstel. Hy sou in die openbaar boete doen. Hy sou enigiets doen as sy net na hom sou terugkom. Maar dis verby, sê Fonny, en sy gooi 'n stomp op die vuur. Dis verby! Nooit weer nie. Sy het gekies.

Waarom het sy in die eerste plek die verhouding met Petrus aangegaan? Blindheid, sê Fonny. Hulle swyg albei. Die hitte van die vlamme is nou intens. Ester hoor 'n sagte geritsel buite, besef dat haar aandag 'n hele tyd lank net hier binne was. Sy ril effens, ook vir die koue waarvan sy weer skielik op haar rug bewus geword het. Fonny skink vir hulle nog tee.

Wat het gebeur, vra Ester na 'n ruk, toe sy die verhouding met Petrus verbreek het? Fonny, wat doodstil in die vlamme sit en staar het, lyk of sy met moeite haar aandag weer van elders terugbring. Toe is hy so woedend, sê sy, so magteloos en gekrenk, dat hy haar wil straf – wil seermaak. Hy sou dit nooit self doen nie. Toe kry hy hierdie thugs om dit vír hom te doen. Toe lê hulle haar een aand voor. Miskien het Petrus self nie geweet wat hy wou hê hulle moet doen nie, maar hulle – they couldn't care a damn, hulle het nie omgegee om haar daar soos 'n hond dood te maak nie. God het haar daardie nag behoed, want toe hulle eers begin, toe kan hulle nie ophou nie. Iemand het toevállig daar aangekom. Tóé, sê Fonny, toe was sy meer as ooit in haar voorneme gesterk. Sy het daar opgestaan, met gebreekte ribbes, met haar pelvis gekraak, met kopbeserings, met van haar tande los, met kneusplekke oor haar hele lyf – en sy het gewéét! Sy het geweet, roep Fonny triomfantlik (haar donker oë donkerder van die intensiteit en die skaduwees), sy het geweet – dit is nog 'n teken: God is nou die volledige inhoud van haar lewe! En haar bloed, sê sy, die bloed op haar hande en haar gesig was so helder soos die bloed van martelare. Ester skrik weer, soos die eerste keer toe Fonny dit gesê het. Fonny se gesig gloei, die fyn haartjies om haar kop het losgekom en staan soos 'n oureool om haar kop, toe sy die laaste woorde seëvierend sê.

Hoekom het sy die saak teen Petrus laat vaar? Sy wou in die eerste plek nooit 'n saak maak nie, sê Fonny – sy wou Petrus net nooit weer sien nie – maar Jonah-hulle het aangedring. Op die ou end kon sy nie daarmee voortgaan nie. Petrus het die eerste keer toe hy weer na haar gekom het ná die voorval om vergifnis gesmeek. Sy het gesê net God kan hom vergewe – maar sy wil hom nooit in haar lewe weer sien nie.

Hulle kyk albei lank na die vlamme. Wie is Salmon Senekal? vra Ester na 'n ruk. Hy het gehoop dat sy hom sal liefhê, sê Fonny, dit was terwyl sy nog in die verhouding met Petrus was. Hoop hy dit nog? vra Ester. Ja, sê Fonny. Het sy nog kontak met hom? Nie eintlik nie, sê Fonny.

Wat het dit vir haar beteken om haar pa te verloor? vra Ester. Fonny haal haar skouers op. Dit was so lank gelede, sê sy. Onthou sy hom nog? Ja, sê Fonny, sy onthou hom nog, hy was 'n laggerige man, hy het baie gelag. Hy het 'n hoed gedra en 'n suit, die laaste dag dat sy hom gesien het (sê sy weer). Hy was aktief in die struggle. Hier? vra Ester. Ja, hier, sê Fonny, op die dorp. Sy buig weer vorentoe. Haar hande saamgeslaan tussen haar knieë. Haar kop gebuig, die swaar donker hare soos 'n roubedekking om haar kop.

Sy kom orent, maak haar rug reguit en sê – en haar stem het weer die diep, byna nerveuse trilling – dat haar ouers nou verheerlik is. Hulle albei is reeds in stralende lig verheerlik! sê Fonny. Haar pa is van sy pyn verlos, sê sy. Haar ma is van háár pyn verlos.

Sy kyk na Ester. God het haar die werktuig gemaak van sy genade, sê sy. Die oorvloed daarvan is meer as waarop sy ooit gehoop het. God het sy groot goedheid aan haar gewys, sê Fonny, sy het dit gesien.

As dit haar troos bied, sê Ester, halfhartig. Dit is nie troos nie! roep Fonny. Wat sy in God ervaar het, sê sy, is méér as troos! God het met haar sy menslike en sy goddelike natuur gedeel! Hulle was één! Sy was in God en God was in haar! Niks kan vir haar ooit weer dieselfde wees nie! Ester knik. Fonny se uitdrukking is driftig. Haar oë gloei soos kole.

Nie lank daarna nie maak hulle die vuur in die herd dood. Dit is donker en heelwat kouer toe Fonny haar by die Gemoedsrus Kamers aflaai. Die herinnering aan Jan de Dood is besig om haar steeds meer te ontglip, dink Ester. So moet dit seker vir Fonny ook voel – net 'n honderd keer, onvergelykbaar meer intens – as sy die onmiddellikheid van die ervaring begin verloor. As die siel ná haar vervoering terugkom. As die gloed afneem.

drie en dertig

Sondagmiddag laat ry die mans terug stad toe. Daan kan om die dood nie onthou by wie hy die dope gekry het wat hulle Woensdag amper dood gehad het nie. Hy dink nou dit was miskien by Sid – by die ongelukkige, fucked, vermoorde Sid, en die fokken Sid het nogal gesê dit is die beste dope denkbaar. As dit die geval is, is daar niks aan die saak te doen nie, want Sid is nie meer met ons nie, sê Salmon. Dis dalk hoekom hy geskiet is, sê Daan, omdat hy vir almal sulke kak dope verkoop het. Ross Bekker sal ook nie weet nie, want gotweet wat in Ross Bekker se kop aangaan, maar 'n trader is hy nie, sê Stefan. In Ross Bekker se kop gaan images aan, sê Jakes, daar gaan images aan wat hy later verbind met politiek korrekte frases, en soms kom die image en die frase nie heeltemal ooreen nie. Geringe disalignment, sê Salmon. Soos 'n film wat nie goed gedub is nie, sê Stefan.

Dus het hulle die Steynhuis Vrydagaand 'n skip gegee omdat hulle Donderdagoggend laat eers in die stad aangekom het. Saterdagaand was hulle egter weer daar omdat hulle gehoor het dat Jan de Dood tog sy verskyning 'n laaste keer sal maak, maar tevergeefs, Salmon was reg, hulle sien Jan de Dood nie gou weer nie. Daan het voorts Saterdagaand na Bennie Potgieter oorgestap en hom prontuit en trompop gevra of hy weet waar hy die man (die talking head) in die hande kan kry en Bennie het ewe prontuit (maar uitdrukkingloos) gesê dat hy weet van die man, maar nie waar hy gevind kan word nie. (Die res van die geselskap het hom ook nie kon help nie, hoewel Jonah Voorsanger erg geesdriftig was toe hy verneem waaroor die saak gaan. Hy het gevra dat Daan hom dadelik moes laat weet sodra hy die man opspoor.) Waarop Salmon toe Daan terug by hulle tafel is, gesê het (verontwaardig), dat hulle almal lieg – hulle weet, hulle is net nie van plan om te sê nie, en Jakes (kalmerend) gesê het, hang aan, wie weet, vir wat sou hulle nie die inligting wou prysgee nie? Waarop Salmon geantwoord het (bitter) dat Jonah Voorsanger die grootste schemer en plotter aan hierdie kant van die ewenaar is, en (nog heftiger) dat Bennie Potgieter die mees agterbakse fokker is wat hy in sy lewe teëgekom het, en Jakes gewonder het wat nou waarágtig agter die vete tussen Salmon en Bennie sit en of dit nie hoofsaaklik 'n projeksie van Salmon is nie.

Teen die einde van die naweek het Daan dus nog nie 'n adres gehad nie, maar hy het nog nie moed opgegee nie, inteendeel, sy voorneme is daardeur net versterk. Hy sal die man vind (die talking head), die man sal lig op die chaos van sy lewe werp; die man sal aandui hoe hy moet voortgaan. Hy moet nou besluit of hy alles wat hy is, wat hy sover gedoen het, of hy dit moet los; of hy die lewe wat hy tot op hierdie punt gelei het, moet agterlaat en of hy daarmee moet voortgaan. Hy dink ure dromerig oor hierdie vooruitsienende man. Hy vertel nie vir die ander hiervan nie. Hy probeer hulle wel steeds oorreed om saam met hom te gaan.

Jakes vra vir Daan (Sondagmiddag in die motor op pad terug stad toe), wat ís dit wat hy wil weet? Wat wil hy hê moet die man vir hom sê? Maar Daan kan (of wil) hom nie antwoord nie. (Jakes vra later vir Salmon wat hy dink die talking head-man vir Daan beteken en Salmon sê – kortaf – dat Daan vanuit sy eie onsekerheid 'n alwetendheid op hierdie man projekteer.) In die motor vra Jakes vir Salmon of hy van plan is om saam met Daan na die man te gaan. Salmon haal sy skouers op. Kyk by die motorvenster uit. (Die ganse uitgestrekte laatmiddaglug gevul met klein, ellipsvormige cirruswolkies.) Vir hom is dit om 't ewe, sê hy. Hy het niks om te verloor as hy gaan nie. (Jakes verras dat Salmon die idee nie sonder meer verwerp nie omdat dit maar enigsins met Bennie Potgieter geassosieer word.) Wat homself betref, dink Jakes, hy het nie die geringste begeerte om te weet wat die toekoms inhou nie. Hy is tevrede om elke oggend as hy skeer, homself in die spieël te herken.

vier en dertig

Salmon Senekal kyk by die motorvenster uit. Kyk na die veld. Dink aan sy grootouers wat veertig jaar lank in onmin op Steynshoop saamgewoon het. Sy ouma se lippe permanent saamgepers. Sy oupa met die bleek blou oë wat net gepraat het as dit absoluut noodsaaklik is. Die stiltes in hulle huis het amper sigbaar die vorm van gewelddadige en obsene handelings gehad. Toe sy pa weg is, het hy met sy ma en suster drie jaar lank by sy grootouers in die huis gewoon. As punt van eer niemand ooit 'n enkele vraag oor sy pa gevra nie. Wat hy te wete gekom het, was toevallig. Hy moet altyd dink aan sy pa as hy hierdie pad ry. Hy moet altyd dink aan sy ou ouma, wat deur haar pa met die vuis geslaan is (selfs toe sy al 'n meisie was met borste en maandeliks gebloei het), en wat haar lyf toe sy swanger was met haar laaste kind met lappe en doeke ingebind het uit woede en magteloosheid, en wat seker moes dink: By haar het die saadjie op barre rots geval. By hom ook, dink Salmon, soos by sy ou ouma.

vyf en dertig

Die volgende oggend, Maandag, gaan Ester in die Dorpskafee sit en sy wonder, wat weet sy nou eintlik van haar pa? As sy die biografiese feite sou moet neerskryf? Sy weet wat sy geboorte- en sterfdatum is. Sy weet min of meer hoe sy laaste veertig jaar verloop het, maar van die eerste veertig jaar van sy lewe weet sy bitter weinig. Daar is niemand meer wat sy omtrent sy lewe kan uitvra nie. Haar ma was die laaste lewende bewaker van haar pa se geskiedenis, en haar ma is dood. Nie van sy feitelike geskiedenis nie, maar van 'n gerekonstrueerde geskiedenis, want hoeveel het haar ma van die ingewikkelde detail van haar man se lewe geweet? Van sowel die tyd vóór as ná hulle huwelik. Buiten die breë trekke, die raamwerk, die buitelyne – hoeveel van die detail sou sy kon invul?

Haar ma het nie met feite gewerk nie, sy het met interpretasie gewerk. Sy het met veronderstellings gewerk. Sy het met groot motiewe gewerk. Sy het met 'n fiksie gewerk waarbinne sy en haar man karakters was, elkeen op sy eie manier verontreg; elkeen se liefde vergeefs. Soos in alle fiksies, is net sekere feite daarin opgeneem, en soos in alle fiksies, staan daardie feite vas, vir altyd. Wat haar eggenoot se feitelike óf subjektiewe belewing in bepaalde ánder stadiums van sy lewe was, het nie deel uitgemaak van hierdie fiksie nie, nog minder waar hy hom in hierdie tye geografies of andersins bevind het.

Sy, Ester, is nou die amptelike bewaker van haar ouers se geskiedenisse. Toe sy haar tee klaar gedrink het, gaan sy op die bankie oorkant die straat sit, onder die plataanbome. Altyd op die uitkyk. Die oggend is helder. Die verandering in die weer is nou onmiskenbaar. Die lig val anders as elf dae gelede. Daar is 'n reuk van herfs in die lug.

Sy het pas gesit toe Mfazakhe Mhikize vanuit 'n ander windrigting oor die straat na haar aangestap kom. Wat is dit aan hierdie man, dat hy die lig so in hom ínsuig en so min daarvan weerkaats? Sy behoeftigheid is tog nie groter as dié van ander bedelaars nie. Op hierdie bankies onder die plataanbome is sy en Mfazakhe twee gelyke siele, albei ewe verdoem of verhef. Hy gaan op 'n bankie twee meter van haar sit. Hy groet nie, hy praat nie, hy kyk voor hom uit. Hy dra 'n pet agterstevoor om. Met sy hande en liggaam maak hy rustelose bewegings, vorentoe en agtertoe, soos die inwoner van 'n agtiende-eeuse malhuis; met 'n riet wat hy pas moes gesny het, kap-kap hy in die grond voor sy voete. Hy wag om aangespreek te word, neem sy aan.

Was hy by die hospitaal? vra sy hom. Ja, sê hy, sonder om na haar te kyk. Wat sê hulle? vra sy. Asma, sê hy. Baie ver geloop, sê hy. Asma van die baie loop, dink sy hy sê. (Hy mag dalk iets anders sê, hy praat so moeilik.) Wat sê hulle? vra sy weer. Hy maak 'n gebaar. Hy kruis sy arms: linkerhand op die regterboarm en andersom. Hy het geen krag in sy arms nie, sê hy. Geen goeie slaap ook nie, sê hy. Waarom nie? vra sy. Te veel vlooie, sê Mfazakhe Mhikize. Hy lag. Skaam. Laat sy kop sak. Waar slaap hy? vra sy hom. In die bos, sê hy. Hy draai sy bolyf half om, weg van Ester, wys agter sy skouer in die rigting van die koppies agter die historiese kerk. Hy is verleë. Krap met die stok in die grond voor hom. Vlooie of muskiete? wonder sy, want in die Gemoedsrus Kamers is daar muskiete.

Geen krag in sy arms nie. Slapelose nagte. Geen vooruitsig op 'n beter lewe nie. Hope springs eternal in the human breast, sê William Blake. Daarvolgens moet die hoop voortdurend ook in Mfazakhe Mhikize se asmatiese bors ontspring. Hulle sit 'n ruk lank in stilte langs mekaar. Mfazakhe speel met een van sy klein, stowwerige haarlokkies. Nie vir 'n enkele oomblik hou hy op met sy rustelose liggaamsbewegings nie. Asof hy dag en nag gebyt word, deur miere aangeval word, deur onsigbare geeste getormenteer word, dag en nag. In sy bosbed en hier, op hierdie bankie onder die plataanbome, hier en oral. Sy omstandighede moet haglik wees. Sy hare lyk langer as twee dae vantevore, stowweriger. Gooi die strale van die son 'n geringe blos, 'n glans op sy dowwe, glanslose omberkleurige wange? Bo in die bome koer die duiwe soos hulle dit in die stad van haar tuiste nooit doen nie. (Daar is alle klanke skeller.)

Hy vra haar vir geld om kos mee te koop. Sy gee vir hom geld. Hy tel dit stadig, noukeurig. Hy hou die muntstukke na haar op sy lang, smal, donker handpalm uitgesteek; hy vra vir nog twintig sent. Sy wonder watter verskil twintig sent sal maak. Sy haal dit uit haar beursie, gee dit vir hom. Hy kyk weer na die geld in sy handpalm. Hy staan op en loop, sonder om te groet. Ester kyk hom agterna, hy loop in die rigting van die dorp, weg van die kerk, weg van sy slaapplek.

Ester bly sit. Sy dink skielik aan iets wat haar kind gesê het: Haar pyn is so nóú, het die kind gesê. Ester het vir 'n oomblik gewonder of sy bedoel: onmíddellik, teenwóórdig, of smál? Haar pyn is so vertérend, het sy gesê. Nie meer 'n kind se pyn nie, het Ester gedink, hoeveel daarvan ook al sy oorsprong in haar kindertyd of kinderpsige het.

Sy is vandag elf dae op die dorp. Sy het Jan de Dood misgeloop. Die heldersiende mevrou Kriek is intussen doodgeslaan. Sy kan Ester nooit meer van lewensraad bedien nie. Antie Rose rou oor haar middelste dogter se voortydige dood. Sy en die swaksinnige Dafnie drink in stilte tee by die houtkombuistafel in die groot kombuis. Voor sy teruggaan stad toe, moet Ester een of ander versekering hê dat Fonny veilig sal wees. Sy moet weer met Bennie praat.

Ester sit. Sy kyk na die grond voor haar. Sy kyk na haar hande. Sy kyk na haar naels. Haar pa se vorm naels. Sy kyk na haar handpalms. Sy het nie die vermoë om hieruit iets af te lees nie. Haar ma se handpalms was altyd vlesiger as hare. Sy het 'n ander soort energie as Ester gehad. Sy was eintlik emosioneel onvermoeibaar. Sy het 'n gretigheid gehad wat Ester nooit gehad het nie, nie het nie, nooit sal hê nie. 'n Byna meisieagtige oopheid. Merkwaardig dat sy dit gehad het, dat sy ten spyte van haar omstandighede (haar lewe) dit behou het. (Want daar was 'n ánder sy ook – iets donkerders, iets wantrouigers; 'n vertroue in die lewe wat verbreek is en wat nooit herstel is nie.) Sy het hierdie gretigheid behou tot 'n paar maande voor haar dood.

'n Maand voor haar ma se dood, toe Ester haar vir die laaste keer besoek het, toe sy sewentien dae lank elke dag langs haar bed gesit het, het daar nog flikkerings hiervan deurgeskemer. (Nie te dikwels nie.) Haar ma moet toe besef het: dit is wat sy van die lewe gekry het. Sy moet besef het: dit is die somtotaal van haar lewe. Sy moet besef het: dit is die einde van haar drome. Sy moet besef het: ons gaan almal dood, nou is dit haar beurt. Daar moet aan haar hoop 'n einde gekom het. Of het daar nie, is haar hoop verplaas na 'n volgende fase? Ester kan dit nooit meer, tot aan die einde van háár lewe – sonder pyn herbeleef nie: die manier waarop sy die laaste tyd by haar ma gesit het.

Haar ma kon nie aanvaar dat daar nie meer vir haar hoop was nie. Sy kon nie haar hoop aflê én haar verstand behou nie. Sy het haar kop weggedraai en weggegly in hallusinasie – in die ontkenning van waanbeelde. Die rituele dooies verf hulle kinders blou. Mevrou K die dorpsvrou verf haar dogter blou, die rituele kleur van die dooies. Mevrou K die dorpsdame verf haar dogter die hoer die blou van rituele prostitute. Die bloedhonde is op hulle spoor. Hulle huil onbedaarlik in hulle hokke. Snags neem die een verpleegster wat nou so doodluiters hier in- en uitwandel haar hier weg – sy tel haar in sterk arms op, sy dra haar soos 'n hulpelose baba, sy sit haar agter in die lorrietjie. Sy slaan die klap toe soos die deur van 'n koletrok. Soggens besorg sy haar weer hier. Moenie meer kom nie, hulle moet haar nie meer kom besoek nie, want luister na die bloedhonde se gehuil. Die kans wat hulle neem met die bloedhonde is te groot – hou die kinders hier weg. Daardie man, die dokter in gedaante, hy is kop in een mus; hy is van die duiwel besete – dit is hy wat opdrag gee aan die bloedhonde.

Haar ma het gesê sy kan nie meer na die foto's kyk nie. (Die foto's van haar geliefdes, van haar lewe.) Dit het haar te bedroef gemaak. Die feit dat haar lewe afgeloop was, en die oorsig wat die foto's oor die somtotaal van haar lewe gegee het – so het Ester dit begryp. Hulle kon niks vir mekaar sê nie. Hulle het albei geweet: dít was haar ma se lewe, én dit was afgeloop.

Iemand groet haar, besef Ester skielik. Sy swaai om – dit is die vrou in swart, sy kom uit die rigting van die historiese kerk na haar aangestap; sy moet deur die kerkgronde gestap het. Ester draai om, sy kyk, sy lag die vrou toe, sy lag. Toe sy haar die minste verwag, toe kom die vrou weer.

ses en dertig

Die vrou kom langs Ester op die bankie sit waar Mfazakhe twintig minute vroeër gesit het. Sy waai haar gesig met 'n klein boekie koel. Sy is weer in swart geklee, haar lang swart hare is los, hier en daar met stroke grys in – Ester het dit nie die eerste keer opgemerk nie.

Dis warm! sê die vrou. Ester knik instemmend, hoewel sy nie so erg van die hitte bewus is nie. Sy het te lank hier stilgesit. Sy het nie meer agtergekom of dit koud of warm is nie. Moet sy vir die vrou sê hoe sy gehoop het om haar weer hier aan te tref?!

Die vrou vra hoe dit met haar gaan. Ester sê dit gaan goed, en vra hoe dit met háár gaan. Soos vriende wat mekaar lank nie gesien het nie: 'n aanvanklike aarseling, 'n versigtige voorverkenning van die terrein, sodat hulle met betekenisvolle kommunikasie kan begin.

sewe en dertig

"Is jy weer met besigheid op die dorp?" vra Ester, versigtig.

"Ek is weer hier met my ou antie se sake," sê die vrou. "So baie dokumente en papiere en moeite vir die bietjie aardse besit. En ek het eintlik niks daarvan nodig nie! Ek teken die papiere en ek dink die heeltyd: Maar wat gaan ek met al die goed máák?!" Sy lag. "Maar die goed is so móói, jong! My ou antie het sulke mooi goed al haar lewe lank bymekaar gemaak. Die mooiste messegoed, en eetgerei, en tafeldoeke, en geborduurde goed, slope, lakens, nagrokke! Ek voel my behoorlik soos 'n bruid," sê die groot vrou, heeltemal in swart geklee. In swart van kop tot tone: swart rok, swart skoene, swart band in haar hare. Ester en die vrou kyk mekaar in die oë, om te kyk wat hulle daar vind.

"En niemand om dit mee te deel nie," sê die vrou. "'n Uitgebreide bruidskat en niemand om dit mee te deel nie," sê die vrou, en lag.

"Is jy op jou eie?" vra Ester, versigtig.

"Ek het niemand nie!" sê die vrou. "Ek het niemand nie, ek het niks!" Sy waai haar met die boekie koel. "Ek is al my lewe so ongelukkig in die liefde. Gelukkig in al die ander dinge. Dinge kom altyd na my toe. Al die dinge wat ek nie eintlik wil hê nie – soos nou weer die mooi goed van my ou antie. Die idees. Die ongelooflikste geleenthede. Die wêreldsgoed. Alles, álles kom na my toe. Álles, behalwe die liefde. Die liefde kom nooit. Ek kon nog nooit 'n manier vind om die liefde by my te hou nie. Altyd so die mans wat nader kom en 'n tyd bly en dan weer vort gaan. Of ék vind na 'n tyd niks meer aan hulle nie. Altyd ongelukkig in die liefde."

Hulle kyk albei 'n rukkie voor hulle uit sonder om iets te sê.

"En jy?" vra die vrou.

Ester lag half. "Ek weet nie," sê sy. "Ek het 'n man. Maar ek weet nie of ek gelukkig in die liefde is nie."

Sy kyk af na haar hande. Hulle lê lossies in haar skoot.

"Ek het na hierdie dorp gekom," sê Ester, "na iemand se begrafnis wat dood is aan 'n gebroke hart."

"Ja?" sê die vrou, en kyk Ester met verskerpte belangstelling aan.

"Dit was in elk geval die interpretasie van een van haar vriende by haar begrafnisfees, die aand voor sy begrawe is."

"Ja?!" sê die vrou.

"Dit was haar ongewone bad luck, het die vriendin gesê, dat al die mans met wie die vrou in haar lewe deurmekaar was, deur die bank drolle was."

"Ja?!" sê die vrou. Sy lag. Ester sit haar twee hande oor haar mond sodat haar wysvingers teen die neusbeen rus. Sy maak haar oë toe. Sy buig haar kop effens vorentoe. Sy lag ook.

"Ja," sê Ester, en sit haar hande weer in haar skoot. "Maar ek kan nie oordeel nie, want ek het die vrou nie geken nie. Ek het saam met iemand gegaan wat haar eens op 'n tyd liefgehad het."

"En is hy 'n drol?" vra die vrou.

"Nee," sê Ester. "Hy het self baie swaargekry die afgelope tyd. Hy het homself verkwalik omdat hy haar nie voor haar dood meer bygestaan het nie."

"A, ja," sê die vrou, en knik stadig, terwyl sy na Ester kyk, sonder dat Ester kan bepaal wat die vrou se presiese reaksie op haar voorafgaande mededeling is. "En hoe was hierdie vrou se begrafnis?" vra sy.

Ester sê: "Ek het die begrafnis per ongeluk misgeloop."

Die vrou gee 'n uitroep en lag.

"En verder?" vra sy.

Ester haal haar skouers effens op.

"En verder," antwoord sy, "het ek 'n kind. Sy is op die oomblik by haar pa wat 'n tyd lank weg was, maar weer teruggevind is. Dit was vir die kind baie moeilik en dit moes vir die pa self ook hel gewees het. Maar vir die kind was dit verskriklik om nie te weet waar hy is nie, of sy hom weer gaan sien of nie, of hy lewe en of hy dood is."

Die vrou knik stadig.

"En?" sê sy.

Ester kruis haar linkerarm oor haar diafragma, met haar regterelmboog stut sy op haar linkerhand; sy laat haar kop sak, stut met die boonste lid van haar wysvinger teen haar bolip – druk daarteen, sodat sy die harde been van die skedel voel.

"My ma is 'n paar maande gelede dood," sê sy. "Sedert ek hier aangekom het, droom ek elke nag van haar. Sy is dikwels saam met my pa in die droom. Hulle is altyd besig in die droom. My teenwoordigheid dring nooit tot hulle deur nie, al praat ek met hulle. Hulle is altyd afgelei. Ek weet hulle is dood, en ek weet dit ook nie. Die feit van hulle dood kan nie tot een van ons deurdring nie."

Die vrou knik weer stadig. "Was jy lief vir jou ma?" vra sy.

Ester sit nog steeds met haar kop half in haar hand gestut. Sy kyk na die grond voor haar voete. Sy moet haar toonnaels nog 'n laag naelpolitoer gee, sien sy. Sy kom agter sy wieg stadig vorentoe en agtertoe. Amper onopmerklik. Haar blik verskuif van haar voete na 'n tussenafstand, sy fokus nie meer op iets in die besonder nie.

"Ja," sê sy, "ek was lief vir haar."

"En nou?" vra die vrou.

Ester kyk op, kyk na die ingang van die Dorpskafee oorkant die straat. "Nou is ek hier," sê sy. "Ek is hier op die dorp. Ek weet nie vir hoe lank nie. Iemand wat ek ken wat hier woon, het onlangs al haar skilderye verbrand. Sy het vandat sy klein was religieuse ervarings gehad, toe vir 'n lang tyd nie, en nou onlangs weer. Nou wil sy alleen in die veld in 'n blokhuis gaan bly omdat sy dit 'n goeie plek vind om God te ontmoet. Sy wil nie meer skilder nie, al is sy 'n goeie skilder. 'n Baie goeie skilder."

"A, ja," sê die vrou. "Fonny Alexander."

"Ken jy haar?!" vra Ester, verras.

"Ek weet van haar," sê die vrou.

Op daardie oomblik hou 'n swart huurmotor, weer soos die vorige keer, voor hulle in die straat stil. Die vrou kyk op haar horlosie. "Hier moet ek al weer gaan," sê sy, "en ons het nou net lekker begin praat!"

Toe sy opstaan, sê die vrou: "Jy moet bly wees jy het jou ma liefgehad. Ek het geen liefde ooit vir my ma gehad nie. Ek was nooit die kind wat sy wou gehad het nie. Ek het eintlik meer plesier van my ou antie gehad, en haar het ek omtrent nooit gesien nie."

Ester knik. Sy staan ook op. "Wat is jou naam?" sê sy, "ek het nooit gevra nie!"

"Debora," sê die vrou, "Debora Barach."

Ester stel haarself ook bekend.

"Ons sien mekaar weer," sê sy, voor sy in die huurmotor klim.

Vir die tweede keer bly Ester op die bankie agter, en kyk sy die motor agterna.

agt en dertig

Dae het afgekoel, afgeplat. Terwyl Ester in die daaropvolgende dae sonder duidelike doel of voorneme deur die dorp stap, onthou sy dat haar man gesê het die wete bly voortdurend by hom dat die ouderdom en die dood onafwendbaar nader kom. Sy het self die afgelope weke toenemend die skerp besef dat alle tyd geleende tyd is, dat alles in 'n oogwenk kan verander – selfs dít wat onveranderlik en onbeweeglik voel. Hieraan dink Ester, terwyl sy stap, en uit die hoek van haar oog, skielik, tersluiks, sien sy hoe Mfazakhe Mhikize oor 'n vullisdrom buk en daarin rondsoek, oor 'n vullisdrom regop kom met wat hy daarin gevind het. Hy sien haar nie. En in die oggend as die voëls hoopvol sing, het haar man 'n gevoel van óú bedroefdheid; dit lyk of hy dit nie kan ontduik nie en sy dra dit op haar beurt met háár saam, waar sy gaan. Asof haar eie las nie swaar en onbeweeglik genoeg is nie. En sien sy een oggend die man Salmon Senekal die straat oorsteek? Nee, tog nie. Vreemde tekens in die lug: vreemde veegsels en wolkformasies; donker sameklontings of brokkelrige opstapelings. Iets is in aantog. So wil sy dit altyd sien. Wolkies so groot soos mans se hande. Aankondigers. Die duiwe roep oor en weer na mekaar in die groen, verkleurende lanings. Drink sy soms soggens 'n koppie tee in die Dorpskafee, gereeld langs die plant sonder huidmondjies. Koop 'n souttertjie by die tuisbedryf. Bly sy op die uitkyk vir die mans met die waentjies. Vir die vrou in swart en die ma met die kind. Self is sy onsigbaar. Sy beweeg waar sy wil sonder dat haar doen en late iemand opval. So hou sy daarvan. So in die lang stil strate op en af. Die wapperende wolke en die kopspelende duiwe. Sy bring besoek aan die dorp se natuurhistoriese museum waar daar in een van die glaskassies vlermuise is. Sy verkyk haar aan hulle krakerige, delikate vlerke en die klein, skerp tandjies. Daar is ook 'n waterskilpad en 'n slang. 'n Jakkals en 'n das. 'n Meerkat en 'n erdvark. Klein soogdiere wat in die omgewing aangetref word. Al die spesimens het dieselfde blink, kunsmatige oppervlak asof hulle met skoenpolitoer ingevryf is. (Nou het sy nog nie die Dorpsmuseum of die Verwoerdhuis waarvan die vroue vertel het, besoek nie. Dit wag nog vir haar.) Sy drink 'n koppie koffie op die stoep van die Grand Hotel. In 'n winkel koop sy 'n rok by 'n vrou met rooi hare en 'n bleek vel wat lyk of sy op gebottelde water leef. Sy koop die rok om na die Steynhuis te dra. Soms is dit genoeg om net te kyk na wat op die grond voor haar voete is – 'n plantjie, 'n klip, 'n polletjie gras; die wurm op die blaar, die sprinkaan en die mier. Dit is genoeg om net te weet dat sy sterflik is. Soms kan sy die landskap in skrynender detail waarneem: goud, swart en pers is die oorheersende kleure. Die bome gloei teen sonsondergang. Sy stap in die bodorp, sy stap in die onderdorp, verby die Chakra-broers se winkel, in die omgewing waar sy weet die kanse goed is dat sy die mans met die waentjies sal teëkom. En in 'n verlate bruidswinkel sien sy materiaal waarvan die voue swaar en geskulp is soos varklelies. Haar ma as jong bruid in so 'n rok. Weerkaats in 'n spieël op 'n foto'tjie van vier by vier sentimeter langs Ester se bed in haar huis in die ander stad. Op haar wandeltogte deur die dorp oordink en oorweeg sy die volgende dinge: 'n Plek in disharmonieë van groen en goud. Die skilder van die koning. Fonny se ontsettende verhaal. Die algehele uitwissing van die aarde wat reeds vyf maal plaasgevind het. Haar ontmoeting met die swart bruid. Die kind wat sidder by die aanskoue. Haar eie onlangse verliese. Die dood van haar ma. Daar is 'n klaagsang van Monteverdi wat haar soms begelei – 'n motief wat draal deur haar kop soos water in die verborge spiraalwerk van die seeskulp. 'n Klaagsang wat resoneer. Die beste tyd van die dag in die dorp is teen blou skemer, as die lug ryk en diep word en die takke donkerder, en die paddas skree of nie skree nie (na gelang van die stand van die weer). As hulle skree, doen hulle dit skel en silwerig. Hulle kondig die reën aan, of die verlange daarna. Die uur waartydens Mfazakhe Mhikize hom gereedmaak om in sy skuiling te kruip, in die koppies agter die historiese kerk. Hy gooi dalk 'n kartondoos oop oor die grond. Pity has a human face, dink sy, as die son gloeiend skuins agter dieselfde koppies sak en sy haar gereedmaak om die aand na die Steynhuis te gaan.

Sy sit lipstiffie aan, trek haar nuwe rok aan wat sy by die vrou met die bleek vel en rooi hare soos 'n inkarnasie van die noodlot gekoop het en gaan na die Steynhuis om daar plesier te maak, om daar te kyk wat sy nog aantref, wat haar beker sal laat oorloop en haar gees tot versadiging vul.

nege en dertig

Mevrou Kriek, Magdalena Kriek (née Pretorius), het as jong kind ontdek dat sy dinge vooruit in drome kon sien. Eers het dit haar bang gemaak, later het sy die vermoë geëien en daarmee vrede gemaak. Sy het mense probeer help. Sy het nooit vir hulle gesê as sy iets slegs sien nie. Sy het net die goeie dinge gesê, en die skrikwekkende dinge op 'n aanvaarbare manier probeer aandui. Tensy sy kon sien dat dit onafwendbaar was. Dan het sy 'n paar oomblikke lank haar kop laat sak, die persoon se hand in hare geneem en geluidloos tot God gebid dat hy hulle genadig sou wees en krag gee in die beproewing wat vir hulle voorlê.

As jong kind het haar pa haar geneem om die ou generaal te ontmoet. Die vorige nag het sy gedroom dat die generaal met 'n paar ander manne in 'n óú huis sonder vensters verdwyn. Een daarvan was haar oupa, wat reeds dood was. Sy wou die oggend nie saamgaan nie. Sy wou nie vir haar pa sê van die droom nie. Haar pa het haar gedwing om te gaan; sy het gehuil. Toe sy die ou generaal se hand skud en in sy gesig opkyk, het sy gedink: hy weet ook. Dis nie so sleg nie – hy weet ook, en hy vind dit nie erg nie. Toe was sy getroos. Twee dae later het hulle berig ontvang dat hy dood is.

Dit was toe die ou generaal nog soms in die Steynhuis onder in die dorp kom bly het. Dit is daar waar sy hom vir die laaste keer gesien het.

Twee dae voor haar dood het sy gedroom dat sy weer 'n kind is. Sy stap deur die veld. Sy lig 'n klip op. Onder die klip wemel dit van die miere. Die miere is besig om 'n wurm aan te val. Die wurm kan niks teen die oormag van die miere doen nie. Sy huil in die droom. Sy word bewend wakker in die vroegoggend, maar haar kussing is droog. Sy bid God dat wat ook al vir haar voorlê, hy haar lyding nie sal uitrek nie.

veertig

Daar is baie stories wat die ronde doen omtrent Jonah Voorsanger se afkoms. Daar word beweer dat hy die kind van 'n onmeetlik ryk oliemagnaat is, onterf deur sy konserwatiewe vader weens sy buitensporige gedrag in sy jeug en na Suid-Afrika gestuur deur sy vader nadat hy een of ander skandelike misdryf gepleeg het. Daar word beweer hy is die kind van 'n psigotiese, dwelmverslaafde moeder en 'n mishandelende vader – weggeneem van sy ouers deur sy ongelooflike ryk familie – wat helaas nooit enige smaak of artistieke aanvoeling aan die dag gelê het nie. Hy is die kind van 'n Roemeense argitek en 'n Suid-Afrikaanse afstammeling van 'n Duitse oorlogswees. Hy is 'n vondeling, hy is buite-egtelik; sy nasionaliteit is onseker. Daar word beweer dat sy vader 'n welvarende Joods-Nederlandse nyweraar was wat met sy gesin tydens die besetting ondergronds gegaan het, verraai is en na kampe weggeneem is – almal, behalwe Jonah se vader wat op wonderbaarlike wyse ontsnap het en in Suid-Afrika met 'n nasaat van 'n oudpresident getrou het – 'n beeldskone vrou, maar emosioneel onstabiel, en Jonah is een van die kinders wat uit dié huwelik gebore is. Daar word beweer dat 'n oom van hom, 'n groot Nederlandse vooroorlogse intellektueel, die beslissende studie oor Spinoza se werk geskryf het. Daar word beweer dat Jonah Voorsanger ses Europese tale vlot beheers, naamlik Nederlands, Duits, Engels, Spaans, Frans en Portugees, asook Fins en 'n Papoea-Nieu-Guinese dialek wat hy moes aanleer vir die ekspedisie wat hy op 'n keer na Papoea-Nieu-Guinee onderneem het. Daar word beweer dat hy voor hy vyf en twintig was, sy rug vir goed op die antropologie as eerbare en geloofwaardige dissipline gekeer het, en 'n briljante monografie oor die skilder Edouard Manet as skilder van die moderne lewe geskryf het.

Jonah Voorsanger het 'n lae toleransievlak, hy het reëlmatig woedeuitbarstings waartydens hy alles breek wat voorkom. Hy is besonder vrygewig en warmhartig; jare lank gebruik hy reeds meer alkohol en bedwelmende middels as waarteen die man op straat bestand sou wees. Hy het 'n gestel soos 'n bees en 'n fenomenale geheue. Hy is flambojant, met 'n voorliefde vir spektakel en openbare vertoon; hy dra sy hart op sy mou. Hy het onbegrip vir die meeste mense se onvermoëns, se gebrek aan teoretiese belangstelling, se beperkte analitiese vermoëns. Hy is rusteloos en kan moeilik sy aandag meer as 'n beperkte tyd by enigiets bepaal, desondanks ontglip weinig sy aandag, sy analise of sy kommentaar.

Jonah Voorsanger is 'n mooi man. Hy het 'n ongewone skoonheid – soos dié van 'n voël of 'n reptiel. Sy oë lyk kunsmatig, soos edelstene, soos die skitterende, ingeverfde oë van poppe. Hy is in alle opsigte fisiek ongeskonde – behalwe die drie tone aan sy linkervoet wat ontbreek sedert sy ekspedisie na Papoea-Nieu-Guinee.

een en veertig

Dinsdag-laatmiddag bel Ester vir Boeta Zorgenfliess van een van die telefoonhokkies voor die dorpsbiblioteek. Haar hart klop onrustig toe sy vir hom wag om te antwoord. Toe hy antwoord, weet sy dat haar onrustige voorgevoel reg was.

Boeta praat sag. Aanvanklik kan Ester hom skaars hoor. Nee, dit gaan nie goed nie. Hy droom die berge brand en die wind loei; die honde blaf onophoudelik in sy buurt, een strook deur.

Hy droom, sê Boeta, hy droom van sy ma, van sy pa. Almal is daar, in sy drome. Daar is hordes stotterende goed wat snags deurkom – hy het nog nooit so gedroom nie! sê hy. (Hy praat sag, dringend.) Hy kan nie meer die ruimte verduur waarbinne hy hom bevind nie. Met die mense wat hy daagliks sien, wil hy nie meer omgaan nie. Hy het nie meer sin in dinge nie. Die dinge waarin hy vroeër belanggestel het, verveel hom. Dit spreek hom nie meer aan nie. Hy wag. Hy wag. Hy kan nie slaap nie. Elke rit wat hy onderneem, is soos 'n hellevaart – of hy nou kafee toe gaan of werk toe. Hy wil nie gaan waarheen hy op pad is nie. Hy wil nie terugkom van waarvandaan hy was nie. Waar hy ook al heen gaan, word hy deur massas herinneringe geteister. Kak memories om mee te begin en kak memories om mee te eindig – die een kák memory na die ander (sê hy driftig). En hy is in die middel vasgekeer soos in 'n brandende hok!

Ester staan in die bedompige telefoonhokkie; sy draai stadig na die weste, waar die son bloedig en vol nodelose oordaad ondergaan. Sy kan nie meer praat nie; sy raak so verdrietig oor Boeta dat sy net kan swyg. Sy voel hoe haar woorde opdroog terwyl sy na hom luister.

"Daar is niks vir my hier nie," sê Boeta. "Niks, niks, niks. My lewe is helvuur. Dit wil nie verander nie. Dit wil nie genees nie. Ek ken niemand wat deur die goed gaan waardeur ek gaan nie," sê hy.

Hulle groet. Ester sit die telefoon neer op sy mikkie. Sy bly nog 'n oomblik in die bedompige hokkie staan, vol onsigbare vingerafdrukke en onverstaanbare graffiti.

Ester Zorgenfliess staan in die telefoonhokkie en kyk na die bome buite, hoe hulle beweeg in die wind teen die gloeiende lig van die ondergaande son. (Die brandende bos.) Ester weet, alles moet voortdurend en opnuut bevestig word. Vir haar man moet sy sê: My begeerte was altyd na jou. Vir die kind moet sy sê: Ek het jou lief – nou en altyd.

Sy kyk hoe die bome aanhou beweeg teen die gloeiende aandlug.

Toe sy uit die telefoonhokkie kom, is dit afgekoel. Die nag kom nader. Die krieke en paddas begin opleef. Die dag het afgekoel; as die paddas hoorbaar is, is daar die geringe moontlikheid van reën.

twee en veertig

Woensdagoggend stap Ester Zorgenfliess na Steynshoop Motors. Sy moet met Bennie praat. Sy stap agter om na die werkswinkel. Eers by die vader verbykom, voor sy by die seun kan uitkom. Geen teken van die vader nie. Die uitbundige rondinge van die seun se hardloopskoene is sigbaar onder 'n motor.

Ester skop liggies aan Bennie Potgieter se voet. Hy skuif moeisaam onder die motor uit. Sy vra of hulle 'n oomblik kan praat. Hy vee sy hande aan sy overall af. Dit voel of sy Bennie lank laas gesien het, terwyl dit maar 'n paar dae is. Bennie staan skoorvoetend teen die motor aangeleun, hy maak sy hande met 'n lappie skoon; hy kyk Ester nie direk aan nie.

Ester vra of Jonah en Braams reeds terug is stad toe. Bennie sê net Jonah is terug, hy en Braams is vandeesweek besig om die jongste uitgawe van hulle tydskrif aanmekaar te sit. Waar doen hulle dit? wil Ester weet. Hulle werk in Braams-hulle se buitekamer, sê Bennie – hulle het die plek ingerig; hulle het alles daar wat hulle nodig het. Bennie vra of Ester wil gaan kyk en Ester sê, nie vandag nie, miskien later in die week. Hulle swyg albei. Bennie maak steeds en sonder ophou sy vingers aan die lappie skoon. Miskien is daar meer as net ghries aan sy vingers, dink Ester, miskien het hy onder die motor lê en masturbeer. Miskien is dit net vir hom moontlik om seksueel ontvanklik te wees in hierdie ongeoorloofde – vaderlike – ruimte. Ester vra hom waar sy pa is en Bennie antwoord dat hy hier rond is. Ester kyk vinnig oor haar skouer asof sy verwag dat die vader ineens stilswygend agter haar gematerialiseer het. Die vader is nêrens in sig nie. Sy vra hom hoe dit met die skryf gaan. Die overall, sien Ester, het sowel ghries- as vetvlekke op: kosvlekke, eier- en broodkrummels. Dalk slaap die Wonderkind ook soms in die overall, as beskerming en verweer teen die valstrikke van drome in die voornag. Hy gebruik nou 'n nuwe invalshoek, sê Bennie, (steeds sonder om oogkontak te maak), waardeur die hele verhaal op 'n manier belig word vanuit 'n ruimte waarop die leser heeltemal nie bedag was nie. Op die manier word die leser en die karakters vir die derde keer deur die narratiewe strategie ondermyn, sê hy. Ester besluit om nie verder hierop in te gaan nie.

"Ken jy vir Salmon Senekal?" vra sy.

"Ja," sê Bennie, sonder om op te kyk.

"Hoe 'n soort mens is hy?" vra sy.

"Unexamined compulsion," sê Bennie.

"Wat beteken dit?" vra Ester.

"Dit beteken 'n neiging tot kompulsie waarvan die psigiese wortels aan die subjek onbekend is," sê Bennie.

"Het hy 'n oog op Fonny?" vra sy.

Bennie haal sy skouers op.

"Het hy enige besigheid op die dorp?" vra sy.

Bennie lag, byt aan sy nael, haal sy skouers op. "Wat bedoel jy?" vra hy, "hoe definieer jy besigheid?"

"Ek bedoel," sê Ester, "is daar enige aanleiding vir hom om sy unexamined compulsion hier in die dorp uit te leef? Te laat botvier. Vrye teuels te gee."

Die Wonderkind lag sag in sy baard. Sy groot, sagte lyf skud. Sy baard is ruig. Sy hare is deurmekaar. Hy het lang wimpers soos 'n meisie. Hy lag sag, vee sy hande af, kyk afgewend.

"Waarvoor is jy bang?" vra hy.

Ester dink 'n paar oomblikke na. "Ek is nie bang nie," sê sy, "ek is besorg. Ek dink hy is geïnteresseerd in Fonny. Maar waaroor ek éintlik ongerus is, is oor haar veiligheid – alleen in 'n blokhuis in die veld."

Maar Bennie hou voet by stuk. Dis Fonny se keuse. Sy weet wat sy doen. As sy daarop aandring om haar ervaring in dié terme aan te bied, moet sy bereid wees om die gevolge enduit te dra. Fonny is 'n shrewd en gifted kunstenaar – sy moet besluit waarom sy kies om haar blind te hou vir die ironie van haar situasie. Sy kies om haar ervaring binne die raamwerk van 'n powerful patriargale metafoor aan te bied, terwyl haar werk nog altyd uitgesproke krities teen die patriargie was.

Voor Bennie Potgieter en Ester hulle egter in die moerasagtige gebiede van voorbestemming, vrye wil, goddelike tussenkoms, God as metafoor, die meesternarratief van die patriargie bevind, óf geleentheid het om te spekuleer oor die moontlike aanleiding vir Fonny se opsetlike blindheid of ánder emosionele beweegredes vir haar optrede, materialiseer die vader ineens sonder waarskuwing agter hulle. Hy moet uit sy kantoor te voorskyn gekom het, van waar hy hulle waarskynlik heeltyd in die oog gehou het.

Ester groet hom kortliks. Die uiterlike verskil tussen die vader en die seun val haar weer eens op – waar die seun sag en donker is, is die vader blond en kompak. Ester groet Bennie ook. Het sy gedink sy gaan by hom enige gerusstelling aangaande Fonny kry? Sy het dit nie gedink nie, sy het dit net gehoop. Sy gaan uit hierdie dorp moet vertrek en Fonny aan die genade van haar eie metafoor oorlaat.

drie en veertig

Kort nadat Ester weg is, kom Braams du Buisson vir Bennie by die garage haal. Hulle stap in stilte deur die dorp se warm strate. Bennie kyk voor hom op die grond. Hy haal deur sy mond asem, onselfbewus soos 'n kind. Hy het steeds die overall aan, maar het intussen die kanovaartpet opgesit. Braams du Buisson dra blou en wit tekkies, 'n netjies gestrykte kortbroek en 'n keurige T-hemp. So onblosend as wat Bennie is, so rossig is Braams, met 'n sproeterigheid oor sy arms en gesig, rooi in sy kortgeskeerde hare, en die songevoelige vel van rooihariges.

'n Duif koer iewers in 'n boom. Hulle stap 'n hele ent verby Bennie se huis met die slastoklippaadjies en smeedysterversierings, verby huise met tuine met laatsomerrose en stokrose, vrugtebome in die agterplase, en met die reuk van fyn en pasgesnyde gras en stof in die lug. Die lug is stil en vol van die geluid van duiwe en veraf, trae uitroepe. Dit is warm en amper twaalfuur. Hulle draai af in 'n kleinerige straat met 'n laning groot sederbome. Braams se ouerhuis is 'n groot, ou huis, met minder aspirasies tot bourgeois vertoon as dié van Bennie. Hulle gaan by die voorhekkie in, maar loop sylangs om die huis, tot agter, waar daar twee buitekamers is.

Een van hierdie kamers gebruik hulle as kantoor. Daar is twee tafels, elk met 'n rekenaar daarop. Daar is twee groot liasseerkabinette. Daar is rakke teen die mure met boeke en tydskrifte, stapels papiere, fotostatiese afdrukke, koerante, lêers, atlasse, telefoongidse en woordeboeke in alle Europese en sommige Slawiese en Skandinawiese tale. Daar is twee oop staalkaste met 'n reuseverskeidenheid dinge: boeke, liasseerdose, dose met foto's, voorwerpe soos skulpe, klippe en handwerktuie, biologiese spesimens in bottels (waaronder 'n menslike, 'n vlermuis- en aardvark- fetus, asook vyf verskillende, volgroeide vlermuisspesies). Teen die mure is plakkate, knipsels, foto's, strookprente, lyste met name. Op die rakke is botteltjies verf en ink, houers met penne, potlode, kwaste en kokipenne. Daar is 'n ou fotostaatmasjien in een hoek en 'n klein kroegyskassie in die teenoorgestelde hoek. Daar is 'n divan met 'n vuil, gestreepte oortreksel. Daar is 'n perdesaal en 'n perdeskedel (bo-op een van die staalkaste). Daar is drie verskillende spesies opgestopte vlermuise teen die muur en 'n groot, verweerde kaart met 'n uiteensetting van die verskillende soort vlermuise. Daar is 'n ghettoblaster en CD-speler met luidsprekers en 'n magdom CD's en kassette in drie houtkiste op die vloer.

Op die muur langs Braams se lessenaar is 'n groot prikbord met foto's en tekeninge. Daar is 'n foto van 'n Boeregeneraal met 'n paar manskappe en 'n foto van dooie soldate in 'n loopgraaf. Die Boeregeneraal is Piet Joubert, en een van die manskappe by hom is Braams se oupagrootjie en 'n paar ander manskappe wat saam met hom by Spioenkop geveg het; die dooie soldate is Britse soldate in die loopgrawe by Spioenkop. (Braams is na hierdie grootouer aan vaderskant – Abraham Christoffel du Buisson – vernoem.) Een van die tekeninge is 'n delikate apokaliptiese landskap met vier sprinkaanagtige wesens wat 'n strydwa trek, gedoen deur die Brakpan Strangler.

Vanuit hierdie ruimte bedryf hulle hulle alternatiewe tydskrif, met 'n groter oplaag as een van die kleiner Sondagkoerante. Hulle ontvang by- draes van oor die hele land en die buiteland. Die aard van die bydraes wissel van fiksie en strookprentverhale tot hoogs teoretiese artikels. Daar is onderhoude en boek-, musiek- en rolprentresensies. Bennie en Braams neem beurte om die hoofartikel te skryf. Daarbenewens is Bennie besig met 'n essay-reeks oor Georges Bataille en Braams met 'n reeks oor wellusmoorde – waaroor hy tans navorsing doen vir die boek wat hy skryf. In die jongste uitgawe is daar strookprente van Bennie – soortgelyk aan dié wat hy Ester Zorgenfliess in die begraafplaas laat sien het.

As Bennie sy pa die oggend in die garage gehelp het, koop hy en Braams gewoonlik 'n take-away in die dorp wat hulle hier kom eet. Op die klein kroegyskassie in die een hoek is 'n paar landskulpe, 'n stuk van 'n verweerde engelvoet in klip en 'n klein glaskransie – van die buit wat Bennie van sy weeklikse besoeke met sy vader aan die begraafplaas teruggebring het. (Altyd 'n kuns om dit ongemerk te doen, sonder dat sy pa agterkom en hom as grafskender uitskel.)

Die ander, kleiner buitekamer is Braams se werk- en slaapplek. Dit is so gestroop en netjies as wat die groter kamer chaoties en tot oorlopens toe vol is. Daar is 'n bed, 'n klein hangkassie, 'n groot werktafel en 'n boekrak waarin Braams sy sistematies geordende lêers met aantekeninge, uitknipsels en foto's hou. Hy versamel reeds geruime tyd hierdie materiaal oor wellusmoorde aan die Wes- en Oosrand. Vir die doeleindes van sy boek lê hy hom uitsluitlik op hierdie areas toe – as hy die hele land moes dek, sou hy 'n boek van ensiklopediese afmetings moes skryf.

In hierdie lêers is daar 'n uitgebreide visuele dokumentasie van die moordterreine, van die slagoffers, van die moordwapens en van die moordenaars. Daar is byvoorbeeld 'n foto van 'n naaldwerkstalletjie by die Randse Paasskou, 'n foto van 'n gedeelte van die Westonariameer ('n bankie en deel van die wal met water), 'n close-up foto van die voet van 'n mynhoop. Daar is foto's van 'n vrouekop op 'n stuk koerantpapier, van 'n geskende liggaam op 'n reisdeken, van 'n erg opgeblase menslike liggaam; 'n arm met 'n hand en 'n been met 'n voet – geskei van die liggaam. Daar is 'n dowwe koerantfoto van drie jong vroue, 'n studioportret van 'n vrou met gestileerde blonde hare. Daar is fotostatiese afdrukke van plakkate met die afbeeldings van vermiste persone (meesal kinders). Daar is foto's en illustrasies van 'n reistas, 'n beitel, 'n skroewedraaier en 'n kas met 'n gaasdeur, 'n Checkerssak, 'n hoededoos, 'n vrieskas (die oopslaanmodel), 'n stel kombuismesse en 'n vlekvryestaalkookpot (groot). Daar is 'n kleurfoto van die vrou wat haar man met 'n skroewedraaier in sy slaap vermoor het. Daar is swart-wit foto's en polisie-identikits van die man wat sy minnares by die Randse Paasskou verkrag en haar lyk by die skoubulle gelaat het. Foto's van die Westonariameer-reeksmoordenaar wat sy slagoffers na die meer gelok het, waar hy eers 'n bootrit met hulle onderneem het voor hy sy gang met hulle gegaan het. Foto's van die mynhoopmoordenaar wat sy slagoffers gemartel, vermink en in vlak grafte aan die voet van die mynhoop begrawe het. Foto's en 'n getekende selfportret van die sogenaamde Brakpan Strangler wat vir die dood van drie prostitute verantwoordelik was en die proses noukeurig gedokumenteer het. Asook foto's van die wellusmoordenaars uit Edenvale, Springs en Carletonville. Daar is afskrifte van briewe van die moordenaars, asook in sommige gevalle van ander geskrifte (gedigte, liedjies, stukke korter en langer prosa), tekeninge en diverse ander kreatiewe uitinge.

Een van die hoofstukke in die boek handel oor die moordenaars se hartstog vir die dokumentasie van hulle dade. Byvoorbeeld die Brakpan Strangler se talle foto's wat hy voor, tydens en na sy werksaamhede van sy slagoffers geneem het. Braams gebruik Krafft-Ebing se definisie van wellusmoord as uitgangspunt. Die visuele materiaal ontleen hy aan koerante, artikels en polisie-argiewe. Met sommige van die aangeklaagdes en moordenaars wat reeds gevonnis is, of wat steeds hulle verhoor afwag, het hy spesiale toestemming gekry om onderhoude te voer.

Die Brakpan Strangler het vir Braams 'n tekening gemaak van homself en sy moeder. Dit lyk wel na 'n kindertekening. Die regterkantste helfte daarvan word in beslag geneem deur 'n reusefiguur in rooi met geweldige borste en hande en hare soos vlamme van die hel, terwyl daar in die linkerkant, in die hoek, 'n patetiese figuurtjie skuil, 'n mannetjie sonder ore of hande.

Die Westonariameer-reeksmoordenaar het Braams sy dagboeke laat sien. Hierin beskryf hy in die allerfynste detail sy planne vir elke moord, asook die voltrekking daarvan. In sy kommentaar op die onderhoud met hierdie man, dui Braams aan hoe grootskaals hy op pyn afgestem is, hoe min hy homself in dié opsig kan help, watter enorme bevrediging pyn hom gee en hoe 'n ganse kornukopia van seksuele afwykings in sy dagboeke en geskrifte uitkom. En hoe onweerstaanbaar aantreklik hy vir vroue is (soos heelwat van hierdie moordenaars, trouens). Vroue, het Braams vasgestel, gooi hulleself dikwels voor dié mans se voete ('n hele aparte hoofstuk handel spesifiek hieroor).

Tydens die skryf van die boek, en veral tydens die onderhoude wat hy met sommige van die mense gevoer het, het Braams besef dat hy hierdie mense 'n stem wil gee. Die estetiese potensiaal van hulle uitinge het hom begin opval. Hy het daarin geslaag om vir die Springsman toestemming te kry om in die tronk te skilder. Daarna het hy en Bennie vir die man 'n uitstalling in die tronk gereël. Skrikwekkende werk, 'n verstommende uitstalling, 'n merkwaardige openingsaand – met die tronkpersoneel en verskrikte gaste in een hoek saamgebondel, en die kunstenaar, Bennie en Braams en die kelnerinne in 'n ander hoek. En die goed teen die mure, het Bennie opgemerk, wat direk op die senuweestelsel inwerk, sonder genade en sonder omweë.

In die laai van sy werktafel, in 'n dosie wat niemand ooit ter insae kry nie, hou Braams du Buisson twee foto'tjies. Die een is 'n verweerde foto, eintlik 'n kiekie, van 'n vrou in 'n verkreukelde wit rok en 'n hoed op met 'n Pigmee-vrou aan elke sy, en die ander is 'n foto van Selene Abrahamson.

Hulle sit, nadat hulle by die huis aangekom het, in stilte in die werkkamer hulle middagete en eet. Bennie eet 'n enorme hamburger en Braams 'n geroosterde kaas-en-tamatie-toebroodjie. Toe hy klaar geëet het, sê Bennie hulle moet vandag die bladsyproewe afhandel en Braams sê hy het 'n interessante verslag van die Departement van Korrektiewe Dienste ontvang. 'n Studie wat een of ander vrou oor eetpatrone by reeksmoordenaars gemaak het. Bennie frommel die vetterige papier waarin die hamburger gekom het op, gooi dit in die snippermandjie, lag, vee sy hand af aan sy overall se boud, en sê: Unexamined hysteria.

vier en veertig

Stefanus Potgieter, Bennie se vader, se kantoor is 'n klein kamertjie in die linkeragterhoek van die werkswinkel, met groot vensters aan twee kante en 'n deur wat in die werkswinkel oopmaak.

Teen die agterste muur is twee liasseerkabinette met ou dokumente daarin. Die onlangse dokumente en papierwerk word in die voorste kantoor gehou, waar dit tot die sekretaresse se beskikking is. Teen die symuur links van die deur, onder die venster, is 'n tafeltjie met 'n ketel en bekers en 'n boekrakkie. Teen die voorste muur, links van die deur, onder die tweede venster, is 'n groterige lessenaar met drie laaie. Die boonste van dié drie laaie bly altyd gesluit. Teen die regtermuur hang drie groot kalenders met meisies in skamele kleredrag op, asook 'n verbleikte wêreldkaart en 'n mediese kaart van die menslike liggaam. Daar is 'n stoel voor die lessenaar en 'n stoel teen die linkerkantste muur.

Op die boekrakkie is 'n ou kinderensiklopedie in Engels (1945-uitgawe) en 'n mediese ensiklopedie, uit dieselfde reeks. Daar is 'n paar Africanaboeke, ou Landbouweekblaaie, ou Scope-tydskrifte en 'n paar Mechanic's Manuals.

In die boonste laai van die lessenaar, waarvan net Stefanus die sleutel het, is die volgende items. 'n Doodsberig, 'n kind se blonde haarlok in 'n koevert, 'n boekie met kaal vroue, 'n Bybel met leeromslag (vol gate), 'n paar briewe met 'n rekkie vasgebind, 'n paar foto's in 'n boksie en 'n groterige, geraamde foto van 'n vrou in driekwartaansig geneem, met lang, ligte, uitgeborselde hare en 'n groot, sagte mond. Daar is 'n rewolwer en 'n kompas. Daar is 'n kop van president Kruger, uit klip gekerf deur die 1914-Rebelle in 'n tronk in Kimberley (aan hom deur sy vader geskenk wat dit in 1915 van sy beste vriend as geskenk gekry het) en twee ivoormessies wat die Boere in Ceylon gekerf het.

Die doodsberig lui soos volg: Benjamin Johannes Potgieter, oorlede na 'n lang siekbed in die ouderdom van 73 jaar. Gebore 12 Junie 1915 op die plaas Roupoort in die Bethlehemse distrik en oorlede op 15 September 1988 op die dorp Steynshoop. In lewe onderwyser op die dorp en later skoolhoof, asook geagte raadslid en ouderling. Wyle Oom Bennie was 'n man wat streng maar liefdevolle respek afgedwing het by almal wat hom geken het. 'n Man van onbesproke karakter, wat sy kerk en sy land liefgehad het en sy God en sy volk getrou gedien het. Hy was lewenslank 'n lojale lid van die Nasionale Party. Benjamin Johannes Potgieter word oorleef deur sy eggenote en drie seuns, Benjamin, Stefanus en Saul, en nege kleinkinders. Die teraardebestelling vind Donderdagmiddag om drie-uur vanuit die NG kerk Steynshoop plaas.

Stefanus Potgieter het sy vader geag (soos van hom verwag is), maar sy moeder het hy liefgehad.

Die haarlok behoort aan Stefanus se oudste seun, 'n blonde kind wat dood is op die ouderdom van vyf. Die haarlok het hy afgeknip nog voor die dooie kind se liggaampie koud was. Vier maande na die kind se dood is sy tweede seun gebore, 'n donker, neulerige kind. Hulle het hom ook Benjamin gedoop – teen sy vrou se sin – ter nagedagtenis van sy eerste kind. Binne die eerste paar maande het hy besef dat dit 'n fout was. Die blonde kind kry hy nie weer terug nie.

In die verweerde boekie is daar foto's van ses en dertig kaal vrouekonte in swart en wit. 'n Vriend het dit vir hom in 1968 uit Switserland gebring.

vyf en veertig

Bennie Potgieter, gedoop Benjamin Johannes Potgieter, soos sy oupa en sy vroeggestorwe broertjie, gaan na middagete terug na sy kamer. Hy bewoon sedert sy vyftiende jaar hierdie buitekamer van sy ouerhuis – gekoop met Afrikanerkapitaal en in stand gehou en uitgebrei deur harde handearbeid.

Sy kamer is so volslae chaoties dat net hy sy weg daarin kan vind. In hierdie kamer, op rakke teen die mure wat strek van die grond tot by die hoë plafon, is die grootste deel van sy enorme musiekversameling, sy boeke, sy handleidings (waaronder *Teach Yourself Arabic, Teach Yourself Chinese* en *Teach Yourself Russian*) en sy uitgebreide strookprentversameling.

Toe hy jonk was (voor sy tiende jaar), het Bennie 'n belangstelling in vlermuise ontwikkel en hulle intensief bestudeer. (Daarna het hy honde bestudeer, en daarna walvisse en dolfyne.) In hierdie tyd toe hy sy aandag uitsluitlik op vlermuise gerig het, het sy gestorwe broer een nag in 'n droom aan hom verskyn. Piepend. Half mens. Half muis. Half engel.

Elke keer wanneer hy en sy vader besoek aan die begraafplaas bring, sien Bennie opnuut – soos 'n Bybelse wonderwerk – hoe sy vader se skouers skud wanneer hy kniel by die graf van die vroeggestorwe kind.

In sy jeug het Bennie een keer met sy oor teen die graf gelê en die dooie kind hoor sê: Hoe kan hy rus, as die trane van hulle vader hom nie loslaat nie?

In sy omvattende strookprentversameling het Bennie onder meer die *The Mighty Thor*- en *The Fantastic Four*-uitgawes, geteken deur Jack Kirby; die *Strange Tales*-uitgawes, geteken deur Jim Steranko; die *Conan*-uitgawes, geteken deur Barry Windsor Smith; die *Astonishing Tales featuring Deathlok*, geteken deur Rich Buckler; die *Iron Fist*-uitgawes, geteken en geskryf deur John Byrne; die *The Mighty Avengers*-uitgawes, geteken deur Neil Adams en die *Silver Surfer*-uitgawes, geteken deur John Buscema.

Maar dit is Jack "the King" Kirby wat loshande sy gunsteling is.

ses en veertig

Van Steynshoop Motors die oggend (Woensdag) na die Steynhuis die aand, waar Ester nie meer verwag om iemand aan te tref nie – noudat sy hoop laat vaar het om Jan de Dood te sien optree. Van Steynshoop Motors na die Steynhuis via die dorp waar sy in die daaropvolgende twee dae 'n menigte van die mans met hulle waentjies sien. (Maar nie die moeder met die sidderende kind nie.)

Woensdag sien sy 'n man met stringerige, taai, swart kuitjies, en kamme in sy stowwerige, matswart hare – soos Madame Butterfly, wat 'n waentjie stoot met twee tienliterdromme verf in waarmee hy die grafte witter gaan kalk. 'n Man met 'n bedrukte mus – 'n turkoois agtergrond met donkerpienk blomme daarop – stoot 'n waentjie met houtstompe daarop vir die vreugdevure. Hierdie mense volg almal 'n bepaalde roete deur die dorp; sy kom hulle meesal teë as sy met Brandstraat (parallel aan die hoofstraat) afstap, tot onder in Mbekistraat.

Donderdag sien sy 'n man met 'n bad op sy selfgemaakte waentjie. 'n Tweede man dra 'n vrou se romp, hardloopskoene en 'n wapperende kopdoek en bo-op sy vrag leë sementsakke het hy 'n reuseghettoblaster wat geen geluid maak nie. 'n Derde man het sy ware met 'n seildoek bedek, hy dra 'n geel reënpak en wit verf of salf op sy lippe – verrassend in kontras met sy donker vel. Benewens hierdie drie mans sien sy 'n reuseman, met 'n baard wat wapper tot op sy bors, wat die wa der waens sleep. Op sy wa het hy beddegoed, brandhout en 'n sak mieliemeel. Sy vrou en kinders agter hom in aantog; die vrou se bleekwit wange is skurf, haar kop nie veel groter as 'n lemoen nie; die kinders onversorg. Die man loop voor, hy kyk nooit om nie, hy skree bevele in 'n donderende stem van bliksem en hel. As hy moeite met die wa het, vloek hy die hemel en skel op die vrou – wat haarself nie verweer nie. Hulle gaan hierdie seisoen ondergronds. Hulle het hulle huisraad, hulle beddegoed, hulle brandhout en hulle kosvoorraad op hulle selfgemaakte wa. Na die winter kom hulle in die lente soos vlieënde miere te voorskyn, met nuwe vlerke en trillende liggame en herbore siele.

Vrydag sien sy 'n man met diefwering op sy wa.

Woensdagnag droom sy van 'n berg.

Donderdagnag droom sy van haar ma. Sy droom haar ma is dood. Asof sy dit nie geweet het nie. Die volgende oggend dink sy, as sy nog één maal met haar ma kan praat. Waaroor sou hulle praat? Sy sou haar ma vra om haar hele lewensverhaal te vertel. Nog een maal. Van haar vroegste herinneringe tot haar dood. Haar ma moet alles vertel wat sy onthou. Sy moet probeer onthou selfs dit wat sy vergeet het. Sy moet haar inspan om niks uit te laat nie. Ook dit waaroor sy altyd geswyg het. Sy moet vertel van haar verhouding met Ester se pa, die hele geskiedenis daarvan, hoe kompleks dit was, in hoe 'n groot mate dit haar emosionele lewe bepaal het. Haar ma moet vertel hoe moeilik die omstandighede van haar geboorte vir háár ouers was; hoe pynlik dit vir haar as jong kind was in 'n nuwe gesinsopset. Sy moet vertel van die jare tussen veertien en sestien toe sy haar emosioneel moes afsluit om te oorleef. Sy moet vertel van haar ontwakende gevoelens vir die man met wie sy sou trou. Sy moet vertel van haar verwarring en vernedering, van haar pyn en skaamte, van haar ouers se onverantwoordelike optrede, van die manier waarop al twee haar ouers haar in die steek gelaat het. Nie uit kwaadwilligheid nie, maar omdat hulle nie anders kon nie. Elkeen het gehandel na die beste van sy oortuiging. Sy moet vertel van die aangename tye ook – van haar uitstappies met háár ma, hoe hulle saam tee gedrink het en by tweedehandse boekwinkels boeke gekoop het, en saam bioskoop toe gegaan het. Sy moet vertel van haar ouma wat 'n steunpilaar in haar lewe was. Sy moet vertel van die skande, die skuld, en die skaamte, wat deel van elke lewe is, en hoe dit deel van hare was in die besonder.

Vrydagnag droom Ester hulle woon in 'n motor. Haar voete steek uit. Daar is honde. Daar is knippies in haar hare. Sy voel 'n ademloosheid haar beset.

Woensdag in die loop van die dag sien Ester Mfazakhe Mhikize aan die oorkant van die straat stap. Hy loop soos iemand wat 'n opdrag het – 'n instruksie van elders – nie van hiér nie.

Donderdag kom sy hom teë op die sypaadjie oorkant Checkers. Hy sit op 'n asdrom terwyl hulle praat. Hy pluk aan sy klere. Hy neem nie meer die kos wat mense hom gee nie, sê hy. Sy ma het nie 'n mond om mee te praat nie, sê hy, en sit sy twee hande liggies in 'n gebaar voor sý mond, om aan te dui waar sy moeder se klanklose mond is. Hy roep, sê hy, hy skree, en niemand help hom nie. Niemand om hom te red nie. Sy ma het gesê hy moet gaan na die stralende huise. Hy het met sy kop gedink (en hy plaas sy twee rustelose hande op sy onrustige hart), en met sy hart. Het hy altyd 'n baard gehad? Sy kan nie onthou nie – 'n yl baard soos 'n adolessent. Is hy siek? Is hy sieker as gewoonlik? Hoor hy stemme? Want hy sê – hy beduie met sy hande wat sirkelbewegings om sy kop maak – dat hy stemme dinge vir hom hoor sê. Hy buig vorentoe. Hy gryp die brûe van sy sandale met albei hande vas; sy toonnaels is ongeknip. Waarom sou dit in gotsnaam geknip wees? Hy krap sy been onder sy geskeurde broek. Hy pluk aan sy klere. Sy hande beweeg onophoudelik. Hy glimlag skaam.

Sy irisse is mat, sy oogballe is rokerig. Hy moet siek wees. Sy gee hom die paar muntstukke waarvoor hy vra. Hy groet en stap weg.

En Vrydag-laatmiddag kyk sy en Mfazakhe Mhikize saam na die sonsondergang. Hulle sit langs mekaar, op twee bankies langs die historiese kerk, onder die plataanbome. Hulle kyk albei, woordeloos, hoe die son in die omgewing van die klipkoppies op hulle regterhand in glansende heerlikheid van aanvanklik persviolette tot vleisrooie en uiteindelik gloeiende, vurige bloedgoud ondergaan. Of liewer, Ester kyk, haar kop na regs gedraai, en Mfazakhe kyk meesal voor hom uit, terwyl hy voortdurend rusteloos op sy bankie rondbeweeg, met 'n stok op die sypaadjie voor hom krap, in sy hare krap, sy arms swaaiend; sy rustelose hande in onontsyferbare gebare, sy mond onhoorbare woorde aan die prewel.

"Kyk hoe sak die son," sê Ester Zorgenfliess mettertyd vir Mfazakhe Mhikize.

"Ja," sê Mfazakhe, sonder om te kyk.

Toe die son gesak, en sy 'n paar muntstukke aan hom oorhandig het, en hy dit versigtig getel en vir nog twintig sent gevra het, staan sy op en gaan bel in een van die bedompige telefoonhokkies voor die poskantoor voor sy teruggaan na die Gemoedsrus Kamers; bad, haar nuwe rok aantrek, lipstiffie aansit, en na die Steynhuis gaan, om te sien wat sy vir laas daar aantref voor haar vertrek wat dringend op hande is.

sewe en veertig

Maar wat is die vroue Vrydagaand jolig in die Steynhuis, en hoe bly is Ester om hulle weer te sien. Hulle is almal daar – Truth Pascha, Maria Wildenboer, Lily Landmann, Alberta Bourgeois, Johanna Jakobsen en Marta Vos (uit die dorp). Nooit word daar weer 'n woord gerep oor Jan de Dood nie. So neem almal skynbaar genoeë daarmee dat hulle hom misgeloop het. Tree hy op, so tree hy op. En tree hy nie nou op nie, dan doen hy dit 'n volgende keer.

Wat is die vroue vanaand 'n rysige koor van stemme. En Alberta Bourgeois, tussen die gedruis van hulle geesdriftige stemme, sê op 'n bepaalde punt, karakter is handeling. (Sy sal weet, dink Ester, want sy is die skrywer, en het sy nie 'n naam wat by uitstek vir 'n skrywer gepas is nie?) En Marta Vos gaap – haar gesig 'n oomblik lank ontspanne voor dit weer die gewone besorgde uitdrukking aanneem. (Marta Vos het 'n rossigheid, rooi in haar hare soos 'n vos; spits en gekwelde gesig, soos 'n meerkat.)

Wat beteken karakter is handeling? vra Truth Pascha, en in dier voege praat hulle, terwyl hulle drink, en afgelei raak, en kommentaar op die gaste lewer, en Ester op die uitkyk is vir Bennie-hulle, vir Salmon Senekal en sy geselskap, vir Hosea Herr en Sam Levitan en vir die gereelde besoekers wat sy gewoond is om hier aan te tref. Alberta Bourgeois beweeg intussen na die kwessie van die Nietzscheaanse heldin. Johanna Jakobsen, die Kathleen Turner-vrou, volg al die gesprekke oor kategorieë van karakters en ruimte en handeling met groot belangstelling al is sy iemand in 'n onverwante – dit wil sê 'n mediese – veld.

"My taal gaan na die honde," sê Alberta Bourgeois op 'n bepaalde punt.
"My taal is lankal na die duiwel," sê Truth Pascha.
"Net Johanna praat nog suiwer," sê Lily Landmann.
"Die taal van die patologie vereis dit," sê Johanna Jakobsen.

Hulle praat oor 'n skrywer wat haarself nog nie bewys het nie. Sy is 'n usurpeerder, sê Alberta Bourgeois. Waarheen gaan sy? Miskien lei sy tot niks. Ester gaan toilet toe. 'n Vrou huil bitterlik by die wasbak toe sy inkom. Sy kan die gedagte nie verduur om hom te verloor nie, sê sy onophoudelik vir die ander vrou wat by haar staan. Die huilende vrou kom orent sodat die ander vrou druppels op haar tong kan gooi. Sy staan gereed met die druppels. Die huilende vrou stoot 'n rooi, bewende tong soos 'n ryp framboosbessie uit om die druppels soos Nagmaalswyn te ontvang. Maar elke keer dat sy orent kom en haar eie verslae beeld in die spieël bo die wasbak sien, buig sy weer vorentoe en begin van voor af huil. Sy lyk bekend. Ester het haar al iewers vantevore gesien. Maar sy weet nie in watter provinsie, in watter jaar, in watter leeftyd nie.

Sy gaan buitentoe om asem te skep. Verbeel sy haar of is daar 'n sagte roering van 'n barbaarse wind? Hulle donder mekaar sweerlik weer vanaand hier buite op. Vir wat staan sy teen die muur aangedruk? Ter wille van die nag met die kolkende sterre en die aardbol wat weg van haar buig en die koepel van die hemel wat hier oopgaan soos nêrens elders nie? Die naghemel hier is soos 'n reusesirkustent.

Sy gaan terug na die tafel met die vroue. Nou raak die gaste werklik opgewarm. Alkohol word in gellings verbruik. Die vroue praat nog steeds oor skrywers. Nee, God, hy is heeltemal te mal vir my, sê Alberta Bourgeois – wonderlik, waansinnig, intens, immens, vindingryk, maar in die finale instansie onleesbaar. Gee my maar straighter fare, sê Alberta Bourgeois. Ek hou hom in my agterkop as rolmodel maar dis ook al.

(Buite is dit nag en wind. Wind van die binneland – wrede wind. Dit ís die binneland, om gotsnaam, daar is geen see in die omtrek nie. Wind van die noorde – bring stank. Wind van die weste – bring korrupsie. Wind van die ooste – bring verwoesting. Wind van die suide – bring ontbinding.)

Later die aand beweeg die gesprek na verhoudings. Marta Vos sê oor haar man: "Hy vul en stop sy tyd soos 'n groot wors en ek het tyd op my hande soos iets wat in my gesig gaan ontplof. Ons lei volslae ons eie lewens," sê sy. "Hy dans op sy eie ritme en ek op myne. Hy staan soggens op, hy beweeg sy lyf ritmies volgens voorgeskrewe patrone, hy swaai die arms en stamp die voete en maak die gepaste geluide. En ek bly soos 'n krap onder 'n klip," sê Marta Vos. "My man is soos 'n planeet op 'n vaste wentelbaan," sê Marta Vos, "en ek is soos 'n hert in dorre streke."

"Hére," sê Lily Landmann, "is dit so erg?"

"Dis erg," sê Marta Vos, "dis erg aan die een kant en dis eintlik niks, aan die ander kant."

"Ja," sê Truth Pascha, "al die dinge is eintlik niks. Mens dink dis iets, maar dis eintlik niks."

"Ek stem heeltemal nie saam nie," sê Maria Wildenboer, "dis rasionalisering om te sê dis niks – dis jou enigste lewe, dis wat dit is."

"My lewe is nie so belangrik nie," sê Truth Pascha. "Of ek nou hier is of daar, of ek nou met dié een is of met daai een, dis eintlik nie so belangrik nie – it all equals out in the end," sê sy.

Maar Marta Vos druk deur, sy het vanaand iets dringends op die hart. "Ek het myself nou gediagnoseer," sê sy, "ek ly aan verlamming van die wil. Deur die wil hou ek daagliks my lewe in stand. Deur die wil orden en struktureer ek my gemoed. Deur die wil beweeg ek van die een na die volgende nuttige taak. Deur die wil hou ek 'n balans tussen wat gedoen moet word en wat gedoen wil word. En nou is die wil verlam. Nou lê ek magteloos soos 'n pasgebore lam in die veld. Ek dra life's empty pack soos 'n rugsak op my skouers. Ek sit op 'n bed wat ek nooit meer kan opneem nie."

Nou kom Marta Vos op gang. "Ek het onuitvoerbare voornemens," sê sy, "en ek het primitiewe emosies. Primitiewe emosies," herhaal sy. "Ek het by myself nog nooit iets anders as primitiewe emosies gemerk nie."

"Moenie bekommerd wees nie," sê Truth Pascha, "die vlak van emosionele lewe is by die meeste mense nie baie ontwikkel nie."

"Die emosionele lewe," sê Maria Wildenboer, "vanuit 'n ewolusionêre oogpunt gesien, is nie veronderstel om verskriklik gesofistikeerd te wees nie."

"Maar nogtans," sê Marta Vos (en skink vir haarself en vir die ander nog wyn).

"En hoe is dit nou met jou en Ben?" vra Lily Landmann vir Truth Pascha.

"As ons bymekaar is," sê Truth Pascha, "is dit fyn, as ons nie bymekaar is nie, is dit eerlik gesê ook fyn."

"Dit klink," sê Maria Wildenboer, "asof dit tog 'n raps fyner is in die laaste geval."

Truth haal haar skouers op. Die onleesbare Johanna Jakobsen drink onversteurbaar aan haar wyn. Met haar emosionele lewe is alles seker pluis, dink Ester, sy lyk soos 'n vrou wat elke aspek van haar lewe onder beheer het – haar lewe georden volgens die suiwer taal van die patologie. (Ester dink, miskien bel sy vannag nog haar man. Op pad huis toe, van 'n openbare telefoonhokkie voor die poskantoor. Sy vang hom onkant. Sy sê sy verlang na sy omhelsing. Hy mag nie antwoord nie – hy moet net na haar luister.)

Marta Vos gaan voort. "Ek vra myself heeltyd af," sê sy, "hoe is dit dat ons op hierdie punt gekom het? Ek kyk na my lewe, na die nutteloosheid daarvan, en ek wonder, hoe lank sal dit nog duur? Tot my lewe afgeloop is? Binnentoe, buitentoe, af, op, in voortdurende rustelose beweging. Die son kom op, die son gaan onder. Die wil skraap rock bottom. Soms sê my man: waarom vloei niks?! Waarom is alles in ons lewe net inspanning?! Hy kyk dan na my, asof die gebrek aan vloei, asof die obstruksie by my begin. En ek dink, hy is reg om so na my te kyk. Dit lê by my. En dan is daar weer 'n week verby waarin ek inkope gedoen en gekook het en die emosionele chaos probeer afweer het, en ek dink, hoe het ons op hierdie punt uitgekom? Iets het verlore gegaan, dink ek. Een oggend onlangs sien ek alles, ek sien my hele lewe, ek sien dit duidelik voor my, ek sien hoe dit verword het. Ek sien die gedwongenheid, die gebondenheid, die beperkings, die ingeperktheid, die verknooptheid, die ineenstrengeling, die onbeweeglikheid. Dit was 'n soort openbaring. En die volgende dag sit ek reeds weer in my sitkamer en kyk na elke voorwerp. Ek sien, ek voel, ek merk hoe my oë van voorwerp na voorwerp beweeg. En ek weet ek kan nooit die omvang van my onbehae peil nie. Dis ouer as my bewuste rede. Onbehae is my onvervreembare geboortereg. Dit is my bruidskat. Dit is my toerusting waarmee ek my volwasse lewe binnegegaan het. Die skoen sal altyd knel. Ek lê een middag op my bed," gaan Marta Vos voort, "en ek het 'n beeld van my liggaam soos van 'n deurskynende vrug, deursigtig soos 'n tamatie of 'n appelliefie. Dit was ook 'n soort openbaring. Ek het onlangs agt en veertig uur aaneen hoofpyn gehad. Dit was asof ek geworstel het met 'n insig wat uit my hoof wou spring! Dit was soos 'n geveg om lewe en dood. 'n Vrou wat my liggaam masseer, vra my waarvoor ek bang is. Ek vra haar of sy dit in my liggaam kan voel? Sy sê, ja. Ek sê vir die vrou, ja, dit is seker alles in my liggaam – die vrees en die onbehae. Dan dink ek weer, sover het dit gekom. Ek het nooit kon droom dat dit so 'n afloop sou hê nie. My man sê hy kan nie huil nie. Hy sê ek moet huil, dan haal hy saam met my asem, dan volg hy my asemhaling. Ek doen dit – ek buig oor hom en huil. Vir die eerste keer sedert ek hom ken, is dit asof hy huil. Ek dink, nou huil hy. Ek dink, ek het hierdie man se lewe vir hom baie moeilik gemaak. Sy oë is rooi, sien ek, vogtig, maar as ek sy ooglede soen, is hulle droog. Kort daarna, 'n paar dae later, voel dit reeds weer of alles verlore is. Die wilde natuur word vernietig. Die landstreek is in chaos. Waarop sal 'n mens jou nog verheug? Ek het nooit kon droom dit sou so 'n wending neem nie," sê Marta Vos. "Die volgende dag dink ek, daar is nog tyd, alles kan dalk nog verander, met 'n inspanning van die wil kan daar nog iets van ons lewens kom, maar teen die aand is dit nie meer moontlik nie. Die voorneme syfer weg, die wil stort ineen. So is dit met ons, dink ek. Eintlik is ons lewe 'n los versamelinkie trieks. Ons is eintlik op 'n slingertog van verloopte hoop. Ek is soos 'n slaapwandelaar. Ek is soos iemand wat onder die water loop. In die vroegoggend dink ek hoe daar van ons almal niks oorgebly het nie. Ons word almal weggevee deur die stadige voortbeweeg van die tyd. Stadig maar onstuitbaar. Nou weet ek dit – so is die afloop. Ek vloei yl, die horlosie tik die tyd verby, 'n koel luggie kom miskien by die venster in, die voëls is op die punt om te begin sing. Wat het van ons geword, dink ek. Wat het met ons gebeur? Wat het ek aan hierdie man gedoen? Al droog hy homself nog energiek in die badkamer af, al het hy nog soms moed. Ek sit aan my kant van die bed, my linkerbeen by die knie gebuig, voet agter die regterkuit ingehaak. Regtervoet op die grond, enkel effens gedraai; hande op die skoot, kop gebuig. Oë toe. So sit ek en wag vir die vars vlaag trane," sê Marta Vos. "My wange is nat, my neus is snotterig. As die tweede vlaag kom, trek die wange op, word die tande ontbloot, buig die kop laer vorentoe. Primitiewe emosies," sê sy, "tot trane beweeg deur primitiewe emosies. Basiese behoeftes wat nooit voldoende bevredig is nie."

Intussen het Bennie Potgieter-hulle by 'n tafel in die verste hoek gaan sit, sien Ester, maar van Salmon Senekal en geselskap is daar nog geen teken nie. Marta Vos gaan voort. "Dan sit ek in my sitkamer," sê sy, "ek dink, as ek net die sitkamer kan regkry. As die sitkamer perfek is. Elke kussing, elke voorwerp, elke kleur, elke skakering daarin het ek al 'n honderd keer oorweeg en heroorweeg. Ons slaapkamer was nooit gesellig nie; nou is dit beter, ek het 'n groot boekrak daar ingesit, maar daar skort steeds iets. Daar is dae dat ek die hele dag op en af in die huis loop. Ek verskuif hier 'n voorwerp en daar 'n kussing. Ek het nie rus vir die holte van my voet nie. Wat sal ek doen as die sitkamer die dag perfek is? Dit sal nooit perfek wees nie. Daar sal altyd iets skort. Soms is dit ámper reg. Dit is so na aan reg as kan kom. Ek kan dit byna nie glo nie. Dit is so mooi en so na aan ideaal ek kan dit nouliks glo. Selfs die lig is soms reg. Die lig is baie belangrik. Miskien is die lig selfs die deurslaggewende faktor. Dit is hoofsaaklik die lig wat saans nie reg is daar nie. Dan kom daar by tye 'n onuitstaanbare somberheid aan die etenstafel. Ek voel dan heeltemal magteloos. Daar is niks wat ek kan doen nie. Dit is nie binne my beheer om daardie vertrek perfek te maak of iets aan ons lewens te verander nie. Iets sal my altyd ontwyk. Vroegoggend is die beste tyd in die huis. Vyfuur smiddae is die slegste tyd van die dag; die voorneme is dan op sy laagste. As my dag één lang oggend was, het ek dalk meer plesier aan my lewe gehad," sê Marta Vos. "Ek het my daarmee versoen dat ek in my lewe nooit gemaklik in my vel sal sit nie. Die skoen sal altyd knel. Ek sal nooit vreugde hê of lang tye van volgehoue blydskap nie – daarmee het ek my versoen, maar ek vind dit moeilik om te dink dat my sitkamer nooit na my sin sal wees nie. Vreemd," sê Marta Vos, "ek vind die morele gebreke in my karakter veel minder erg as die beligting in my sitkamer wat nie na wense is nie. Ek dink," sê Marta Vos, "dat my ma net haar seuns met 'n morele gewete grootgemaak het, nie haar dogter nie. My pa het sover ek kon vasstel nie veel van 'n morele besef gehad nie. Ek kan nie onthou dat hy hom ooit met etiese of morele kwessies besiggehou het nie. Maar my ma! Sy het voortdurend daarmee geworstel. En sy het daardie worsteling aan haar seuns oorgedra. Wat is geregtigheid, wat is mededoë, wat is verantwoordelikheid? Ek dink," sê Marta Vos, "dat my ma al haar hoop op verlossing – persoonlik en moreel – op haar seuns geplaas het, veral haar oudste seun. Ek dink," sê Marta Vos, "dat my ma haar man geringgeskat het en dat sy haar dogter aan haar man gelykgestel het, en dat sy gevolglik van haar dogter nie hoë verwagtings gekoester het nie. Op dié manier," sê Marta Vos, "het ek die verlammende gevolge van haar verwagting vrygespring, maar terselfdertyd nie die seëning van haar goedkeuring ontvang nie. My ma het nie van my verwag nie," sê Marta Vos, "om iets beduidends oor die wêreld te sê nie, en daarom is ek vrygestel om my met nutteloosheid besig te hou – ek skryf 'n bietjie, ek skilder 'n bietjie, en leef meesal in die hoop dat my sitkamer op 'n dag onverbeterbaar sal wees – terwyl my broers daaronder gebuk gaan dat hulle iets van betekenis moet produseer."

Marta Vos sou miskien nog langer in hierdie trant voortgegaan het as hulle buite nie ineens skote en stemme gehoor het nie. Sommige gaste kom orent, ander bly sit – waaronder Ester, wat nie verbaas is nie, sy het verwag dat hulle vroeg of laat mekaar hier gaan opmoer of skiet, of op een of ander manier opfok.

Gelukkig is dit skynbaar niks ernstigs nie; gaste kom weer van buite af in. Iemand is in die voet of in die skouer geskiet, dit is onduidelik wat presies gebeur het. Die persoon is gelukkiger as Sid, dink Ester.

Truth Pascha, wat buitentoe was, kom terug. Dis 'n ou wat in sy skouer geskiet is, sê sy, die aanvallers het weggehardloop en in een of ander huis verdwyn, óf met 'n motor weggekom. Die man is okay, hy is reeds weggeneem hospitaal toe.

Toe die opskudding ietwat bedaar het, besluit Ester dit is in elk geval laat genoeg, sy gaan huis toe. Die vroue roep haar in 'n koor vaarwel. Hulle hoop om haar die volgende aand weer te sien. Sy kyk goed rond toe sy uitgaan. Alles lyk ongekend vredig. Veld in sterlig en skade. Dit is om van valslik gerusgestel te word, dink sy. Die venynige wind het gaan lê. Ester stap vinnig en sonder verwyl terug na die Gemoedsrus Kamers.

agt en veertig

Toe Ester by die wawielhek inkom, sien sy Fonny op die stoepie voor haar kamer sit. Sy skrik. Het iets gebeur?

Fonny stel haar gerus. Ester probeer haar gesig lees vir tekens van hoe dit met haar gesteld is, maar Fonny se uitdrukking verraai geen emosie nie. Op sigself neem Ester dit as 'n slegte teken. Fonny dra haar swart sjaal styf om haar skouers. Haar hare is vasgemaak agter, maar lossies; los haartjies staan soos 'n oureool om haar kop. Sy vra of Ester saam met haar sal stap. Hulle stap deur die dorp se verlate strate. Die straatligte en die maan gooi afwisselend onnatuurlike skaduwees en ligkolle op Fonny se – meesal afgewende – gesig. Soms praat sy, soms stap hulle lang ente in stilte.

Fonny sê sodra sy dink dit gebeur nooit weer nie, sodra sy alle moed wil verloor, sodra sy haar berus by 'n leeftyd in die woestyn, dan gebeur dit weer. Elke keer voel dit hewiger as die vorige keer. (Ester weet nie of dit die ervaring is of die verlatenheid daarná nie.) Maar hoe intenser die ervaring, hoe groter is die leegte wat dit agterlaat, sê Fonny. Hulle stap 'n ent in stilte. Hulle voetstappe klink op die sypaadjie. Hulle stap onder bome, verby die historiese kerk; die blare gooi skaduwees op Fonny se gesig. Fonny sê as dit is hoe dit gaan wees vir die res van haar lewe, dan weet sy nie – sy weet nie of sy sterk genoeg is om dit te verduur nie.

Hulle stap voor die vermoorde mevrou Kriek se huisie verby – doodstil en verlate in die maanlig, die simmetrie opvallender in die onnatuurlike lig van die straatlamp. Ester vra haar wat die alternatief is en Fonny sê daar is geen alternatief nie. Sy kan haar 'n ander lewe nie meer voorstel nie en haar lewe soos dit is, is soms onleefbaar. Ester vra op watter manier en Fonny sê omdat sy nie meer sin in mense het nie. Omdat sy haar van mense verlate voel. Omdat sy haar van God verlate voel. Omdat sy nie weet wat om met haar lewe te doen tussen een besoek en 'n volgende nie. Omdat haar lewe uitgewis word tussen die een en die volgende ervaring. Daar bly tussenin van haar niks oor nie. Sy het nie meer die krag nie, sê sy, en sy praat so sag dat Ester haar skaars volg. Sy gaan staan stil. Sy kyk voor haar op die grond. Sy vou die swart sjaal stywer om haar asof sy haar só weerbaar wil maak. Sy staan stil. Sy buig haar kop. Sy staan roerloos. Sy fluister dat Hy alles van haar wil hê. Daar is nie 'n sel in haar liggaam, daar is nie 'n gedagte in haar kop, daar is nie 'n grein van haar lewe wat Hy nie wil vúl nie! Daar is niks wat Hy haar nie sal gee nie! Hy sal haar meer gee as wat enigiemand kan droom om in hierdie lewe te ontvang, sê sy en sy bly stil. Ester het geen idee nie, gaan sy skielik voort, en sy kyk vir die eerste keer na Ester, sy het geen idee van die verrukking nie! Sy het geen idee van die oorvloed nie! Fonny maak haar oë toe. Haar voorarms hou sy teen haar bors vasgedruk. Haar vingers – teen mekaar – voor haar mond. Asof sy by die gedagte aan die oorvloed en die verrukking tot stilstand moet kom in 'n poging om dit te bevát, om nie deur die herinnering daaraan oorweldig te word nie. Sy staan lank roerloos voor sy haar oë weer oopmaak en verder praat. Maar nou sien sy iets wat sy nie wil sien nie. Sy vrees uitwissing, sê sy. Ester hoor nie goed nie, so sag praat Fonny. Uitwysing? vra sy. Uitwissing, herhaal Fonny en maak haar oë toe. Sy staan 'n paar oomblikke so voor sy sê sy vrees dat daar van haar lewe tussen een besoek en 'n volgende niks sal oorbly nie. Sy vrees dit omdat sy die verlatenheid nie kan verduur nie. Die verlatenheid, die verlies, die leegte is meer as wat sy kan verduur én haar verstand behou. Daarom is sy bang, sê Fonny, dat dit haar na onherkenbare plekke neem – plekke en toestande waar haar eie lewe vir haar onherkenbaar word.

Ester dink, sy het 'n keuse, sy kan óf vir Fonny sê waarom oorweeg sy dit nie om weer te begin skilder nie, óf sy kan Fonny probeer gerusstel in die taal wat vir haar verstaanbaar is. God sal haar nie verlaat nie. As Hy die moeite gedoen het om haar uit te kies vir sy buitengewone genade, sal Hy haar nie in die steek laat nie. Hy wag sy tyd af. Hy het 'n doel met alles. Selfs met dít wat vir Fonny soos verlating voel. Fonny moet net die geloof behou. Dit is al wat sy hoef te doen. Sy sal weer met God verenig word, wéér en weer. Sonder ophou. Hy sal haar altyd die werktuig van sy oorvloedige genade maak. Maar Ester swyg – sy kan hierdie taal nie gebruik nie, selfs al is dit die laaste manier waarop sy Fonny moed kan inpraat.

Hulle stap in stilte verder. Ester vra haar na 'n ruk versigtig of daar enige persoon is wat moontlik 'n aandeel in haar gemoedstoestand kan hê. (Gedagtig aan Bennie, aan Salmon, aan Petrus selfs, aan wie ook al – sy het geen idee met wie Fonny daagliks in aanraking is nie, indien met énigiemand.) Maar Fonny reageer nie. Ester wonder of sy haar gehoor het. Sy herhaal haar vraag en Fonny kyk na haar asof sy die vraag nie goed verstaan nie. Sy skud haar kop, maar dit mag ook wees dat sy steeds nie begryp waarom daar tussen God se teenwoordigheid en God se afwesigheid die onoorbrugbare afgrond moet wees nie.

Hulle stap tot digby Antie Rose se huis. Ester sê vir Fonny is dit nie beter dat sy nou gaan slaap nie, sy is seker moeg. Fonny sê sy kan nie slaap nie. Sy kan nie wakker wees nie. Sy hou liewer aan met stap. Sy sal saam met Ester terugstap. Hulle stap in stilte langs die hele lengte van die ou begraafplaas waar daar nagduiwe in die bome koer. Oor haar regterskouer kyk Ester af en toe na die grafte, sigbaar agter die ringmuur, ágter die laning sipresse. Hulle stap agterom die historiese kerk. In die klipkoppies agter die kerk lê die dooies in hulle oorlogsgrafte en Mfazakhe Mhikize in sy bosskuiling. Fonny praat nie weer nie. Ester ook nie. Fonny sit haar kop vorentoe, klem die swart sjaal om haar skouers, en stap. Ester stap meganies. Sy weet nie hoe laat dit is nie. Sy weet nie of sy moeg is nie. Hulle stap soos twee pelgrims na 'n heilige plek. Hulle stap ongeag hulle fisieke toestand. Ester kyk soms skuinsweg na Fonny, en altyd kyk Fonny stip voor haar uit, op die grond, haar sjaal om haar skouers geklem, haar hare 'n lewendige oureool om haar kop in die lig, 'n roubedekking in die skaduwee. Hierdie tyd van die nag is daar min verkeer aan die bopunt van die dorp. Onder in die dorp is daar af en toe 'n motor hoorbaar. Later kom hulle weer by die Gemoedsrus Kamers aan. Ester dring daarop aan om Fonny met die motor huis toe te neem. Hierdie keer stribbel sy nie teë nie. Hulle praat nie weer in die motor nie. Ester laai haar voor Antie Rose se huis af en wag totdat Fonny by die voordeur ingaan voor sy terugry Gemoedsrus Kamers toe. Net voor sy uit Kerkstraat afdraai, verbeel sy haar sy sien Salmon Senekal in 'n rooi motor in Brandstraat opdraai en afry in die rigting van Antie Rose se huis.

nege en veertig

Saterdagoggend is Ester vroeg wakker. In al die tyd dat sy hier is, het sy elke oggend vroeg wakker geword, ongeag hoe laat sy die vorige nag gaan slaap het. Sy het nooit in die Gemoedsrus Kamers geëet nie en selde of ooit enige van die ander gaste hier teëgekom. Op pad na die Dorpskafee sing Ester Zorgenfliess vanoggend (sag): Soos 'n hert in dorre streke, Skreeuend dors na die genot, Van die helder waterbeke.

Sy merk dat dit 'n mooi oggend is, vol belofte van najaarsoorvloed, van stralende lig en onverwagse insigte, en sy oordink die volgende dinge: Fonny se verlatenheid; Marta Vos se verhaal; die hoë en bykans onhoorbare gesuis van perdebye; die geluidloosheid van 'n groot watermassa in iets soos 'n diep meer. In die Dorpskafee drink sy tee in die hoek langs die plant sonder huidmondjies.

Daarna gaan sy op een van die bankies langs die historiese kerk sit, soos elke oggend, in afwagting. Wat is haar blydskap groot toe die vrou in swart, Debora Barach, na 'n rukkie langs haar kom sit. (Sy moet van agter deur die kerkgronde ingekom het.) Debora Barach sê dat sy die laaste paar sakies in verband met haar ou antie se boedel kom afhandel het. Sy hou daarvan om vroegoggend in die dorp te wees, voor die groot Saterdagoggend-drukte. Sy vra Ester of sy enige idee het hoe lank die routydperk duur, en Ester begryp haar eers nie goed nie. Debora Barach sê sy dra roudrag vir haar ou antie tot die routydperk verby is – dit wil sy graag vir haar ou antie doen – en aan die einde daarvan trek sy haar rooi rok aan en hou 'n groot party. Sal Ester kom? Ester lag, sy dink nie sy sal dan nog op die dorp wees nie.

"Is daar enige rede hoekom jy nog aanbly?" vra die vrou (skerp skielik in haar belangstelling).

Ester antwoord (ontwykend): "Nie eintlik nie. Ek wil eintlik nie weggaan voor ek nie sekerheid het dat Fonny Alexander okay is nie."

"A, ja," sê die vrou, en knik haar kop stadig. "Maar dan moet jy weet," sê sy, "dat jy nog lank gaan bly."

"Hoe so?" vra Ester.

"Want daai vrou het 'n sterk wil," sê Debora Barach. "Vir haar kry jy nie sommer van 'n idee af nie."

"Ken jy haar dan?" vra Ester.

"Nee," sê die vrou, "ek het haar een of twee keer ontmoet, maar jy kan dit mos sommer sien aan die manier waarop sy kýk."

Ester oorweeg die vrou se uitspraak.

"Maar ons het nog laas oor die begrafnis gepraat waarvoor jy hierheen gekom het," sê Debora Barach.

"Ja," sê Ester, "dit was die begrafnis van Selene Abrahamson, Fonny se niggie; dit was die begrafnis wat ek toe mos misgeloop het."

"A, ja," sê die vrou, en skud haar kop stadig, sodat dit vir Ester nie moontlik is om te weet hoe sy die inligting interpreteer nie.

"Ek weet van Selene Abrahamson," sê die vrou, "ek het haar 'n bietjie geken, nooit baie goed nie. Maar vir haar begrafnis het ek glad nie kans gesien nie. Ook 'n báie ongelukkige vrou," sê sy. "Dis eintlik beter dat sy dood is. Daai soort mense bly hulle lewe lank ongelukkig. Of hulle nou mooi is en of hulle nou suksesvol is, maak nie saak wat die omstandighede van hulle lewens is nie, hulle bly altyd ongelukkig. En so 'n ongelukkige lewe kan 'n mens niemand tog toewens nie," sê sy.

"Nee," sê Ester, "mens kan nie."

Debora Barach het intussen haar breiwerk uit haar sak gehaal. Sy brei terwyl hulle praat. "Selene Abrahamson," sê sy, "sy was 'n báie ongelukkige vrou. Móói vrou – so sag. Maar altyd so deurmekaar met die mans wat haar geen geluk kon bring nie. Die mense is eintlik álmal ongelukkig. Mans en vroue. En dan kom hulle bymekaar en dan maak hulle mekaar nóg ongelukkiger. Die mense is eintlik baie sleg vir mekaar. Hulle weet dit ook, maar hulle kan nie van mekaar wegkom nie. Nee," sê Debora Barach, "ek kla so oor die liefde, oor ek geen liefde in my lewe het nie, maar eintlik is ek baie beter af op my eie, in my eie bed. Ek maak die deur toe wanneer ek wil. Ek sit my lig af wanneer ek wil. Ek kan tog nie met iemand wat die heeltyd hulle gedagtes aan my opdring nie. Daar is nie plek vir soveel gedagtes in my lewe nie. Dan dink ek liewer die heeldag niks. As wat ek so die heeldag my eie en iemand anders se gedagtes los van mekaar moet hou. Ek sit op my stoep. Ek lê op my bed. Ek praat met niemand as ek nie wil nie. Nee, ek wil 'n skoon lewe hê. Niks wat in my kop aangaan nie. Niks aardse goed nie. So 'n skoon lewe soos die lug bo ons koppe vandag."

Hulle kyk albei op. Bo hulle koppe is die verkleurende blare van die plataanbome. Agter die bome is daar nie 'n wolkie in die lug nie, neem Ester aan.

"Nee," sê Debora Barach, "die lewe is bitter, jong. En dis onverstáánbaar. Ek verstaan daar niks van nie. En wat mense aan mekaar doen – daar bly ek maar liewer uit. Ek kan tog nie meer dat iemand die heeltyd iets van my wil hê nie. Of ek van hulle nie. Al my lewe het ek probeer," sê Debora Barach, "die een na die ander verhouding wat nie gewerk het nie. Ek kan nie so met iemand anders se aanhanklikheid nie. Of met my eie in 'n verhouding nie. Ek moet nie te veel probeer agterkom wat in mense se koppe aangaan nie. Ek kyk nou na my ander antie se kind. Die een vir wie ek die goedjies brei." Debora Barach hou die breiwerk voor haar in die lug. "Die kind met die man en die baby. Haar lewe is ook nou verby, nè?! Sy gaan nou sukkel vir die volgende twintig jaar. En terwyl ek so brei, dink ek ek moet my familie eintlik glad nie sien nie. Ek moet eintlik nie eers weet van al die dinge nie."

"Hoekom het jy nie kans gesien vir Selene se begrafnis nie?" vra Ester.

"O, nee!" roep Debora Barach, "nie met al daai afskuwelike mans daar nie!"

Debora hou die klein geel truitjie weer in die lug op. Kyk daarna. Brei verder.

"Vir die ou antie se onthalwe sou ek nog gaan. Here, om so jou kind te verloor! Maar om saam met daardie klomp afskuwelike mans langs die graf te staan – daarvoor het ek net nie kans gesien nie!"

"Hoekom?" vra Ester. "Hoekom is hulle afskuwelik?"

"Nee," sê Debora Barach. "Jonah Voorsanger – daai is 'n baie gevaarlike man. Bennie Potgieter – daai is 'n baie selfgesentreerde man. Die vriend van hom – Braams – daai is 'n baie versteurde man. Dié lyk altyd so skoon, maar daai kop is vol vlermuise. Nee, nie een van daai mans wil ek ooit náby my in die omgewing hê nie."

In die bome bo hulle koppe maak die duiwe vanoggend lieflike geluide. O, hier is iets in aantog, 'n nuwe seisoen.

"Nee," sê Debora Barach, "die Bennie Potgieter vind ek afgryslik, maar sy pá vind ek so 'n mooi man. Hy doen my sweiswerk vir my. Ek staan altyd by hom terwyl hy werk. Dan béwe sy hande so. Nee, dit vind ek nou 'n erg mooi man. Ek en die man het mekaar nou al jare lank so op 'n afstand lief. Daar sal nooit iets van kom nie. Maar dis al jare dat ons so graag in mekaar se bed wil wees."

"Watse sweiswerk doen hy vir jou?" vra Ester.

"Sommer los sweiswerkies," sê Debora Barach.

"Ek sien," sê Ester.

"Maar die vrou!" sê Debora Barach. "Die vrou van die man! Vir daai vrou moet jy oppas! Ek loop om dáái salon so 'n wye draai!"

"Dis seker omdat jy jou oog op die man het," sê Ester.

"Nee, hoor!" sê Debora Barach. "Enigiemand moet versigtig wees vir daai vrou, al ken jy die man van geen kant af nie."

Sy bekyk die truitjie waaraan sy brei aandagtig.

"En droom jy nog elke nag van jou ouers?" vra sy skielik vir Ester.

"Ja," sê Ester, en sy dink 'n paar oomblikke na. "Soms vergesel my pa my ma. Ek probeer altyd saam met my gestorwe ouers een of ander saak beredder, of 'n situasie herskep. As ek soggens aan die drome terugdink, kan ek aan hulle gesigte en gebare sien hoe hulle hulle daarop toegespits het in die nag. Maar hulle gee geen blyke van vreugde of herkenning by ons nagtelikse wedersiense nie – hulle is altyd net toegespits op dit waarmee hulle in die droom besig is."

Debora Barach knik haar kop stadig. "En hoe voel jy dan in die oggend as jy wakker word?"

Ester dink na. "Meesal voel ek verlies," sê sy. "Soms is die drome so raaiselagtig dat ek nie weet wat om daarmee te maak nie."

"A, ja," sê die vrou, en knik haar kop stadig, maar weer eens sonder dat Ester weet hoe sy die inligting interpreteer.

Hulle sit 'n rukkie in stilte. Die vrou brei, Ester sit agteroorgeleun met haar rug teen die bankie, haar linkerarm oor haar midderif gevou, haar regterelmboog op die linkerhand gestut, duim onder die ken, wysvinger teen die been onder die neus gedruk.

Sy wil die vrou nog heelwat omtrent Selene Abrahamson vra, omtrent haar lewe en haar dood, omtrent die omstandighede van haar lewe en die omstandighede van haar dood, maar op daardie oomblik hou die swart huurmotor reeds weer voor hulle stil. Hulle het nou net lekker begin praat, sê Debora Barach, maar sy het 'n afspraak met die prokureur. Sy kom weer volgende week in dorp toe, sê sy oor haar skouer toe sy inklim. Weer bly Ester op die sypaadjie agter. Sy wuif. Volgende week is sy na alle waarskynlikheid nie meer hier nie. Maar goed, sy weet ten minste wat die vrou se naam is.

Toe Ester 'n rukkie later in Brandstraat afstap, verby Salon Lou-Elle in die hoop om in die verbygaan 'n terloopse blik van Bennie Potgieter se ma in haar salon te kry, sien sy 'n entjie verder af in die straat 'n klein samedromming van mense. Toe sy nader kom, hoor sy die yl krete van 'n manstem wat sy dink sy herken. Toe sy inderhaas deur die sirkel breek, sien sy Mfazakhe Mhikize op die sypaadjie wat hom verset teen twee polisiemanne wat hom probeer boei. Mfazakhe stoot deurentyd lang, onmenslike krete uit. "No," sê hy. "No," sê hy. Lang, uitgerekte krete. Ester het nie geweet hy het soveel krag in sy maer arms nie. Sy vra die omstanders wat hy gedoen het. Mfazakhe se stokkerige swart arms en bene beweeg wild in alle rigtings. (Meer as ooit soos 'n inwoner van 'n negentiende-eeuse kranksinnigegestig.) "No," hou hy aan sê, "no." Die polisiemanne sukkel om 'n houvas op hom te kry. Mfazakhe gee lang uitgerekte, hees krete. Die kring omstanders sorg dat hulle buite die reikwydte van Mfazakhe se bewegende ledemate bly.

Wat het hy gedóén?! vra Ester weer. 'n Vrou langs haar met krullers in haar hare en 'n rooi rok sê, 'n witness het hom by ou miesies Kriek se huis gesien die nag toe sy vermoor is, en vanoggend wou hy een van die goed uit haar huis aan iemand verkoop.

Damn jou, Mfazakhe, dink Ester, damn jou as jy dit gedoen het! Mfazakhe het skuim om sy mondhoeke, bolle droë skuim. Sy oogballe lyk glasig. Hy skree, maar sy stem slaan nog net hees deur. Damn jou,

Mfazakhe, dink Ester, damn jou as jy dit gedoen het. Daar is slymstrepe oor Mfazakhe se stowwerige hemp. Daar is takkies en debris in sy stowwerige hare. Sy wange en ledemate lyk donkerder en glansloser as ooit. Damn jou! dink Ester (in ontsteltenis en in meegevoel).

Hulle sleep Mfazakhe oplaas daar weg. Hulle stop hom agter in die wagtende polisievoertuig. Hulle ry met hom weg. Serves him right, sê 'n vrou. Ester draai op haar hakke om. Sy stap terug na die Dorpskafee vir 'n koppie tee teen die bewerigheid wat nou in haar lyf gekom het. Damn jou, Mfazakhe, hou sy aan dink, as jy die reddelose ou mevrou Kriek help doodslaan het.

vyftig

Die vier mans kom Saterdagmiddag voor middagete op Steynshoop aan. Hulle neem beurte en het hierdie keer met Stefan se motor gery. Daan sê, wat gaan hy doen as hy dit nie regkry nie?! Die ander kyk by die vensters uit en antwoord gerusstellend, afwesig. Daan vertel niemand hoe obsessief hy die afgelope tyd oor die talking head fantaseer nie. 'n Hele paar keer deur die dag sien hy dit duidelik voor hom – die orakelman. Voor hierdie man die woorde gespreek het, kan Daan niks doen nie.

Hulle eet middagete in die Dorpskafee. Daan sê hy weet nog net van die een option: die adres wat hy dié week gekry het. Hy vryf sy hande in angstigheid en afwagting. Hy weet nie wat de fok hy gaan doen as hierdie option 'n dead end is nie, sê hy. Terwyl hy weet dat hy weer sal soek – hy sal soek tot hy die orakel vind. Dit is 'n voorneme en hy wyk daarvan nie meer af nie. Hulle bestel kos. Daar het 'n onrustige laatsomerhitte oor die dorp gedaal. Daan dink, o gotallamagtig, sê nou dit werk nie vandag nie; sê nou dit lewer niks op nie; daar is geen rede hoekom dit niks sal oplewer nie – hy moet moed hou. Jakes weet steeds nie wat Salmon ry nie; hy antwoord ontwykend op alle vrae oor sy emosionele lewe. So goed ken Jakes hom ook nie. Daan is makliker leesbaar: hy het hierdie obsessie met die talking head soos hy dit noem. Hulle plan is om nadat hulle geëet het eers die kontakadres te probeer. Dan 'n bietjie uitry in die omgewing – afhangende van wat die adres oplewer. En vanaand na die Steynhuis om plesier te maak, al is Jan de Dood nou na alle waarskynlikheid nie meer in die omgewing nie. Daan dink deurentyd, o fok. Hy sê, o fok, ouens. Jakes sê, dis okay, Daan. Salmon sê niks. Stefan kyk by die venster uit. Salmon sê, hierdie hamburger smaak na kak. Pardon me, dink Jakes, if this doesn't set the tone. O fok, wat spring nou hier op my! sê Stefan, en klap iets van sy skouer af. Daan bejeën sy kos skepties, afwesig, hy kou meganies, hy dink, kophou, die dinge sal goed uitwerk.

Stefan vra vir Daan waar hy die nuutste adres gekry het en Daan sê by 'n ou wat 'n vriend het wat by 'n koerant werk. Daan sê hy is seker Bennie Potgieter weet waar die ou is, hy is seker daarvan, hy wil dit net nie sê nie. Salmon sê niks. Stefan maak sy tande met 'n tandstokkie skoon. Waarom sou Bennie Potgieter dit nie wou sê as hy dit weet nie? vra Jakes. Ag, sê Daan, enigiets – hy wil dalk 'n scoop daarvan maak vir sy tydskrif. Of een of ander monopolie hê op die ou vir sy eie gebruik. Ag, enigiets, sê Daan, hy moet sy redes hê. Dit maak nie sin nie, sê Jakes, en wat laat Daan dink dat Bennie van alle mense weet waar die man is? Wel, sê Daan, Bennie bly tog vir 'n groot deel op die dorp, hy is dikwels hier, hulle run die tydskrif van hier af, sy ouers woon hier, hy moet baie kontakte hier hê, soos hy vir Bennie ken, sal hy presies weet wat in die dorp aangaan, en in die omgewing, en in die stad, en in die hele land, en nog buite die land ook. Niks wat die moeite werd is, sê Daan, ontglip ooit Bennie se aandag nie – dis soos hy hom ken. 'n Medewerker in elke hawe, sê Stefan. Is dit so? vra Jakes, is dit regtig so, is dit hulle ervaring ook? vra hy die ander twee. Salmon haal sy skouers op ('n gebaar wat Jakes dink hy as 'n soort bevestiging kan lees) en Stefan sê, die ou is nogal uncanny, en saam met Jonah Voorsanger het hulle seker maklik 'n vinger op elke pols; 'n kontakpersoon in elke stad. Aha, sê Jakes en hy dink, Daan het vandag iets smekends in sy uitdrukking soos 'n sondaar wat absolusie verlang; hy wring vandag sy hande soos 'n vrou in vertwyfeling soos iemand wat iets bitter graag wil hê en dit van 'n hoër gesag moet afsmeek. Daan dink, dit sal okay wees, hy moet nie nou in 'n ding ingaan nie; dit sal okay wees; hy moet net kophou. Jakes dink, hy wonder wat vir Daan hier op die spel is, want dit is duidelik dat dit vir hom byna 'n saak van lewe en dood is. Hy probeer hulle nie meer oorreed soos die vorige kere nie – dit het nou vir hom 'n persoonlike saak geword. Toe hulle klaar geëet het, blaai hulle nog eers deur 'n paar tydskrifte op die rak. Jakes begin vermoed hulle wag elkeen hulle tyd af. Hulle wag elkeer vir iets, selfs Stefan. Daan sê, is dit okay as ons sommer van hier . . . ? en hy beduie met sy kop buitentoe.

Die tweede kontakadres lewer net soos die eerste ook niks op nie

Hulle ry eers langs die ou begraafplaas en hou voor 'n simmetriese huisie stil. Daan klop; die ander bly in die motor sit. Salmon kyk voor hom uit. Stefan en Jakes hou Daan deur die venster dop, hulle koppe albei na regs gedraai. 'n Jongerige vrou maak die deur oop en praat met Daan. Dit lyk nie goed nie. Daan kom in die hitte na die motor teruggestap. Hy lyk verpletter. Die vrou wat miskien sou weet, is verlede week vermoor, sê Daan, dit was haar dogter. O, damn, sê Jakes, dit voorspel niks goeds nie. O, hel, sê Stefan. Salmon frons, kyk anderpad, dink na. Na 'n rukkie sê hy hy onthou nou wie sy was. Sy was ou mevrou Kriek. Sy het al die jare op die dorp gebly. Maar waarom sou sý weet? vra hy.

Hulle gaan eers terug na die motel net buite die dorp, want hulle is almal moeg. (Ook om Daan se onthalwe.) Hulle ry in stilte soontoe. Die gras is kort en geel gebrand. Dit is warm. Hulle vorder nie goed nie, dink Jakes, hulle raak verstrik in die undergrowth. By die motel aangekom, drink die ander 'n bier, maar Daan val onmiddellik op sy bed in 'n diep slaap. 'n Diep slaap soos 'n dooie, soos 'n kind. Twee uur later slaap hy steeds roerloos. Jakes kyk na hom en dink, 'n siel in nood, 'n siel op 'n kruispad.

Terwyl hy slaap, ry die ander drie 'n ent buite die dorp, verby die oorlogsgrafte op regterhand en draai op Salmon se versoek 'n ent verder (verby die steengroef) linksaf op 'n grondpad. Hulle ry totdat hulle 'n klipgebou op 'n afstand sien. Salmon vra dat hulle nie verder gaan nie. Hy verduidelik dat dit in die Anglo-Boereoorlog as blokhuis gebruik is. Stefan wil dit van naderby bekyk, maar Salmon is onwillig, 'n ander keer, sê hy. Jakes en Stefan laat dit daar. Jakes dink, hier is weer iets waarmee rekening gehou moet word, miskien 'n voorouer wat hier gesneuwel of aan 'n slegte einde gekom het; hier word gewis die een of ander ondergang verswyg. Hulle sit 'n rukkie in die motor in die veld terwyl die veld koeler word en die son op regterhand begin ondergaan agter die blou en dynserige berge ver op die horison. Eers is die son 'n klein, donker, gloeiende bal tussen twee soliede, donker wolkbanke. Dan maak die twee banke oop en die son word 'n enorme, vloeibare bol vurige gasse wat vir 'n paar minute op die horison hang en dan ineens agter die onderste soliede wolkbank sak – waarvan nog net die boonste rand verguld is.

Op pad terug dorp toe vra Jakes vir Salmon wat sy presiese verbintenis met die dorp is. Salmon sê sy ouma-hulle het hulle lewe lank daar gewoon en nadat sy pa hulle verlaat het – toe Salmon drie was – het hy met sy ma en sy suster drie of vier jaar lank hier op die dorp by sy oumahulle gewoon. In daardie huis, sê hy (bitter) was almal emosioneel onderontwikkel en het hulle mekaar met stilte gestraf. Jakes vra vir Salmon of hy sy pa ooit weer gesien het en Salmon sê nee, nooit weer nie. Hy het hom nooit weer gesien nie en daar is nooit oor sy pa in die huis gepraat nie. Sy ma het nooit baie gepraat nie, maar oor sy pa het sy verbete geswyg. En het hy nooit sy pa probeer opspoor nie? vra Jakes. Nee, sê Salmon, hy het nooit sy pa probeer opspoor nie. Hulle tref Daan steeds in diep slaap aan, roerloos soos hulle hom twee uur vantevore daar gelaat het. Hy kom orent uit hierdie slaap soos iemand wat hom tussen vreemdelinge bevind. Hy het geweldig geslaap; hy het in slaap soos die mol of die jakkals onder die grond vir beskerming gegaan.

Hulle is vroeër as gewoonlik by die Steynhuis vanaand. Hulle kies 'n tafel in die verste, regterkantste hoek. Jakes kyk uit die staanspoor uit vir die vrou met die swaar blonde hare, maar sy en haar groep het nog nie opgedaag nie. Bennie Potgieter-hulle is ook skynbaar nie vanaand hier nie. Daan se kop voel dun en delikaat; as kind het hy so gevoel as hy baie gehuil het. Geleidelik begin meer mense opdaag. Daan voel oor-opgewonde en angstig; daar is 'n gorrelende sensasie in sy ingewande en 'n soeterige smaak in sy mond. Hy dink, o gotallamagtig, dit vat niks om hom vanaand uit te freak nie; sy kop voel uitermate dun. Hy dink, o gotta, die trane sit gevaarlik vlak. Hy dink, net kophou. Hy dink, bid dat niks hom vanaand uitfreak nie. Jakes voel vanaand 'n soort deernisvolle begrip vir menslike swakheid, vir sy eie en vir ander se broosheid. Hy dink, ná sy psigotiese episode (of interval) aanvaar hy sy eie en ander se sanity nooit weer as vanselfsprekend nie. Hy het respek gekry vir die streke van die kop wat buite die beheer van die intellek lê. Daan dink, o gotallamagtig, as dinge net okay wil uitwerk. In hierdie bui dink Jakes altyd aan die val van Konstantinopel. Daardie aangrypende geskiedenis resoneer vir hom iewers op klein skaal met sy eie val. En hoewel sy eie val hartverskeurend was, was dit ook in baie opsigte lagwekkend. Lagwekkend as hy nou daarna terugkyk – toe was dit hel.

Krisjan Steenkamp sluit later die aand by hulle aan. Hy is nie 'n hoë maintenance-siel nie, dink Jakes. Hy het 'n aarselende manier en 'n gerusstellende teenwoordigheid, wat vanaand 'n bate is. Jakes weet nou nog nie of die man 'n vlermuiskenner of 'n geoloog is nie, en dis nou te laat om te vra, en dit maak ook nie eintlik meer saak nie, want Krisjan is simpatiek en hy praat soos 'n natuurkenner – hy het 'n skynbaar onuitputlike kennis van die natuurlike wêreld. Jakes se aandag dwaal af en na 'n ruk wonder hy hoe hulle by vulkane uitgekom het. Krisjan se rustige uitweidings oor vulkane, oor elektrisiteit, oor sjimpansees, oor 'n bepaalde aap se sosiale gedrag, oor die sosiale lewe van die duinemol, hou hulle almal vanaand op koers. Daan dink, alles is nog nie verlore nie, daar kan nog baie gebeur, maar hy skrik groot toe Bennie Potgieter en geselskap 'n rukkie later inkom en by 'n tafel in die teenoorgestelde hoek gaan sit. En hy skrik omdat hy skrik – asof dié man tog oor 'n sleutel tot sy geluk beskik óf die vergestalting is van een of ander inkarnasie van die noodlot. Hy het Bennie Potgieter nou uitsonderlike magte gegee, dink Daan.

Hulle praat oor rolprente (praat dikwels hieroor), hulle praat oor vroue. (Nie een van hulle het 'n vaste verhouding nie; Stefan is 'n onuitgesproke vrouehater.) Die oppervlak van Jakes se regteroog is seer, of dit deur fyn gruis beskadig is. Salmon het 'n swaar, dreigende hoofpyn om sy agterhoof en oor sy oë, sy kop voel geswel. Daan voel asof hy nou al weke lank in 'n sirkel stap. Stefan dink, hy het heelwat idees, maar hy is onseker oor die uitvoering daarvan. Salmon beskryf 'n vrou met wie hy een of twee keer uitgegaan het. Sy is 'n donkerharige persoon met stram spiere en 'n nerveuse, driftige geaardheid, sê hy. (Spottend, soos sy manier is.) Daan dink, alles is nog nie verlore nie. Jakes dink, hoe sal hy die vrou beskryf vir wie hy oplaas 'n belemmering geword het? Histeries en prikkelbaar – óf 'n vaalblonde persoon met koue ledemate en 'n afsydige, agterdogtige persoonlikheid? Hy het intussen gesien dat die vrou met die swaar blonde hare op wie hy al geruime tyd 'n oog het met haar vriende by 'n tafel 'n entjie van hulle plaasgeneem het. Daan dink, die man ís daar, hy sal nie verdwyn nie, dis net 'n kwessie van by hom uitkom; hy moet net nie moed verloor nie. Jakes dink, sentient beings, een en almal vanaand hier is 'n bewuste wese – elk met 'n eie en in die meeste gevalle 'n onvoorspelbare geskiedenis. Intussen word groter hoeveelhede alkohol verbruik soos die aand vorder en raak die atmosfeer meer gedronge en pols die musiek dat dit gons – die lekker kotiljons. Vanaand is Saterdagaand en almal is geneig om meer uit te rafel, hulle hare te laat hang, een en almal. Saterdagaande is daar gewoonlik 'n groter roekeloosheid in die lug, 'n groter gevoel dat alles toelaatbaar is.

Jakes op die punt om die blonde vrou te vra om met hom te dans, of sal Bennie Potgieter nie waaragtig, sal hy nie laataand na hulle tafel oorgeloop kom nie. Stadig, doelbewus, soos dit sy manier is, eers merkbaar net vanuit die onvermoedende hoek van die oog, en dan deursigtiger in sy doelstelling. Met sy stadige, moeisame asemhaling, die slegpassende klere, die kanovaartpet, sy oë neergeslaan, onbewus van die ander gaste, van die geraas, kom hy ineens, op 'n bepaalde punt, laataand, na hulle tafel; met inspanning tussen die tafels deur. Stuur hy so onmiskenbaar op hulle tafel af dat hulle een en elk ophou praat en met ingehoue asem die man dophou wat met duidelik doelbewuste rade na hulle aangemaneuvreer kom. Oplaas by hulle tafel, groet hy die geselskap nie en rig hom uitsluitlik op Daan. Sy besigheid is klaarblyklik met Daan. Uit die sak oor sy skouer haal hy 'n boek – notaboek, dagboek, wat ook al – en hieruit skeur hy met sierlike gebaar 'n bladsy wat hy aan Daan oorhandig. Met 'n koninklike gebaar, met die allergeringste beweging van die gewrig oorhandig hy dit – 'n adres, oënskynlik. Daan kom intussen halforent uit sy stoel; hy word rooi – 'n geweldige blos wat by sy kuiltjie begin en stadig in sy gesig opstoot. Hy bedank Bennie. Bennie het reeds weer omgedraai en sy moeisame pad terug tussen die tafels en stoele begin aanvat. Almal kyk sy breë gestalte 'n paar oomblikke agterna.

Salmon frons nors. Daan sê, gotta. Krisjan Steenkamp lag hom bly toe. Stefan sê, well what do you know. Daan sê, fokkit, hier het ek dit nou. Stefan sê weer, well, what do you know. Krisjan glimlaggend. Salmon stroef (onwennig) – steek 'n sigaret aan. Daan het intussen gaan sit en die stuk papier aandagtig bekyk. Bennie het hier geskryf, sê hy, dat 'n mens iets van jouself moet saamvat – 'n stukkie hare, of naels, of klere; hy beduie, kyk op, glimlag half, iets van jou lyf vir die man . . . sê hy. Om te eet? vra Stefan. Salmon glimlag. Krisjan steeds glimlaggend. Hy weet nie om te wat nie, sê Daan, en kyk af, kyk weer na die papier asof hy dit nog nie kan glo nie. En Sondagmiddag is glo die beste tyd om te gaan, sê hy. En hy kyk op, aan die genade van die ander oorgelewer. Salmon knik kortliks. 'n Ooreenkoms is stilswygend aangegaan.

een en vyftig

Saterdagaand trek Ester vir die laaste keer haar mooi rooi rok aan wat sy gekoop het by die vrou met rooi hare soos die noodlot wat net op gebottelde water leef, sit haar lipstiffie aan en gaan vir die laaste keer (meen sy) na die Steynhuis onder op die dorp om plesier te maak. Hier het sy tydens haar verblyf op die dorp soveel ongewone aande beleef terwyl buite die kriekgesang (vergeefs) en die veld en die gras en klippers en die maanlig (immer wisselend), die wolke (vlieserig vanaand) en die nagreuke en geluide alles deel gemaak het van die ervaring. Uit die staanspoor skaar sy haar vanaand (vir die laaste keer, meen sy) by die vroue en merk in die verbygaan dat Salmon Senekal en geselskap reeds by 'n tafel 'n entjie van hulle af sit en dat die man wat sy die eerste aand hier op sy eie opgemerk het, die man met die wasige buitelyn, wat lyk of hy hom liefs uit sy eie fisieke manifestasie sou wou onttrek, weer vanaand by Salmon-hulle sit. En sy gewaar terselfdertyd Bennie en geselskap nog nêrens nie en wonder of hulle tog nog in die loop van die aand hulle opwagting sal maak. En weer is dit vanaand uitsonderlik druk hier, soos elke Saterdagaand tot dusver. Die vorige kere het Ester aanvaar dat dit druk is omdat die mense Jan de Dood wil sien optree, maar dit is skynbaar nie die geval nie. Jan de Dood is lank vergete. Die gaste leef in die oomblik. Hulle ontvang met dankbaarheid wat die aand en die oomblik hulle bied, en tob nie oor wat verby is of geleenthede wat misgeloop is of nie gematerialiseer het nie. Nie 'n woord het iemand weer sindsdien oor Jan de Dood gerep sedert hy die laaste keer weer nie sy opwagting gemaak het nie – met oop hande het die geselskap hom laat gaan om doenig te wees waar hy wil.

Die vroue is vanaand in 'n uitgelate stemming. Hulle vertel grappe. Waaronder vyf doosgrappe. Truth vertel die laaste een wat soos volg lui: Jannie moet 'n sin met oordosis maak. O, skree of juig al die vroue, hulle kan raai wat gaan kom. Jannie sê: Ma sê altyd, as Pa maar so mal oor werk was as wat hy oor doos is. Die vroue lag uitbundig. En elkeen het bes moontlik haar eie assosiasies by hierdie grap. Hoe mal in hulle eie geskiedenis wie en welke lover ooit oor doos is of was.

Later die aand praat hulle oor verlore en verbygegane liefdes. Oor beduidende liefdes. Groot of waaragtige of eenmalige liefdes. Of daar van so iets as 'n eenmalige liefde sprake kan wees. Sy het niemand ooit begeer soos sy hom begeer het nie, sê Alberta Bourgeois (in menig opsig vir Ester steeds 'n onleesbare vrou). Sy kon nie wag nie, sê Alberta, wag was ondraaglik, dat sy op hom kon teer of voed soos 'n verhongerde. (Ester het haar nooit ingeskat as 'n vrou met 'n uitsonderlike aptyt vir sensuele genieting nie.) Sy het gewonder of die ure ooit sou verbygaan, sê Alberta

Bourgeois, selfs die afstroop van hulle klere het ondraaglik lank geduur. Waarop Alberta haar twee hande saamslaan en die wysvingers teen haar mond druk. (Om haarself waarvan te weerhou?) En dan, vra Lily Landmann, as die klere eers afgestroop was? Dan, sê Alberta Bourgeois, dan het hulle mekaar al die name toegevoeg wat in hulle kinderdae taboe was. In haar gesig het hierdie man haar hierdie woorde toegevoeg. En daarvoor sal sy hom lewenslank onthou.

Marta Vos sê sy dink skielik aan iemand, dit was seker nie 'n groot liefde nie, vreemd dat sy nou aan hom dink, dit was 'n wedersydse begeerte, en die begeerte is nooit vleeslik gekonsumeer nie. Die man het 'n warm gesig gehad – so 'n uitnodigende, óóp gesig. Vreemd dat sy nou aan hom dink. Dit is die soort liefde wat 'n mens assosieer met 'n kafee, 'n bioskoop, 'n bloekombos iewers. Met 'n tydperk van ongereptheid. Hulle moes mekaar suiwer liefgehad het, sê sy, want haar assosiasie is met 'n soet vervulling (anders as haar ander liefdes) – miskien die soetste ooit. Littekens later, sê sy. Littekens, lag sy, later. En wat het van almal gewórd? vra Lily Landmann; Hére, vra sy, wat word van al die liefdes? Nee, sê Truth Pascha, hoe sal sy nou weet. Sy het nouliks count of score of tred gehou. In die beste geval, sê Ester, is hulle almal dood. In die ergste geval, sê Maria Wildenboer, is hulle almal digters, minor poets.

Hulle praat oor die lot van vroue tydens oorloë. (Ester sien Bennie en geselskap opdaag en by 'n tafel in 'n verste, teenoorgestelde hoek gaan sit. Bennie dra die kanovaartpet. Braams se hare lyk pas gesny. Dorothea van Dorp se hare krul weliger as ooit. Jonah Voorsanger se gesig is dieprooi en hy het 'n glaserige uitdrukking op die gesig – sigbaar selfs op hierdie afstand.) Truth Pascha sê sy lees 'n boeiende boek met briewe van vroue aan hulle mans tydens die Anglo-Boereoorlog. My liewe Man, sê Alberta Bourgeois, kroep en brongitis is ons voorland. Een tamatie sou wondere verrig. Ek het 'n swam opgetel wat soms virulent is. Die kinders en die honde en die paar getroue bediendes wat nie gedros het nie, het wurms. Ek is onherkenbaar vermager. Ons wag elke dag om weggeneem te word. Ek word mal en sluit af met 'n hewige, virulente soen, jou liefhebbende vrou. Die swam, sê Maria Wildenboer, het ek by 'n besoekende Kakie opgetel aan wie ek ons laaste tamatie gegee het. Al brand hulle die huis af, en elke kosbare erfstuk daarin, ek sal nooit oorgee nie, sê Marta Vos. Ons generaal se gebalsemde hoof word tans op die dorpsplein uitgestal, sê Maria Wildenboer. Sy wange is pienk geknyp deur die dorp se balsemers, sê Truth Pascha. Ons vroue ondersteun mekaar, sê Marta Vos, ons het baie grappe en nog veel om voor dankbaar te wees – niemand is darem nog aan die hare op die sypaadjie uitgesleep nie. Hére, sê Lily Landmann, wie skryf die boek?

En nog later die aand vertel die sexy Johanna Jakobsen, van wie die swaar blonde hare herinner aan Paryse haarmodes teen die draai van die eeu, op versoek van die vroue, in detail wat presies met 'n liggaam gebeur as dit van agter in die rug deur 'n bepaalde soort koeël getref word. Hulle vra dit na aanleiding van Sid, die lover van die skilder Ross Bekker, wat hier buite die Steynhuis geskiet is. Sy vertel nie net in die algemeen nie, maar ook wat met Sid gebeur het, omdat sy intussen, uit hoofde van haar amp die verslag van sowel die distriksgeneesheer as van 'n patoloog ter insae gehad het. (Haar amp synde dié van hoofstaatspatoloog, blyk dit vanaand.) Sid is op 'n afstand van ongeveer vyftien meter in sy rug getref deur die koeël van 'n middelmatige groot rewolwer. Die koeël het sy borskas van agter tussen die vierde en vyfde ribbes binnegedring, deur die middel van die linkerlonglob gegaan en 'n gat in die linkerventrikel van die hart geskeur, waardeur sy hele borsholte binne enkele minute met bloed gevul is. Hy is feitlik op slag dood, sê Johanna Jakobsen, of in elk geval binne 'n minuut of twee. Dan het die persoon goed gemik, sê Alberta Bourgeois. Ja, sê Johanna Jakobsen, en Sid se arms was halfpad in die lug, wat die interkostale ruimte tussen die ribbes vergroot en die koeël die liggaam gemakliker laat binnedring het.

Nog later die aand sien Ester ineens dat Bennie – met groot moeite tussen die tafeltjies deur – na Salmon en geselskap se tafel oorgestap kom. ('n Liggaamsbeweging wat, om meer presies te wees, minder herinner aan stap as aan stadig stroomop swem op droë grond.) By hulle tafel aangekom, sien Ester, haal hy 'n boek uit sy sak, skeur 'n bladsy daaruit (sou dit die boek kon wees waarin hy haar in die begraafplaas die uiteensetting van sy roman gewys het?) en gee dit vir die jong man met die krullerige hare, wat half uit sy stoel orent kom, wat skynbaar hierdeur heeltemal onkant gevang word, en die bladsy met gemengde gevoelens ontvang. Wat dit sou wees, dit weet Ester nie. Sy het nie die geringste idee waarmee dit verband kan hou nie. Teen die einde van die aand dink sy, nou het sy nie eers die geleentheid gehad om vir Hosea Herr en Sam Levitan tot siens te sê nie – hulle sien sy seker nooit weer nie. Die laaste keer dat sy Hosea Herr gesien het, het hy die straat oorgesteek met 'n klompie boeke onder sy arm. (Joodse wysheidsliteratuur? Digbundels? Onderhoude?) En by hom kon sy nog soveel te wete kom; sy het hom nooit gevra of hy die verhaal ken van Hosea in die Bybel nie.

En nog heelwat later in die aand, toe almal al aansienlik uitgerafel is, en 'n lied oor begeerte elke sentimeter van die Steynhuis vul, vertel Maria Wildenboer (Freudiaanse terapeut) van 'n droom wat sy die vorige nag gehad het, as illustrasie van die samehangende web van drome. Sy droom 'n oom van haar vertel vir haar 'n geheim. 'n Familiegeheim. Iets met 'n bloedskandelike strekking. Sy vertel dit vir 'n niggie van haar. Haar niggie begin aan tafel daaroor praat. Sy probeer vir haar beduie dat sy dit nie moet doen nie. Nou is dit so, sê Maria Wildenboer, dat hierdie niggie van haar in Kaapstad woon, en haar vriendin Sylvia ook. Maria wou nie hê Sylvia moet hoor van 'n ánder niggie van haar se teëspoed nie (om bepaalde redes). 'n Familiegeheim. Die oom (wat haar in die droom die geheim vertel) het Maria van sy dogter se teëspoed vertel. Sy voel skuldig teenoor die oom omdat sy jare gelede van sy vertroulike inligting misbruik het in 'n verslag wat sy geskryf het. Haar vriendin Sylvia was een van die keurders vir 'n referaat wat Maria geskryf het. Maria het vir haar tante, die moeder van die niggie, vertroulik van 'n onaangename ervaring in haar eie lewe vertel. Sy was daarna bang dat die tante dit vir die niggie sou vertel. Maria weet toevallig dat die niggie as kind seksuele speletjies met 'n gesamentlike neef van hulle gespeel het. Haar niggie se pa se naam is Albert (die man van haar tante). Die versinde naam van die pasiënt in haar referaat oor die gevallestudie is Albert. Sy het die referaat ook vir haar tante gestuur en gehoop sy merk nie die ooreenkoms nie. Verstrengel, sê Maria Wildenboer, maar wonderlik samehangend, is die lewe van die onbewuste. Uiteraard luister niemand meer dié tyd van die aand met aandag nie. Ester dink sy het Salmon Senekal 'n paar keer sien oogkontak probeer maak, maar sy is nog minder as voorheen daarvoor te vinde dat hy met haar hulp kontak met Fonny probeer maak.

Voor Ester vertrek, vra Truth Pascha haar of sy toe ooit by die Verwoerdhuis op die dorp 'n draai gemaak het. Nee! sê Alberta Bourgeois – het Truth nie gehoor dat die museum 'n paar dae vantevore toegemaak is nie! Ja! sê Marta Vos, vandale het dit onteer! Die Orania-stigting, sê Alberta Bourgeois, het hulle geldelike steun onttrek, al die exhibits weggeneem, houtplanke voor die deure en vensters gekap, en 'n dreigbrief aan die stadsraad geskryf. Ja, sê Marta Vos, al die exhibits is weggeneem! Die canfruitbottel met die wurm! sê Alberta Bourgeois. Die visstok! sê Marta Vos. Die vulpen! sê Lily Landmann. Die warmwatersak! sê Maria Wildenboer. Die familie-albums! sê Marta Vos. Die dagboeke met skematiese voorstellings van die verdeling van die tuislande! sê Truth Pascha. Van die verdeling van die búit! sê Alberta Bourgeois. Die grondplan van die Vrouemonument! sê Maria Wildenboer. 'n Foto van die hoeksteen! sê Lily Landmann. Kopieë van die doopsertifikate van die vyf eerste ministers! sê Marta Vos. Die vyf geborduurde dooprokke! sê Alberta Bourgeois. Op hierdie noot word daar in 'n geesdriftige koor van Ester Zorgenfliess afskeid geneem toe sy oplaas opstaan om huis toe te gaan.

twee en vyftig

Sondagoggend vroeg toe Ester op die bankie langs die historiese kerk gaan sit, die lug geurig, die lig onmeetlik skitterend en die blare aan die groot plataanbome skielik nat en herfstig, sit Mfazakhe Mhikize reeds op een van die ander bankies. Het hulle hom vrygelaat? vra Ester (effens in die war). Ja, hulle het, en Mfazakhe kap met 'n stok voor hom op die grond. Weet hy iets van die ou vrou se dood? vra Ester. Nee, sê Mfazakhe, en kap met die stok voor hom op die grond. Wie het die ou vrou doodgemaak? vra Ester. Hy weet nie, sê Mfazakhe, ander mense, sê hy, en kap met die stok, sy ledemate voortdurend in rustelose beweging. Wanneer het hulle hom losgelaat? vra Ester. Ander mense (other peoples), sê Mfazakhe en hy beduie na sy keel. Wat van ander mense, vra Ester, wat het hulle gedoen? Hulle het hom gestraf, sê Mfazakhe, en hy slaan met sy twee gebalde vuiste aan weerskant van sy kop. Wanneer het hulle hom gestraf? vra Ester. Áltyd, sê Mfazakhe driftig, en krap met die stok voor hom.

Mfazakhe beduie nou na sy keel, sy strot, na sy donker, duidelik sigbare adamsappel, asof hy beduie waar die obstakel is, die punt waar die woorde vasgekeer word. Soos 'n stram hek waardeur hulle nie kan ontsnap nie. Hy beduie met die hande, hy bring die moeisame klanke voort. Hy is siek, sê hy, en hy beduie na sy kop, na sy keel, na sy maag. Watter siekte? vra Ester. Die swakheid (the weakness) sê Mfazakhe – somtyds het hy geen krag nie. Somtyds gaan daar rillings deur sy liggaam, sê hy. Somtyds sien hy die brandende stad. Sy kyk na sy dun, immer bewegende arms. Sy klere is donkerder as gister, hy moet sedert gister en vanoggend op een of ander manier ander klere in die hande gekry het. Sy begryp nie waarom hy elke keer ander klere aanhet nie. Sou sy klere voortdurend van hom afgeneem word? Sou hy dit daagliks verruil vir kos of geld? Hy vra haar – soos altyd – vir geld. Sy gee dit vir hom. Hy tel dit soos elke ander keer noukeurig op sy lang, smal, donker handpalm uit en vra dan vir nog twintig sent. Hy staan op en stap weg, sonder om na haar te kyk, sonder om te groet, die koel en herfstige oggend in.

Ester dink sy sou veel eerder vir 'n laaste keer die moeder met die kind vanoggend hier wou aantref. Sy het elke dag van haar verblyf op die dorp gehoop om die kind weer te sien wat haar oë sidderend opslaan – dat net die skynende witte sigbaar is – terwyl die verborgenheid van die hemel vir haar blootgelê word.

Sy bly nog 'n rukkie sit, totdat die kerkgangers begin aankom vir die oggenddiens, maar die moeder met die kind maak nie weer hulle opwagting nie.

drie en vyftig

Teen drie-uur Sondagmiddag ry hulle uit, verby die township net buite die dorp, in 'n noordelike rigting. Hulle ry spoedig deur 'n landskap met wuiwende grasveld, erosieslote en droë spruite. Sou hier nog oorlogsgrafte in die omgewing wees, vra Jakes, of is almal in die klipkoppies aan die suidekant van die dorp? Waarskynlik was hier in die omgewing nog geïsoleerde skermutselinge tussen die Boere en die Britte, meen Krisjan, maar die grafte is nie so duidelik gemerk en afgebaken en in stand gehou as aan die suidekant van die dorp nie. Krisjan lê voorts die geologiese formasies van die verbyspoedende omgewing aan hulle uit (terwyl elkeen met sy eie gedagtes besig is) en Jakes dink, miskien is die man uiteindelik tog 'n geoloog. Af en toe sien hulle 'n flap in die verbygaan en Daan vra watter soort voël 'n flap is (met 'n wanhopige snykant aan sy stem). Krisjan verduidelik dat dit 'n langstertflap is, die grootste flap van die streek, deel van die familie wat ander saadeters soos mossies en vinke insluit. Daan navigeer en hulle ry verby diverse bakens soos klippe, bome en bogte in die pad wat op Bennie Potgieter se gedetailleerde kaart (ekspressiewe lyne soos Dukopil) aangedui word, verby 'n droë spruit ('n sytak van die Allesverlorenrivier), o onheilspellende naam, dink Jakes; hier maak hulle wyn uit klippe, sê Stefan. Hulle ry verby 'n enkele bloekom, 'n lae heuwel en draai af by 'n plat doringboom op 'n grondpad wat hulle kort voor lank by 'n klein nedersetting bestaande uit enkele losstaande huise bring. Die wit baksteenhuis, sê Daan, en hulle kyk almal, hulle draai hulle koppe gesamentlik na regs en kyk na die wit baksteenhuis toe die motor stilhou. Voor die huis staan 'n rytjie mense en wag wat hulle nie met groot belangstelling dophou toe hulle uitklim nie. Hier is niks, sien Jakes, nie bome nie, nie tuine nie, nie skaduwee nie, nie water nie, nie diere nie; hier is nouliks mense. Oor die hele omgewing hang 'n groot en drukkende stilte.

Voor die ingang van die huisie, regs van die deur, sit 'n enorme swart vrou op 'n stoel by 'n klein tafeltjie met 'n plastiekkleedjie oor. Sy is klaarblyklik die bewaker van die poort, want sy ontvang van elkeen wat by die huisie ingaan 'n ingangsfooi. Een vir een gaan die ry wagtendes binne en kom na ongeveer vyf of tien minute uit. Toe dit Daan se beurt is, vra hy hoeveel hy moet betaal en die vrou sê (nie vriendelik nie), vyftig rand. Dit is om meneer Mbulelo se gesondheid in stand te hou, sê sy op Engels. Daan oorhandig sy geld en stap oor die drumpel.

So kom dit dat Daan oplaas oor die drumpel stap en die talking head waaroor hy so lank gefantaseer het, van aangesig tot aangesig sien. Of wat hy sien in die skemerige vertrek met die lae plafon is 'n man op 'n hoë ysterkatel in die middel daarvan met gestreepte pajamas aan en 'n mocktiervelkombers in Day-Glo pienke, gele en groene wat tot by sy bors kom. Arms op sy bors gevou, bewegingloos op sy rug met sy blik na die plafon gerig. 'n Jong vrou in wit geklee, sit by 'n tafel regs van die bed waarop 'n waskom en beker staan (waterlelies op die rand van die kom geskilder) en in 'n agterhoek van die vertrek is 'n kruiwa, 'n graaf en 'n vurk staangemaak teen die muur. Die vrou staan op toe Daan inkom, steek haar hand na hom uit en ontvang woordeloos die haarlok en plaas dit versigtig tussen die bewegingloseman op die bed se vingers. Die man vryf die hare saggies tussen sy vingers en prewel iets, waarop die vrou dit tussen sy vingers wegneem en by sy neus hou en die man se neusvleuels beweeg soos hy daaraan ruik. Daan se kopvel begin prik, die man begin praat, die vrou sit die lok weer tussen sy vingers en die man begin sy kop stadig van die een na die ander kant beweeg. Sy gesig (donker, blouerig, blink) draai in Daan se rigting, Daan sien vir die eerste keer die man se oë en lei af hy moet blind wees of iets, want die witte is blouwit soos die wit van hard gekookte eiers en hy gee geen aanduiding dat hy Daan kan sien nie. Die man hou sy kop aan beweeg – van die een na die ander kant en Daan dink, hier kom dit nou. Daar begin sweet op sy gesig pêrel, hy prewel harder, die vrou buig oor hom, sy sê Daan moet nader kom, meneer Mbulelo kan hom nie lees nie. Waarop Daan 'n tentatiewe tree vorentoe gee, die man sy kop in Daan se rigting draai, die gestolde oogwitte boontoe gerol, die neusvleuels bewend en snuiwend, sy gesig glansender en blouer as vantevore. Hy praat in 'n taal wat Daan nie verstaan nie en die vrou tolk in Engels. Die man se stem neem in sterkte toe. Meneer Mbulelo sien baie dinge, sê die vrou. Daan moet nog geld betaal as hy uitgaan, sê die vrou, want meneer Mbulelo sien dinge wat moeilik is vir hom om te sien. Wat sien hy alles? Hy sien 'n pad, hy sien baie dinge op hierdie pad, die pad maak 'n vurk. Die man swaai sy kop hewiger van die een na die ander kant, sy gesig word glansender van die sweet, die gestolde witte van sy oë nog net halfpad sigbaar; hy beur met die ken agtertoe. Daar vorm 'n klein bietjie skuim in die hoeke van sy mond. (Die lippe is blou en skerp afgeëts.) Daan dink, die man moet net nie 'n fit kry nie. Nou vertel meneer Mbulelo sonder ophou wat hy sien. Hy sien, sê die vrou, 'n vurk in die pad. Die pad vurk na links en die pad vurk na regs. Daan moet nooit die pad vat wat na regs vurk nie. Hy moet altyd die pad vat wat na links vurk. Hy moet baie versigtig wees dat hy die regte vurk neem. Die man praat in 'n inkanterende stem wat elke keer hoog begin en geleidelik afwaarts daal en die vrou sê meneer Mbulelo sien 'n dier op die pad. Hierdie dier, sê die vrou, het drie horings en dit praat soos 'n slang. Dit het 'n gevurkte tong, sê die vrou, en Daan moet hierdie dier vermy, want dit is gevaarlik en dit kan hom doodmaak as dit met hom praat. Meneer Mbulelo, sê die vrou, sien 'n man by 'n fontein. Hy sien 'n vrou met juwele. Haar lyf is vol juwele. Sy het 'n merk op haar voorkop. Daan moet versigtig wees vir hierdie vrou. Hy moet nooit met hierdie vrou saamgaan nie. Meneer Mbulelo sien 'n rivier. Hy sien 'n boom en 'n jong vrou met wit klere. Meneer Mbulelo sê Daan moet met hierdie vrou saamgaan, hierdie vrou sal vir hom goed wees en hom die regte pad wys. As hy saam met hierdie vrou gaan, sal hy altyd op die regte pad bly. Hy sal altyd bly wees. As hy saam met hierdie vrou gaan, sê die vrou, sal hy altyd voorspoedig wees. Meneer Mbulelo sê hy sien die dinge met groot moeite en Daan moet meer geld betaal as hy uitgaan. Hy moet goed onthou wat meneer Mbulelo vir hom gesê het, anders kan dit met hom baie sleg gaan, anders kan hy in diep moeilikheid beland. Dan hou die man ineens op praat, sy kop val slap na die een kant toe en Daan dink, die man is dood – hy het homself ooreis. Maar die vrou neem ewe ongeërg die vasgeklemde stuk hare tussen sy donkerblou, beenderige vingers weg, gooi dit in 'n plastiekemmertjie onder die bed en vee die man se gesig met 'n nat lap af, wat sy in die kom uitspoel. Hy kan sy geld betaal as hy uitgaan, sê die vrou en Daan merk hoe skitterend wit haar rok is. Hy draai om, word amper deur die lig verblind toe hy uitgaan, sien Jakes en Salmon se bekommerde gesigte, soek in sy sak en plak twee twintigrandnote op die vrou by die deur se tafel. Daarna stap hy terug na die motor voordat sy bene onder hom padgee.

Op pad terug lê Daan met sy kop teen die leuning op die agterste sitplek. Hy dink dit was 'n kullery, sê hy, hy dink dis maar 'n manier om 'n fast buck te maak. Lyk vir hom daar is lekkerder en makliker maniere om 'n fast buck te maak, sê Jakes. Daan sê dit sal hom niks verbaas as die man hom teen Bennie probeer waarsku het nie. Die man met die gevurkte tong kan ewe goed Bennie wees. Hy is nie so seker of die hele ding nie Bennie se idee van 'n grap is nie. Dit is baie onwaarskynlik, sê Jakes. Salmon sê niks. Ninety-odd bucks later, sê Daan, en wat is hy nou éintlik wyser? Wat wóú hy hoor? vra Jakes, wat wou hy hê die man moet vir hom sê? Hy weet nie, sê Daan. Wou hy gehad het die man moet vir hom iets spesifieks sê? vra Jakes. Hy weet nie meer nie, sê Daan. Miskien maak dit nog later sense, sê Krisjan Steenkamp, 'n mens weet nooit nie. 'n Dier met drie horings en 'n gevurkte tong! sê Daan, wat moet hy daarmee maak? Don't talk to it, sê Stefan. Hy het so gehóóp, sê Daan (troosteloos). Waarop het hy gehoop? vra Jakes. Hy weet nie meer nie, sê Daan. Na 'n paar minute vra Daan skielik vir Salmon wat die talking head vir hóm te sê gehad het. Eers sê Salmon niks, toe sê hy, die man sê daar is 'n man wat vir hom wag. Die man is sy pa. Hy wag al dertig jaar om Salmon te sien. Daan sit penorent agter in die motor, dit kan nie wees nie, roep hy.

vier en vyftig

Sondagmiddag laat bel Ester Zorgenfliess vir Boeta van 'n openbare telefoonhokkie voor die poskantoor. Effens in angstige afwagting terwyl die telefoon lui.

Hy antwoord. Aanvanklik probeer hy haar gerusstel. Sy kan hoor hy probeer die emosie uit sy stem hou. Hy vertel hy gaan van voor af probeer. Hy gaan probeer om sy lewe uit te sorteer; op 'n ander basis te plaas. Hy probeer haar verseker dat dit met hom beter gaan. In die proses, dink Ester, probeer hy homself ook gerusstel. Dit breek haar hart.

Dit sal okay wees, alles is okay, sê hy. Hy gaan op 'n trip. Hy gaan sy vlerke strek. Hy gaan dinge probeer sien, ander dinge, om sy kop weer oop te maak. Hy gaan homself dit gun. Hy moet vir homself bewys dat hy los van haar is. (Hy en die vrou wat mekaar so lank so vergeefs en destruktief liefgehad het.) Die toue waarmee hy en sy verstrengel was, is gebreek. Hy voel beter oor Selene Abrahamson ook. Nie meer so skuldig nie. Nie meer so hartseer oor haar dood nie. Verstaan nou dat hy haar nie kon red nie. Sy het reeds 'n pad ingeslaan wat reguit afgrond toe gelei het. Sy was onkeerbaar. Niks wat hy kon doen, sou haar kon stuit nie. She was going full-out for self-destruction, sê Boeta. Maar hy is beter. Hy dink hy kan weer op sy eie oorleef. Dit is net so damn eensaam. Hy voel soms so onhoudbaar alleen.

Daar kom meer emosie in sy stem. Hy is okay, sê hy weer, al het hy omtrent gesterf van droefheid toe hy die vrou die laaste keer groet. En bid vir hom, vir helderheid, as sy dit oor haar hart kan kry, sê hy (wrangerig) toe hy groet.

Ester is hartseer nadat sy met hom gepraat het. Sy sal hom later 'n keer vra op watter manier Selene volledig op selfvernietiging afgestem was. Die voëls sing vir laas soet voor hulle nes toe gaan. Agter die groot bome gaan die son vanaand in heerlikheid onder, een en al oureole en skittering. Agter die bewegende bome is daar swaar, opgestapelde wolkemassas met donker binnenste dele en stralende buiterande. Wat sy eintlik vir Boeta wil vra (maar die geleentheid is nooit reg daarvoor nie – Boeta se nood is nog altyd te groot), is hoeveel hý onthou van hulle gesamentlike geskiedenis. Boeta is deel van hulle gesamentlike geheue – sy reken op hom om haar te help onthou.

vyf en vyftig

Van die klein nedersetting (en meneer Mbulelo se huisie) ry hulle direk na die teenoorgestelde kant van die dorp, na die klipkoppies waar hulle al vantevore in die veld gesit het. Hulle wil nog vir laas van die natuur geniet voor hulle terugry stad toe. Hulle lê op 'n reisdeken tussen die groot rotsblokke, hulle drink bier en rook 'n sigaretjie of twee; hulle kom tot verhaal na die besoek aan die vooruitsienende man (veral Daan). Daan het hom skynbaar reeds daarmee versoen dat die talking head nie presies aan sy verwagtings voldoen het nie. Hy is reeds weer dromerig aan die beplan. Daar is 'n laatmiddagkoelte oor die veld, na die dag se ongewone hitte. Salmon is nog stiller as gewoonlik. Jakes dink, hy kan praat sodra hy daarna voel. Daar is 'n melancholiese stemming in die lug, en 'n effense rilling gaan deur hulle lyf, asof hulle liewer nie hier moes gewees het nie, liewer iewers op die dorp gesellig 'n kap gemaak het. Dit doen hulle dalk nog voor hulle vertrek. Krisjan is doenig in die omgewing – draai die klippe om, bekyk hulle, ondersoek die plante, wys die appelblaar, die asmabossie en ander inheemse kruidgewassies uit. Geoloog of vlermuiskenner, wat maak dit nou eintlik saak, dink Jakes, die man weet soveel (genoeg) van álbei; sy huiwerige kop buig belangstellend hieroor en daaroor. Jakes dink, as die stowwe eers gesak het, vra hy Salmon of hy van plan is om die profetiese uitinge van die meneer Mbulelo op te volg.

Wat het presies hier in die omgewing gebeur? vra Stefan. Weet enigiemand iets omtrent die detail van die geveg hier? Daan lê op sy rug op die reisdeken na die hemel en kyk. Salmon sit met sy arms om sy knieë gevou. Nee, niemand weet nie. Wat sê die grootoom van jou in sy dagboek? vra Jakes vir Krisjan. Die oom konsentreer nie veel op die gevegte nie, sê Krisjan, hy gee heel beknopte, kriptiese beskrywings van die sogenaamde gevegte – wat eintlik twee groot lokvalle was waarin die Boere die Engelse gelei het, en een lokval van die Engelse se kant. Albei kante het skynbaar ewe sleg daarvan afgekom. Die oom konsentreer eintlik meer op sy gevoelens, sê Krisjan, en hy beskryf die sonsondergange en die omgewing in groot detail. Sou die oom so soos ons nou na die sonsondergang sit en kyk het? vra Daan. En almal kyk (met verskillende grade van aandag) na die sonsondergang. (Uitsonderlik glansryk – sou hulle maar halfpad besef hoe manjifiek die skouspel vanmiddag is! dink Jakes.) Ja, sê Krisjan, hy het in alle waarskynlikheid so sit en kyk. Moet wees, sê Jakes, en dit moet 'n slegte tyd van die dag vir so 'n soldaat in die veld wees. Afgryslik, sê Stefan. Die oom was boonop asmaties, sê Krisjan – dis waarskynliker dat hy aan sy bors dood is as dat hy in geveg gesneuwel het. Afgryslik, sê Stefan.

Daan lê steeds op sy rug en kyk na die veranderende kleure in die lug. Sy pa se lewe het heel onverwags tot 'n einde gekom. Nie lank daarna nie het sy broer ook tot 'n onverwagse – slegte – einde gekom. Sy ma het so goed as haar kop verloor na sy pa se skielike dood. Sy suster het kort daarna sleg getrou. Die talking head waarsku hom teen 'n dier wat met 'n gevurkte tong praat soos 'n slang. Hy moet versigtig wees vir 'n vrou met juwele op haar lyf en 'n merk op haar voorkop. 'n Vrou met 'n wit rok sal vir hom die regte pad aandui. Hy moet die linkerkantste pad van die vurk neem. Hy onthou 'n rugbyveld. Die landsvlag word gehys. Hulle sing Die Stem. Sy pa hou saans huisgodsdiens. Hulle kinders moet elkeen 'n versie uit die Bybel onthou wat sy pa pas gelees het. Hy is die jongste. Hy raak paniekerig – die verse volg so vinnig die een op die ander. Die leeu en die lam, sê hy (lammerig); deur die naald van die oog. Daar is klipkoppies agter hulle huis. Daar is sprake van 'n skandaal. Hy is nog te jonk om te verstaan, sê sy pa. Hy het nou by 'n vurk in sy pad gekom, hoor hy sy pa vir sy ma sê. Nie lank daarna nie is sy pa dood. Niemand was daarop voorberei nie, sy ma skynbaar die minste van almal. Nou sal hy seker nooit weet nie. Hy sal nooit weet wat die vurk in sy pa se pad was nie. Niemand meer om te vra nie. Hy moet sorg dat hy die linkerkantste pad kies.

Krisjan sê: Die oom het die sonsondergange uitvoerig beskryf, hy het natuurkundige belangstellings gehad, in sy dagboek het hy tekeninge gemaak van plante in die omgewing. En gedigte geskryf, sê Jakes. En 'n paar gedigte geskryf, sê Krisjan.

Salmon drink die een bier na die ander. 'n Eerste vlermuis vlieg verby. Daar is mooi vlermuise in die natuurkundige museum op die dorp, sê Krisjan. Wat gebeur met hulle in die winter? vra Jakes, want hier in die veld word dit seker goed koud. Krisjan verduidelik. En sy voorouer, vra Krisjan vir Jakes, wat hier iewers begrawe lê? Jakes sê sy oupagrootjie aan vaderskant het uit die steenkoolmyne van Devonshire in generaal Buller se leër kom veg. Hy het aan die stormloop op Colenso deelgeneem, maar het op 'n ander plek gesneuwel – waarskynlik nader aan hierdie omgewing; niemand is heeltemal seker waar nie. Die steenkoolmyn vir die gevegsfront verruil?! vra Stefan. Ja, sê Jakes, vir redes wat ongelukkig vir sy afstammelinge nooit bekend geword het nie. Bad luck, sê Daan. Sommige dinge is bedoel om in die skema van dinge verborge te bly, sê Jakes (met 'n glimlaggie). Die rede vir die meeste dinge, sê Salmon. Bad luck, sê Daan. Watter skema? sê Stefan – break it to me gently.

'n Koel wind begin opsteek. Hulle ril en begin daaraan dink om terug te gaan. Die ou ken sy Bybel, sê Daan skielik – meneer Mbulelo, die talking head. Hoe so? vra Jakes. Die dier met die horings en die gevurkte tong, sê Daan. Ek dag dit was Bennie Potgieter, sê Stefan. Die vrou met die juwele, sê Daan, is die hoer van Babilon – die vrou met die merk op die voorkop; die vrou op wie se voorkop staan: Verborgenheid. Aha, sê Jakes, verborgenheid? By so 'n vrou moet ek uitkom, sê Stefan (die vrouehater), hou my op hoogte.

ses en vyftig

Die son het gesak. Die prag en heerlikheid van so pas is afgeloop. In die verbleekte lug word die maan sigbaar. Bleek skyf. Hulle talm almal; 'n stemming van afloop en hunkering daal oor die veld. Daan lê steeds op sy rug, kyk na die lug, soek die eerste sigbare sterre daarin. (Dromerig maar intensief aan die beplan.) Salmon lê op sy sy; rook, drink bier, praat nog steeds nie. Krisjan bekyk 'n groot klip in die onvoldoende lig. Terwyl hy die klip aandagtig bestudeer, begin hy skielik praat. Sonder aanleiding. Hy praat sag, sodat dit net Jakes is wat hom goed hoor. Een oggend, sê hy, het hy wakker geword. Hy wou niks doen nie. Dit was sy verjaardag, hy onthou. Hy is met sy jongste suster stad toe, maar hy was reeds dood van binne. Toe hy haar groet, het hy gedink hy sal haar nooit weer sien nie. Toe hy terugkom uit die stad, is hy na die huis hier op die dorp waar hy 'n buitekamer huur. Hy het na sy kamer gegaan. Hy het geweet hy wil niemand meer sien nie. Geleidelik, oor 'n tydperk van vier maande, het hy niemand meer gesien nie. Hy het in sy kamer gebly. Hy het al sy boeke gelees en herlees. Hy het televisie gekyk. Hy het geslaap. Soms het hy dagdrome gehad. Hy klim in 'n groot klip. Hy klim in 'n rots. Hy maak die rots toe. Hy woon onder sand. Die kleur hiervan is oker en okeragtige gryse. Hy woon in iets wat vlieg. 'n Soort kapsule. Iets wat toemaak. Hy kon tydelik in hierdie drome ontsnap. 'n Goeie vriend het hom nog een of twee keer besoek. Hy het soms nog uitgegaan om kos te koop. Later het hy omtrent nie meer geëet nie.

Toe het hy op 'n dag na die koppies agter die historiese kerk gegaan. Daar het hy ongeveer drie weke lank gebly. Totdat dit begin reën het. Hy was siek en heeltemal verswak. Wat het hy geëet? Rosyne, hy dink hy het rosyne by hom gehad. Dit was nie depressie nie, dit was 'n begeerte aan algehele onttrekking. Hy het een oggend vroeg in die reën afgegaan dorp toe. Daar het hy op een van die bankies langs die kerk gaan lê. Iemand wat hy ken, het hom daar gekry. Hy kon nog nouliks praat. Sy het hom in haar huis geneem en hom versorg. Hy het by haar gebly tot hy sterk genoeg was om weer in die wêreld uit te gaan. Hy het nie gedink hy sal terugkom nie. Hy het gedink, dit is dit. Dis afgelope. Dis verby met hom.

Hy het gewag om dood te gaan. Hy was nie meer 'n mens nie. Hy het een vir een alle drade wat hom met die wêreld verbind, geknip. Hy het oor die maande deur lae van wanhoop beweeg totdat hy oplaas gevoelloos was. Totdat hy niks meer gevoel het nie. Net soms, vir 'n oomblik, het daar iets na hom deurgekom, en dit was amper te pynlik om te verduur. 'n Beeld van sy geliefde jongste suster. 'n Plek. Mense wat hy liefgehad het. Hy dink nie, sê Krisjan, hy sal ooit heeltemal herstel nie. Sy stem is deurgaans sag, soms amper onhoorbaar.

Die weer begin skielik verander. Die wind waai sterker; wolke begin saampak op die horison. Hulle staan op om te gaan. 'n Ent van waar hulle gesit het, aan die rand van die plato, kan 'n mens oor 'n enorme stuk aarde uitkyk. 'n Asemrowende, hartverskeurende uitsig. Voor hulle lê die uitgestrekte omgewing en 'n halwe kilometer op linkerhand, omhein, 'n lang, driedubbele ry grafte. Wat hier gebeur het, sê Krisjan, terwyl hy omdraai en in die rigting van die grafte kyk, is waarskynlik alles die gevolg van misverstand.

sewe en vyftig

Nadat die kerk uitgekom het, gaan Ester weer op een van die bankies onder die groot, verkleurende plataanbome langs die kerk sit. Sy oordink die tydperk van haar verblyf op die dorp – sewentien dae, vandag ingesloten. Elke dag hier het iets anders opgelewer. Elke besoek aan die Steynhuis was vol verrassings. Die verskeidenheid gaste daar! Die vroue 'n bruisende koor! Die paddas het soms die vorige aand silwerig begin snik en vroegoggend onverpoos voortgeskree, maar hulle drukke smekinge het selde iets opgelewer. (Net die grond was sommige oggende effens klam.) Die dae was oorwegend helder. In die laatmiddag het daar by tye 'n wind opgesteek. ('n Vyandige wind snags.) Dikwels was die lug nie solied nie, maar brokkelrig bewolk. Die wolke het voortdurend verander – elke oggend as sy wakker word, en met gereelde tussenposes deur die dag, het Ester na hierdie veranderende lug en na die wolke gekyk. Sy het geluister na die voëls, insekte en paddas. Sy het gelet op die grond voor haar voete – die klippers en graspolle, die wurms en miere. Die oomblik wat sy snags haar kop op die kussing neerlê om te slaap, het sy sonder rus of verposing gedroom. Sy en haar gestorwe ouers het mekaar dikwels, het mekaar meermale snags in sowel waarskynlike as onwaarskynlike ruimtes ontmoet, maar daar was selde die vreugde van waaragtige herkenning. Sy was angstiger op hulle gerig as hulle ooit op haar. Ten spyte van die helder dae was haar gedagtes soms swart en rafelrig, soos vlerke.

Sagte voëlgesketter in die bome in die lang, stil middae as sy in die strate gestap het, dikwels verby die vermoorde mevrou Kriek se simmetriese huisie. Sy het met Mfazakhe Mhikize (wat sekerlik weet hoe hulle mevrou Kriek doodgeslaan het) na die sonsondergang gesit en kyk. Partykeer het hy gesê: Somtyds. Partykeer het hy gesê: Omdat. En partykeer: Want. Hulle het saam gesit en kyk na die laaste strale van die son wat die bome glorieryk laat gloei het (die brandende bos). Ester was voortdurend aan die uitkyk vir Debora Barach, die vrou in swart, en vir die ma met die kind, omdat hierdie misvormde kind haar uitermate aangespreek het. Sy het met haar hele hart daarna verlang om hierdie kind weer te sien. Sy sou elke dag niks meer wou doen as hierdie kind dophou nie. Die kind leun met haar vlamrooi, koorsige wange teen haar ma se welige knie aan. Die kind het geen taal nie. In elk geval geen opsigtelik verstaanbare taal nie. Sy het die verlange gehad om hierdie (stomme) kind te sien, selfs op die dae wat daar 'n afgeslotenheid oor haar gekom het, en 'n onwilligheid om met mens sowel as dier in interaksie te gaan.

Die mans met die waentjies het Ester hier op die dorp geboei en aangegryp, want hulle het elke dag onwaarskynliker geword, meer verbete, meer heroïes. Man en vrag was meer buite die gewone – meer soos verskynsels wat uit die verborgenheid van 'n skemerige ryk opdoem.

En laastens het daar nie 'n dag verbygegaan wat sy nie aan haar eie kind gedink het nie. Die stem van die kind was by haar – soos 'n noot, 'n droefheid, 'n herinnering.

Toe Ester laatoggend by die Gemoedsrus Kamers aankom, nadat sy 'n koppie tee in die Dorpskafee gedrink het langs die plant sonder huidmondjies, merk sy dat daar 'n swart bruidspaar – 'n pasgetroude paar – in die kamer langs haar besig is om hulle intrek te neem. Dalk om te oornag, dalk om langer te vertoef. Sy weet nie. Sy verwag nou om van die môre tot die aand krete van hulle nuutontdekte liggaamlike ekstase te hoor, want die swart bruid en bruidegom bly die hele dag in hulle kamer. Maar al wat sy met tussenposes hoor, is hulle lae, intieme stemme soos hulle onophoudelik met mekaar praat. Of anders bid hulle, want sy sien hulle laat Sondagmiddag (toe die kerkklokke begin lui) elk met 'n Bybel (vir die eerste keer die dag) uit hulle kamer kom. Sy sou hulle moet vra om te bid vir die welsyn van haar kind, van Boeta, van haar man en van Fonny, en eintlik vir die welsyn van alle voelende en ervarende dinge – selfs dié wat lyk asof hulle sonder hulp kan oorleef, want dit kan geeneen nie.

Laatmiddag bel Ester na Antie Rose se huis om Fonny te vra om nog een maal saam met haar na die Steynhuis te gaan. Dalk kan sy haar oorreed. Al praat Fonny nie 'n woord nie, al sit sy die hele aand met haar swart sjaal styf om haar skouers gedraai. As sy net nog een keer wil saamgaan. Maar daar is geen antwoord by Antie Rose se huis nie. Die lug agter die bome is kleurloos maar stralend, die allerlaaste beduidenis van goud daarin, maar die bome beweeg nie, daar is geen wind nie, geen brandende bos nie. As sy van Fonny afskeid wil neem, sal sy haar moet gaan soek.

Ester gaan op 'n bankie onder die verdonkerende plataanbome langs die kerk sit. 'n Melodie draai deur haar kop. Orfeus smeek die bootman om hom na die ryk van die geeste te neem. ("Orfeo son io, che d'Euridici i passi; Segue per queste tenebrose arene; Ove già mai per uom mortal non vassi.")

Tot haar groot verrassing (en vreugde) kom die vrou in swart soos die vorige dag weer onverwags uit die rigting van die kerk te voorskyn. Soos die dag vántevore het Ester haar nie sien aankom nie. Wat bring haar hier, sy kan tog nie op 'n Sondag besigheid op die dorp kom doen nie? Nee, sê Debora Barach, sy het gedink sy moet Ester darem kom groet, want dit het die vorige keer gelyk asof Ester se tyd op die dorp nou afgeloop is. Is sy reg om te vertrek? vra die vrou. Ja, sê Ester, sy is reg. Sy moet nog net vir Fonny Alexander groet. Aha, sê die vrou. Sy besef nou, sê Ester, dat sy waarskynlik sal moet vertrek sonder enige versekering dat Fonny veilig is. Die vrou knik stadig met haar kop (weer weet Ester nie hoe sy op die inligting reageer nie). En dit vind Ester moeilik? vra sy. Ester knik. Het Debora dalk lus om saam met haar vir die laaste keer vanaand na die Steynhuis te gaan? vra Ester. Maar die vrou sê nee, sy kan nie nou al tussen mense gaan plesier maak nie, sy moet eers wag dat die routyd vir haar ou antie verby is. Dan trek sy weer haar partyrok aan en dans op die tafels.

"En jy?" vra die vrou weer (met 'n skerp blik), "is jy reg om terug te gaan?"

"Ja," sê Ester, "ek is reg."

"En sal jy bly wees om jou man en kind weer te sien?" vra die vrou.

"Ek sal bly wees, ja," sê Ester. "Die laaste keer dat ek met my kind gepraat het, het sy vir my gesê die lewe is so kort." Ester strek haar bene voor haar uit, kyk af na haar hande op haar skoot. "Dit is tog die soort ding," sê sy, "wat 'n ouer vir 'n kind sê, nie 'n kind vir 'n ouer nie."

Die vrou knik. Sy wag dat Ester verder praat. Ester leun terug op die bankie; sit haar hand voor haar mond, haar elmboog op haar ander hand gestut. Met haar duimnael druk sy tussen twee van haar tande.

"Tot aan die einde," sê Ester, "kon ek my ma nie troos nie. In al die tyd wat ek by haar gesit het, het ek geen trooswoorde gehad nie. Daar was niks wat ek ooit vir haar kon sê om haar te troos nie. Sy was soms helder en soms het sy waanbeelde gehad. Soms het ek net by haar gesit en haar hand vasgehou. Soms het ons nog 'n bietjie gepraat. Nooit veel nie. Twintig dae later is sy dood."

Die vrou knik. Sy wag vir Ester om voort te gaan.

"Die dag voor sy dood is," sê Ester, "was die ribbes duideliker as vantevore sigbaar onder haar vel. My assosiasie daarmee was met die ribbekas van iets kleiners – soos 'n trapsuutjie. Haar linkerhand was meer geswel as haar regterhand. Die vel was dun, soos die skil van 'n perske. Die vog was sigbaar onder die vel. Haar hande was warm, maar leweloos. Haar hande het nooit weer op aanraking reageer nie. Die kleur van haar oë was anders, die irisse vlakker. Sy kon met moeite haar kop nog draai. Net een maal, toe ek by die kamer inkom die oggend, het daar 'n oomblik lank iets soos verwondering oor haar gesig gekom. Aanvanklik het ek met haar gepraat, ek het haar vrae gevra, ek het haar aanhoudend gevra hoe dit met haar gaan. Ek wou 'n reaksie by haar uitlok. Ek wou haar dwing om met my te praat. Sy het soms – met moeite – 'n onverstaanbare geluid gemaak. Dit het nie gehelp om haar vrae te vra nie. Toe het ek nie meer geweet wat om vir haar te sê nie en stilgebly. Ek wou my gesig teen hare sit, en huil."

Ester bly stil, kyk na die grond voor haar voete.

"Die dag toe sy dood is," gaan sy voort, "was haar hande meer geswel, maar dit was nog steeds meisiehande. Haar naels was nie groot nie – my naels is groter. Haar voete het skuins gedraai gelê. Dit was 'n lang dag. Dit is harde werk om te sterf – soos om gebore te word. Die laaste ure het sy met die linkerkant van haar kop teen die kussing gelê, half op haar sy. Haar mond was effens oop. Haar oë was toe. Die witte was net effens sigbaar. Haar regterwang was effens ingesak. Die lyn van haar kakebeen was skerp afgeteken. Ek het assosiasies gehad met iets wat uitgespoel het. Net haar voete was koud, nie haar bene nie, sy was nooit baie afgekoel nie. Net die oppervlak van haar vel. Haar laaste asem het sy nie uitgeblaas nie maar ingetrek.

"Toe sy dood is, kom die verdriet oor my. Niks het my op die omvang daarvan voorberei nie. Ek druk my gesig teen hare. Ek soen haar voete. Toe ek alleen met haar is, hou ek haar kop vas. Ek sit my gesig in haar hare. Ek praat met haar terwyl ek haar vashou. Al die opgedamde woorde kom los. Ek kan nie ophou praat met haar nie. Ek kyk vir die laaste keer na haar gesig. Die wimpers wat so bleek geword het. Die buitelyn van haar neus wat nog perfek is. Haar oorlob is sag, dit het effens ingeval. Ek sien haar kleur. Haar mond is halfoop, maar strak, nie sag soos vroeër nie. Ek kyk na haar hare. Na haar kopvel. Ek kyk na haar nek. Haar sleutelbene. Ek kyk na haar borskas en haar skouerknoppe. Ek kyk na haar arms en hande. Ek kyk na haar voete en bene. Haar kleur is egalig. Ek hou haar kop in my hande. Ek praat met haar. Ek kan haar nie laat los nie. Met 'n klein skêrtjie knip ek 'n stukkie van haar hare af. Ek sit dit in 'n koevert en plak dit toe."

Ester bly stil. Sy trek haar bene onder die bankie in. Sy leun vooroor met haar elmboë op haar knieë. Haar hande sit sy oor haar branderige oë. Haar gesig (agter haar hande) is saamgetrek. Haar vingers hou sy 'n ruk so oor haar oë. Haar ken is gesteun deur die warm palms van haar hande. Toe sê sy: "Eers toe sy dood is, het die woorde by my losgekom."

Sy sit lank so met haar gesig in haar hande. Haar vingerpunte liggies op haar oë. (Sy voel die bewegende en bollende sfere daarvan.) Sy hoor die voëls in die boom. Langs haar sit Debora Barach sonder om 'n woord te sê. Ester sê: "Toe kan ek vir die eerste keer alles sê wat ek nooit kon sê in al die tyd wat ek by haar gesit het nie."

Ester bly nog 'n hele ruk so sit, haar elmboë op haar knieë gestut, haar kop in haar hande, haar vingers voor haar gesig, voor sy oplaas weer orent kom. Die vrou knik stadig met haar kop. Sy en Ester sit 'n lang ruk in stilte. Die verdonkerende bome en daaragter die lug wat geleidelik 'n diep, ryk indigo word; die eerste sterre nog pas sigbaar; die naghemel begin reeds eindeloos oopmaak. Die krieke word mettertyd hoorbaar.

"Jy kan bly wees," sê Debora Barach na 'n ruk. "Jou ma het vreedsaam gesterf."

Ester knik.

"Nou moet jy nog net vir Fonny groet," sê sy.

Ester knik. "In my ergste verwagting," sê sy, "tref ek haar altyd op verskillende plekke in ondenkbare toestande aan. Haar liggaam swaai aan 'n dakbalk of lê iewers in die veld onherkenbaar geskend."

"Ja," sê die vrou, "so sal jy voel. Maar sy sal okay wees. Sy het nog genoeg gesonde verstand om na haarself om te sien."

Net toe hou die swart huurmotor stil. "Ons het net lekker begin praat," sê die vrou, "en hier moet ek al weer gaan." Sy staan op, neem haar swart sak (sy het nie vandag gebrei nie) en klim agter in die wagtende motor. Toe die motor wegtrek, draai sy om en waai vir Ester wat vir die vierde en laaste keer alleen op die sypaadjie agterbly, onder die swaar verdonkerende en koel plataanbome.

agt en vyftig

Toe Debora Barach weg is, sit Ester nog 'n rukkie onder die bome op die bankie langs die kerk. Dan gaan bel sy in een van die telefoonhokkies voor die poskantoor.

Eers bel sy vir Boeta om te sê dat sy die volgende dag vertrek. Sy sê vir hom dat dit die laaste keer is dat sy hom uit die dorp bel. Hy sê hy kan nie glo dat sy so lank daar gebly het nie (sy stem vol verwondering). Sy sê sy kan dit ook nie glo nie. Die tyd het gou verbygegaan. Dit voel so lank gelede, sê hy, dat hy by Selene Abrahamson se graf gestaan het. (Sy stem nog steeds vol verwondering.) Daar het baie gebeur sedertdien, sê Ester. Boeta sê ja, vir hom ook, hy voel of hy op 'n ander plek is. Maar dat sy om sy onthalwe na die dorp gekom het – hy is jammer dat hy haar so met sy droefheid moes belas! Dit was vir haar geen belasting nie, sê Ester, en sy het nie teen haar sin na die dorp gekom óf hier gebly nie.

Dan bel sy haar huis in die ander stad. Die kind is terug! Vir die eerste keer in weke hoor Ester weer haar geliefde stem. Sy klink effens uitasem! Haar stem klink so suiwer! So sangerig! Die kind se amper singende stem klink so suiwer. So helder soos water. Suiwer soos musieknote. (So moet Ester se stem eintlik vir haar sterwende moeder ook gewees het. Al het sy geen trooswoorde kon spreek nie.) Dit gaan goed met haar, sê die kind. Haar enigste droefheid is haar vader. Sy is altyd bang dat dit nie met hom goed sal gaan nie. Dit gaan nóú met hom goed, maar hoe weet sy dat dit so sal bly? Sy kan dit nie weet nie, sê sy self. Sy weet sy kan die versekering nooit hê nie. Daarmee moet sy leer saamleef. Sy moet leer aanvaar dat dit is hoe die situasie is, dit is hoe hý is. Sy sal daarmee moet leer saamleef, sê sy weer. Jy kan nooit seker wees nie, sê die kind, dat iemand wat jy liefhet vir jou beskerm sal word nie.

Maar sy is bly, want die volgende dag sien sy en Ester mekaar weer. Dit was so lank dat hulle van mekaar weg was. Dit was te lank dat hulle van mekaar weg was.

Dit wás, sê Ester.

nege en vyftig

Later die aand stap Ester vir die laaste keer na Antie Rose se huis onder op die dorp. Sy tref Fonny daar aan. Hulle drink saam met Antie Rose en die ylhoofdige Dafnie tee in die kombuis by die groot tafel. Antie Rose dra nog swart vir haar dogter. Selene is vandag een en twintig dae gelede oorlede, sê sy. My arme kind, sê sy – haar aardse sorge is nou verby. Dafnie glimlag met die kuiltjies in haar romerige wange, haar klein handjies soos lotusblomme voor haar op die tafel. Fonny lyk vredig. Hulle drink in stilte tee. Ester weet dat sy en Fonny voorlopig genoeg gepraat het. Sy is bly sy kon Fonny tydens haar besoek aan die dorp sien.

Fonny hou vanaand haar blik afgewend soos 'n vrou wat die wonder van 'n brandende, geheime liefde koester. Sy is vanaand soos die bruid wat haar bruidegom enige uur te wagte is. Haar gestalte – tot by die gloeiende punte van haar welige hare – gee vanaand 'n buitengewone lig af. Sy is iemand vir wie die verborgenheid geen geheim meer is nie. Ester het haar nooit so gesien nie. (Sy sien haar liewer só as in haar helse verlatenheid.) Sou Antie Rose en Dafnie dit ook vanaand merk – Fonny se buitengewone gereedheid? Antie Rose is nog afgesluit van die wêreld deur haar droefheid, en Dafnie deur die eenvoud van haar gees.

Ester bly nie lank nie. Toe hulle groet, staan Fonny met geboë hoof in die deur. Sy praat vinnig en sag. (Agter hulle in die donker gang die familieportrette.) "Die genade is so groot, ek kan dit byna nie verduur nie," sê sy. "Ek wil hierdie ervaring vir niks anders in die wêreld verruil nie. Nie die ondraaglike vreugde óf die pyn daarvan nie. Ek kyk nooit weer terug nie. Uit God se genade ontvang ek alles. Ek leef voortdurend in gereedheid – selfs in my slaap snags. Ek groei in my liefde en in my voorneme. Dit is amper onmoontlik vir my om in woorde te sê op watter manier God my aangeraak het. Dit is nie moontlik om die kombinasie van vreugde én pyn te beskryf nie. Soms is die pyn so oorweldigend dat ek nie kan dink dat enige liggaamlike marteling daarmee kan vergelyk nie. Soms raak ek verlam – ek kan nie beweeg nie. Ek kan nie asem kry nie. Uit my lyf kom daar geluide – wat ek self nie herken nie. Niks sal my ooit weer groter tevredenheid gee as 'n lewe gewy aan God nie. Ek het as kind iets hiervan gehad, en as jong meisie, maar niks in my lewe kan hiermee vergelyk nie. Ek raak nog dikwels ontmoedig. Ek is soms kleingelowig. Ek wankel in my vertroue. Soms ervaar ek selfs die onuitstaanbare verlatenheid. Ek ervaar rusteloosheid en ongemak en selfs fisieke pyn. My gees raak in verwarring en donkerte gedompel. Maar God neem my altyd terug. Elke keer is ek weer verbyster deur sy genade. Altyd weer, altyd weer." Sy kyk na Ester. "Begryp jy iets hiervan?" vra sy (sag en dringend). Ester knik. Hulle groet mekaar. Hou mekaar 'n oomblik lank in omhelsing.

Daarna draai Ester om en stap terug na die Gemoedsrus Kamers, verby die vermoorde mevrou Kriek se simmetriese huisie op linkerhand, die ou deel van die begraafplaas op regterhand, verby die telefoonhokkies voor die poskantoor, verby die stadhuis in twee kleure graniet met die kanonne en inheemse bome voor, verby die historiese kerk in blonde klip wat nooit afkoel nie (met die versteende bome wat snags blou vonkies skiet), verby die bankies langs die kerk onder die plataanbome, tot by die Gemoedsrus Kamers waar sy nie een maaltyd genuttig het en nie 'n enkele pot tafeltennis gespeel het nie.

sestig

Die aand lees Ester voor sy gaan slaap in die Bybel – wat die Gideoniete vir haar gebruik daar gelaat het – dat die Here vir die profeet Hosea opdrag gegee het om heen te gaan en vir hom 'n hoervrou en hoerkinders te neem, want die land het op 'n groot skaal in owerspel verval en van die Here afvallig geword. Daar is geen kennis van God meer in die land nie. Die mense vloek en lieg en moor en steel, en daarom treur die land. Alles wat daarop woon, kwyn weg: die wilde diere van die veld, en die voëls van die hemel en die visse in die see kom om. God dreig dat Hy die heerlikheid van die priesters in skande sal verander. Die vorste is versot op skande. Omdat Israel gesondig het, word die profeet 'n dwaas en die man van die gees 'n waansinnige. Efraim se heerlikheid vlieg weg soos 'n voël. Geen geboorte, geen moederskap, geen ontvangenis meer nie. Efraim se wortel verdor. Die koning van Samaria is soos 'n spaander op die water. Efraim het die vrug van leuens geëet. In die môre vroeg is dit gedaan, gedaan met Israel. Met mensebande, met koorde van liefde het God Israel getrek. Hoe kan Hy Israel prysgee? Sy hart is omgekeer in Hom, en terselfdertyd is sy medelye gewek. Israel sal agter die Here aanruk en Hy sal brul soos 'n leeu. Die kinders sal met siddering van die seekant aankom. Efraim het die Here bitterlik getart, daarom sal die Here hom vergeld. Israel het vir hulle afgode volgens hulle insig gemaak. Dit is Israel se ondergang, dat hy teen God, sy helper, is. God skeur hulle borskas oop en verslind hulle soos 'n leeuwyfie. Uit die mag van die doderyk sal Hy hulle loskoop; Hy sal hulle verlos van die dood. Berou bly vir sy oë verborge. Maar Hy is soos die groen sipres, sê God. Hy sal Israel se afkerigheid genees en hulle grondig liefhê as hulle hul sondes bely en Hom aanroep.

Ester lees die stuk en sy dink weer, dit is jammer dat sy die man Hosea Herr nooit gevra het of hy vertroud is met hierdie stuk Ou-Testamentiese geskiedenis nie. Sy sou dit interessant vind om te weet wat hy vind van die ingewikkelde onderhandelings tussen God en sy Bybelse naamgenoot. Sy kan haar voorstel dat as Hosea Herr hierdie geskiedenis ken, hy 'n bietjie ironies daaroor sou lag.

Daarna pak Ester haar klere, haar nuwe rok en die boek oor Artemisia Gentileschi wat Fonny vir haar gegee het.

Die hele nag word sy met gereelde tussenposes wakker en dan hoor sy die pratende stemme van die swart bruidspaar in die kamer langs haar. Sy hoor hulle in sagte, rustige stemme met mekaar gesels. Sy vind hulle stemme nie steurend nie, eerder vertroostend.

een en sestig
In haar laaste wandeling deur die dorp Maandagoggend sien Ester toe sy Kerkstraat vanuit die rigting van die Dorpskafee oorsteek en in Steynstraat afstap, 'n manjifieke tweeling van die teenoorgestelde kant aangestap kom. Hulle beweeg soos twee karavele op die oop see. Hulle liggame is so stewig en golwend uitgekerf soos die boegbeelde van skepe. Hulle wit (ongeskeerde) kuite is massiewe en melkwit bottelvormige rondings. Hulle hare is los en wapper in die ligte bries soos die triomfantlike oorwinningsvlae van skepe wat die vyandelike seemag verslaan het. Hulle reusagtige, geblomde rokke is soos die doeke wat vroue in die wind laat waai om hulle mans van die gevegsfront terug te verwelkom.

Laer af in die dorp (verby die deftige sake hoër op, verder af, verby Checkers en Spar, waar die besighede toenemend swart word, verby Zuma Zuma Wholesalers en ShoeLand en nog verder af) sien Ester vir die laaste keer 'n man met 'n waentjie. Geen supermarkwaentjie nie, maar 'n lae, tuisgemaakte konstruksie op wiele.

Die man en sy vrag vorm 'n majesteitlike geheel. Sy vel is donker (gelooi deur son en wind), sy klere is donker (verslete velle van kameelhaar), sy swaar vrag van 'n hemelhoog gestapelde verskeidenheid geroeste staalvoorwerpe word halfpad bedek deur 'n donker seil (swaar soos die opgerolde mas van 'n skip).

Hierdie man het homself voor sy wa ingespan. Om sy kragtige – lieflike – bors span die breë leerriem waarmee hy die wa trek. In sy een vry hand hou hy 'n swart sambreel vas. Die materiaal hiervan is ewe verslete en gelooi as sy klere. Die gewebde panele en dun speke herinner aan die dun vliese en webbinge van die vlermuis (troosryke aankondiger van die sagte ryk van die nag). Die sambreel is die man se vlerke. Dit is sy beskerming teen die genadelose gloed van die middagson en die deernislose blik van mense. Dit is sý blasoen en wapenskild. Óm die man is daar 'n stilte. Hy glimlag nouliks waarneembaar. Hierdie glimlag weerkaats na binne en versterk hom vir sy dagtaak, sodat hy nie oorrompel word deur die vergeefsheid van voorspellings nie.

Ester stap terug deur die dorp tot bo by die historiese kerk, waar sy vir die laaste keer 'n souttertjie op een van die bankies onder die plataanbome eet. Sy talm nog 'n paar minute voor sy vertrek. Maar sy sien nie weer vir Mfazakhe Mhikize, vir Debora Barach, óf die vrou met die kind nie.

twee en sestig

Vier dae voor die slag van Colenso is die Engelse nie seker hoeveel Boere agter die beboste walle van die Tugela lê en wag nie. 'n Noukeurige verkenning en opname van die terrein is nie moontlik nie. Daar ontbreek inligting op die kaart van die amptelike inligtingsdiens, en majoor Eliot met gewapende kanonniers se poging om 'n trigonometriese opname van die lyn van die Tugela te maak, het reeds misluk. (Die Boere het hulle nie die geleentheid gegun nie. Hulle het op hulle soos op hase geskiet.)

Maar generaal Buller se leër is in aantog, en spoedig word die dorpie Frere omskep in 'n stad van wit tente. Die troepe kom die dorpie binne; die hospitaaltrein kom aan; 'n trein vol matrose kom aan (landsiek en gedisoriënteer); treine vol perde kom aan (verwilderd en party halfdood); treine vol bale en kratte en onderdele van kanonne en pontonne en skroewe en enorme opgerolde ysterkabels kom aan. Dit is uitsonderlik warm. Die Britse manskappe word onkant gevang deur die hitte en die vreemde omgewing. Hulle is halfpad die kluts kwyt, onfiks, onvas; oorweldig deur die stof en die vlieë en die watertekort. Sommige van die manskappe is steenkoolmyners en kantoorwerkers. Onervare, bleek en oorbluf, een en elk. Soos molle bogronds en lelik verblind deur die intensiteit van die Suid-Afrikaanse son. (Hoe moes hulle hul hierop voorberei? Waarom het hulle om gotsnaam hierdie besluit geneem? Wat laat hulle agter wat soveel erger kon gewees het?) Maar generaal Redvers Buller se aankoms gee almal weer moed. (So 'n soort man is hy.) Die stasiemeester se gestroopte huis word sy hoofkwartier. Dit is sy taak om generaal White uit die gemors by Ladysmith te red.

Op 11 Desember besluit Buller om 'n flankopmars te onderneem en die Tugela by Potgietersdrif oor te steek. Daarvoor het hy vierhonderd span osse met 'n duisend swart drywers nodig, wat nie maklik is om bymekaar te kry nie. Om in hierdie maneuver te slaag, het hy White se samewerking nodig – waaroor Buller skepties is. Afgesien van die verraderlike terrein, is die kommunikasie tussen hulle nie goed nie.

Buller vind dit onvergeeflik dat White noord van die Tugela gegaan het en daardeur al hulle planne omvergegooi het. Buller het dit vroeg reeds duidelik gemaak in 'n brief aan Lansdowne (die minister van oorlog) dat White sy mag nie te ver vooruit moet skuif wanneer hy in Natal aankom nie. Hy moet Ladysmith onder geen omstandighede beman nie. White (die weifelende, onbevoegde, onbesonne White – met die been) het Buller se waarskuwing verontagsaam, sy somber voorgevoelens waar gemaak en alles in die wiele gery – Buller se beplande opmars na Bloemfontein, asook sy plan om sy Leërkorps in die nuwe beginsels van die veldoorlog op te lei. Deur White se toedoen moes Buller die leër verdeel. Toe Buller op 30 Oktober in Kaapstad aanland, het die slag van Ladysmith 'n paar uur vantevore plaasgevind.

Met sy eie generaals is Buller ook nie veel gelukkiger nie – met uitsondering van generaal-majoor Lyttelton en generaal-majoor Hildyard. Want luitenant-generaal Clery en generaal-majoor Barton het hulleself bewys as lafhartig, en generaal-majoor Fitzroy Hart as oormoedig (ewe onvergeeflik). Kolonel Charles Long se reputasie as voortreflike kanonnier is gebaseer op 'n slag waar die vyand geen kanonne gehad het nie. (Buller moes sélf sy generaals en sy staf gekies het vir die ekspedisie na Suid-Afrika. Hiervoor moet hy homself telkens verkwalik.)

Twee dinge laat Buller van die plan afsien om met die flankopmars voort te gaan. Op 11 Desember verloor luitenant-generaal Gatacre by die slag van Stormberg 696 man en Buller laat hom weet hy stuur onmiddellik versterkings. (Toe Gatacre die oggend met dagbreek sy oë uitvee, is die Boere op hulle. Die son 'n gloeiende bal in die ooste. Daar is geen terugkeer moontlik nie. Die Boere slaan blitsvinnig en dodelik toe. Gatacre sien sy gat onomwonde.) Daarbenewens ontvang Buller die nuus van luitenant-generaal Methuen se nederlaag by Magersfontein. Dit beteken dat albei die mobiele leërs – dié van Gatacre en Methuen – in gevaar is, en om hierdie rede besluit Buller dat hy sy eie Natal Field Force – die enigste ander beweeglike leër – nie aan die gevare van die beplande opmars kan blootstel nie. As hy dáár verslaan word, is sy mag ewe hulpeloos as dié van die (vervloekte, kortsigtige) White. Daarom besluit Buller op die aanval op Colenso – omdat hy dit beter kan beheer. Daarbenewens is hy by Colenso nader aan die punt waar hy by White kan aansluit – die ironie is dat White eers gered moet word voor hy afgedank kan word.

Buller het sy besluit geneem, en op 14 Desember is hy gereed om te beweeg. Hy het White reeds in kennis gestel van sy plan. Hy het Lansdowne en die departement van oorlog in kennis gestel. Hy berig in 'n kabel aan Lansdowne dat hy welslae, maar teen 'n hoë prys, verwag.

Buller se plan is om die rivier te bestorm en 'n brughoof te slaan op die plek waar die Boere op die wal (soos jakkalse) ingegrawe lê. Die basiese feite van Colenso se topografie is aan hom bekend op basis van kaptein Herbert se bloudrukkaart en majoor Eliot se sketskaart. Botha se verdedigingsplan is ook aan hom bekend. Hy moet net besluit waar hy die Tugela sal oorsteek. Drie faktore bepaal sy beslissing: dit is nie maklik om 'n rits pontonne op te rig as daar op jou geskiet word nie; Botha se sterkste verdedigingslinie is uiteraard oorkant die driwwe; die reeks lae koppies noord van die opgeblaasde spoorwegbrug sal moeilik (en teen 'n hoë prys) verower word. Hy besluit dat hy Boskop eers sal stormloop as sy brughoof gevestig is. (Boskop is 'n belangrike punt om te verower omdat Buller se stelling hiervandaan aangeval kan word.) Buller se algemene inskatting van die taktiese situasie is goed, behalwe dat hy

Botha se bedrewenheid onderskat, en nie daarvan bewus is dat die Boere Boskop twee dae vantevore ontruim het nie.

Donderdagaand ontvang sy bevelvoerende offisiere Buller se uitdruklike opdragte in die hoofkwartiertent. Kolonel Burn-Murdoch (wat sleg in die Soedan vertoon het) sal die infanterie se linkerflank beskerm. Kolonel Lord Dundonald sal die regterflank beskerm. Generaal-majoor Hildyard en sy brigade sal die hoofaanval lanseer. Generaal-majoor Hart en die Irish Brigade sal die kleiner Toomdrif stormloop. Twee infanterie-brigades word in reserwe gehou. Buller dui presies aan (hy druk nadruklik met sy vinger op die kaart) waar kolonel Charles Long tot die geveg moet toetree – hy moet met sy kanonne die terrein vir Hildyard se aanval berei. Die slag sal met grofgeskut ingelei word. Die generaals aanvaar die plan. Moeilik sal dit wees, maar dit is die enigste manier om White te help om uit Ladysmith weg te kom. Daarna klim hulle almal die koppie uit en bekyk die Boerestellings deur hulle verkykers en teleskope. Bo hulle is die nag helder en die koepel van die hemel groter as wat hulle dit ooit vantevore gesien het. Dit omvou hulle soos 'n magtige tent.

Om halfses die volgende oggend begin die vlootkanonne hulle bombardement. Long posisioneer sy kanonne verkeerd en sneuwel self. Hart lei sy manne die verderf in by die lus in die Tugela omdat hy hom nie by die amptelike kaart hou nie. Hildyard kry nooit die geleentheid om die hoofaanval te lanseer nie omdat Buller dit moet afgelas. Generaal Sir Redvers Buller word deur Lord Roberts as opperbevelhebber van die Britse weermag vervang, met verminderde rang na Natal gestuur (in beheer van die magte daar), en later, terug in Engeland, uit die weermag ontslaan.

drie en sestig

Boetie Karel aan die einde van die vertroude wêreld. So steek hulle Boetie Karel die drumpel oor. Aan die einde van 'n lemoenboord waarin daar ook pomelo's en nartjies groei. Hier steek Boetie Karel nou die grens oor van die waarneembare wêreld. Die bobbejane blaffend in die omringende kranse. Die groot blou kranse met pienk skaduwees. Boetie Karel strompel oor die groot rooi kluite. Hy val vorentoe. Hy staan hande-viervoet en soos 'n dier van die veld ontvang hy nederig die vurige genade. Die klippers en die reusekluite, die swamagtig verpoeierde vrugte op die grond, waarvan die reuk in jou neusgate opslaan en bránd. Gloeiende vrugte soos hemelse ligte; die eggoënde kranse en die skittering in die bome, die brandende bome met vlammende vrugte. Boetie Karel praat in geen verstaanbare taal meer nie, dit klink na brabbel en die twee jong kinders (wat in die boom skuil) wil die trane op hulle wange nie wys nie.

Nou vréét Boetie Karel en hy brábbel, nou meng sy spoeg met die rooi grond, en die twee jongste kinders gly uit die boom. Hulle help hulle ouer broer op, hulle stof sy klere af, hulle gee sy hoed vir hom aan, hulle vee sy mond af met sy sakdoek; die trane loop in onsigbare spore oor hulle gesigte.

Hulle stap saam met hulle Boetie Karel tot by sy rondawel tussen die aalwyne, 'n entjie van die huis. Hulle vee sy besmeerde gesig met 'n nat lap af en hulle help hom om op sy bed te lê. En hulle lewe lank vergeet hulle nooit hierdie tyd nie.

vier en sestig

Laat Maandagoggend, net voor middagete, steek Ester Zorgenfliess weer die modderbruin Tugela kort voor die dorpie Colenso oor. Sy drink nie dié keer tee by die Wimpy op Bitterheid nie. Sy is haastig om by die huis te kom. Sy was lank weg, veel langer as waarop sy bedag was, en sy is gretig om haar geliefdes weer te sien.